④ 倪匡珍藏限量紀念版

衛斯理傳奇之

藍血人

（含：藍血人．回歸悲劇）

倪匡 著

無窮的宇宙，
無盡的時空，
無限的可能，
與無常的人生之間的永恆矛盾，
從倪匡這顆腦袋中編織出來。

——金庸

目錄

藍血人

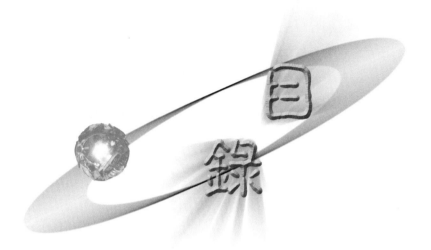

目錄

回歸悲劇

藍血人

藍血人

藍血人

序言

「藍血人」是第二個科幻故事，寫了一個有家歸不得，雖然大具神通，但是在地球上卻恓恓惶惶，十分可憐的外星人。這個外星人來自土星——不算太遠，其實可以寫的遠一點，但當時，在二十幾年之前，外星人的故事還不是那麼流行的時候，土星來客，已經算是十分新奇和遙遠的了。

「藍血人」的故事，牽涉的範圍十分廣，故事的結構也相當的複雜，多線進行，所以篇幅較多。因此在新校修訂時，將之分成了兩部分，目的是希望讀者閱讀時更方便。故事中有許多「道具」及「物件」。在二十幾年前，都盡於想像中的物事，如今早已極其普遍了，讀者當可以留意得到。而衛斯理第一次知道有外星人，感覺也十分有趣。

這個故事，這次修訂的地方較多，不至於可以說「改寫」，也實在和原來有相當的差異。若以前曾看過這個故事的，一定可以覺察出來。

倪匡

第一部：一個流藍色血的男人

到日本去旅行，大多數人的目的地是東京，而且是東京的銀座。但是我卻不，我的目的地是北海道，我是準備到北海道去滑雪和賞雪的。世界上有三個賞雪的最好地方：中國的長白山，日本的北海道，和歐洲的阿爾卑斯山區。

我在北海道最大的滑雪場附近的一家小旅店中，租了一個套房。我的行蹤十分秘密，根本沒有人知道我是什麼人，這間小旅店，在外面看來，十分殘舊，不是「老日本」，是絕不會在這裏下榻的，但這裏卻有著絕對靜謐的好處，包你不會碰到張牙舞爪，擺明了到東方來獵奇的西方遊客。

店主藤夫人，是上了年紀的一個老婦人，她的出身沒有人知道，但是她的談吐卻使人相信她是出生於高尚社會的。對於年輕而單身的住客，她照顧得特別妥善，使你有自己的家便在這高聳的雪山腳下之感。

一連幾天，我不斷地滑著雪，有時，我甚至故意在積雪上滾下來，放鬆自己的肌肉，將雪花滾得飛濺，享受著兒時的樂趣。到了第五天，是一個假期。我知道這一天，滑雪的人一定十分多，我便不想出去，但是到了中午，我實在悶不住了，又帶了滑雪的工具，坐著吊車到了山上，而我特地揀了一個十分陡峭的山坡，沒有經驗的人，是不敢在這裏滑下去的，所以這裏的人並不多。

那是一個大晴天，陽光耀目，人人都帶上了巨型的黑眼鏡，我在那山坡上滑了下去，才滑到一半之際，突然聽得後面傳來了一個女子的尖叫聲。我連忙回頭看去，只見一個穿紅白相間的絨線衫，和戴著同色帽子的女孩子，驟然失卻了平衡，身子一側，跌倒在雪地之中。

這個山坡十分陡峭，那女孩子一跌下來，便立即以極高的速度滾了下來。

這時，另外有幾個人也發現了，但是大家卻只是驚叫，並沒有一個人敢滑向前來。那是可想而知的事情，因為那女孩子滾下來的勢子，本來已是十分急速，如果有人去拉她的話，一定會連那人一起帶著滾下去的。而從那樣的山坡上滾下去，只捽斷一條腿，已算得是上上大吉的事了。

在那剎間，我只呆了一呆，便立即點動雪杖，打橫滑了過去。

那女孩子不斷地驚叫著，但是她的叫聲，卻時斷時續，聲音隱沒的時候，是因為她在滾動之際，有時臉向下，口埋在雪中，發不出聲來之故。

我打橫滑出，恰好迎上了她向下滾來的勢子。

而我是早已看到了那裏長著一棵小松樹，所以才向那裏滑出的，我一到，便伸左手抓了那棵小松樹，同時，右手伸出了雪杖，大叫道：「抓住它！」

那女孩子恰好在這時候滾了下來，她雙手一齊伸出，若是差上一點的話，那我也無能為力了，幸而她剛好能抓住我雪杖上的小輪，下滾的勢子立即止住，那棵小松，彎了下來，發出「格格」之聲，還好沒有斷。

我鬆了一口氣，用力一拉，將那女孩子拉了上來。或者是她的膚色本來就潔白無倫，也或者是她受的驚恐過了度，她的面色，白得和地上的雪，和她身上的白羊毛衫一樣。這時，有很多人紛紛從四面八方聚過來，有一個中年人，一面過來，一面叫著道：「芳子！芳子！你怎麼啦？」

那人到了我們的面前，那女孩子——她的名字當然是叫芳子了——已站了起來，我向那人看去，心中不禁奇怪起來。

來的那個人，在這個地區，甚至整個日本，都可以說有人認識他的。他是日本最具經驗，最有名的滑雪教練，我不止一次地在體育雜誌上看過他的照片了。而我立即也悟到，我救的那女孩子芳子，一定便是日本報紙上稱之為最有前途的女滑雪選手草田芳子了。

草田芳子的滑雪技術，毫無疑問地在我之上，但是她卻會從高處滾下來，由我救了她，唉，這當真可以說是怪事了。我正在想，已經聽到芳子道：「幸虧這位先生拉住了我一把！」

那教練則粗魯地道：「快點走，這件事，不能給新聞記者知道，更不能給記者拍到現場的照片。」芳子提起了滑雪板，回過頭來，由於她也和其他人一樣，戴著黑眼鏡，所以我也根本看不清她的臉，只覺得她的臉色，已不像剛才那樣蒼白了。她問我：「先生，你叫什麼名字，住在什麼地方？」

我拉住了她，是絕對沒有存著要她感恩圖報的心理的，我自然不會將真姓名告訴她的，我想起了我下榻的客店店主的姓，又想起我這是第三次到北海道來，便順口道：「我叫藤三郎。」

芳子道：「你住在——」可是，她這一句話沒有問完，便已經被她的教練拉了開去。她的教練當然是為了她好，因為一個「最有希望的滑雪女選手」，忽然自山坡上跌了下來，這不能不說是一件笑話。

我也並不多耽擱，依照原來的計劃，順利地滑到了山腳下。然後，提著滑雪板，向前慢慢地走去，我心中對那件事，仍然覺得很奇怪，認為芳子不應跌下來的。但我只不過奇怪了一下而已，並沒有去多想它。不一會，我便回到小客店中。

天色很快就黑了下來。我約了鄰室的一位日本住客和我下圍棋。那位日本住客，是一個很有名氣的日本外科醫生，已有六十上下年紀了，棋道當然遠遠在我之上，正當我絞盡腦汁，想力求不要輸得太甚的時候，只聽得店主藤夫人的聲音，傳了過來，道：「藤三郎？沒有這個人，我倒是姓藤的，芳子小姐，請你到別家人家去問問吧。」

接著，便是芳子的聲音。

衹聽她輕輕地嘆了一口氣，道：「我都問過了，沒有。他年紀很輕，穿一件淺藍色的滑雪衣，身體很結實，右手上，帶著一隻很大的紫水晶戒指——」

芳子講到這裏，我便不由自主地縮了縮手。

這時候，我當然不是穿著一件「淺藍色的滑雪衣」，而是穿著一件深灰色的和服了。但是我的手上，卻仍然戴著那隻戒指。

而就在我一縮手之際，那位老醫生卻一伸手，將我的手按住，同時，以十分嚴厲的目光望著我。我起先還不知道他這樣望著我是甚麼意思，當然我立即明白了，因為他「哼」地一聲道：「小夥子，想欺騙少女麼？」

他將我當作是負情漢，而芳子當作是尋找失蹤了的情人的可憐人了。我忍不住「哈哈」大笑起來，我才笑了兩聲，便聽得芳子又驚又喜的聲音道：「是他，就是他！」

藤夫人還在解釋，道：「他是一個從中國來的遊客，芳子小姐，你不要弄錯了。」

然而藤夫人的話還未曾講完，芳子幾乎衝進了我的房間中來，她滿面笑容地望著我，向我深深地行了一個禮道：「藤先生，請原諒我。」

那位老醫生眨著眼睛，不知道究竟是怎麼一回事，但是他顯然知道自己剛才的判斷是錯了。

事情已到了這地步，我自然也不得不站起來，告訴她，藤三郎並不是我的真名字，只不過因為不想她報答我而杜撰的。芳子始終保持著微笑，有禮貌地聽著我的話。

我一面說，一面仔細打量草田芳子，她本人比畫報上、報紙上刊載的她的相片更動人，那是由於對著她本人，就有一種十分親切的感覺。那種親切的感覺，是由於她美麗的臉型、和藹的笑容，和柔順的態度所組成的，使人感覺到說不出來的舒服。

她穿著一件厚海虎絨的大衣，更顯得她身形的嬌小，而由於進來得匆忙，她連大衣也未及除下來。

老醫生以圍棋子在棋盤上「拍拍」地敲著，道：「究竟怎麼一回事？」

芳子笑著，將日間發生的事，向他說了一遍，然後，她忽然道：「我想我不適宜於再作滑雪運動了。」

我奇怪道：「在雪坡上摔跤，是人人都可能發生的事，何必因之而放棄你最喜愛的運動呢？」芳子脫了大衣，坐了下來，撥旺了火盤，緩緩地道：「不是因為這個，而是我在積雪之中，眼前會生出幻象來，使我心中吃驚，因而跌了下來的。」

我早就懷疑過草田芳子摔下來的原因，這時聽了她的話，心中的一點疑問，又被勾了起來，道：「芳子小姐，你究竟看到了甚麼？」

草田芳子道：「我看到了一個男子——」

她才講到這裏，老醫生和藤夫人都「哈哈」地大笑起來，連我也不禁失笑，因為芳子的話，的確是太可笑了，看到了一個男子，這怎叫是「幻象」呢？

芳子的臉紅了起來，她道：「不要笑我，各位，我看到一個男子，他的手臂，在樹枝上擦傷了，他就靠著樹在抹血……他的血……他的血……」

芳子講到這裏，面色又蒼白起來，我連忙問道：「他的血怎樣？」

芳子輕輕地嘆了一口氣，道：「我一定是眼花，他的血，竟是藍色的！」

我笑道：「芳子小姐，那只怕是你的黑眼鏡的緣故。」芳子搖頭道：「不！不！我就是因為這個原故，所以除下了黑眼鏡，我看得很清楚，他的血是藍色的，他的皮膚很白，白到了……雖以形容的地步，血的確是——」

芳子才講到這裏，我不禁聳然動容，道：「芳子小姐，你說他的皮膚十分白，可像是白中帶著青色的那種看了令人十分不舒服的顏色麼？」

芳子吃了一驚，道：「你……你也見過這個人，那麼，我見到的，不是幻象了？」

我閉上了眼睛，大約兩秒鐘，才睜了開來。

在那兩秒鐘之中，我正將一件十分遙遠的往事，回憶了一下，然後，我道：「你先說下去。」芳子點點頭，她顯得有些神經質，道：「我指著他道：『先生，你的血——』，那男子抬起頭來，望了我一眼，我只感到一陣目眩，便向下跌去了！」

我喃喃地道：「一陣目眩——」

我的聲音很低，又是低著頭說的。人家都在注意芳子的敘述，並沒有人注意我。而我只講了四個字，也立即住口不言了。

芳子喘了幾口氣，道：「我在跌下來的時候，心中十分清醒，我知道自那麼陡峭的斜坡上跌下去，是十分危險的，也會大受影響的，然而，我竟來不及採取任何措施，就跌了下來，若不是衛先生——」

她講到這裏，略停了停，以十分感激的目光，向我望了一眼。

我連忙道：「那是小事，草田小姐可以不必再放在心上了。」

芳子輕輕地嘆了一口氣，道：「衛先生，我是不會忘記你的——」她一面說，一面又向我望了一眼，帶著幾分東方女性特有的羞澀，續道：「而我被衛先生扶住之後，有一件事，便是抬頭向上望去——」

我插言道：「草田小姐，當時我們的上面，並沒有什麼人！」

芳子點頭道：「是，這使我恐怖極了，因為那人除非是向下滑來，否則是極難在那樣的斜坡上，回到山峰上面去的，但是他卻神秘地消失了……」

草田芳子講到這裏，藤夫人好心地握住了她的手，老醫生則打了一個呵欠，道：「草田小姐，你可要我介紹一個醫生給你麼？」

草田芳子急道：「老伯，我並沒有看錯，我……」

老醫生揮了揮手，道：「我知道，每一個眼前出現的幻象的人，都以為自己所看到的是實體，但當幻覺突然消失之際，他又以為自己所看到的東西，突然消失在空氣之中了！」

芳子怔怔地聽老醫生講著，等老醫生講完，她雙手掩著臉，哭了起來，道：「那我不能參加世界性的滑雪此賽了。」

藤夫人同情地望著草田芳子，老醫生伸了伸懶腰，向每一個人道了告辭，回到他自己的房中去了，我穿上了一件厚大衣，道：「草田小姐，你住在甚麼地方？我送你回去，還有些話要和你說。」

草田芳子已經漸漸地收住了哭聲，也站了起來。藤夫人送我們到門口，外面，正在下著大雪，非常寂靜，我和草田芳子並肩走著，我不停地望著後面，我的行為也為草田芳子覺察到了。

草田芳子忍不住問我：「衛先生，可是有人跟蹤我們麼？」

我這時的心情，十分難以形容，雖然，我們的身後沒有人，但是我心中卻老是這樣的感覺。

我抑制著心頭莫名其妙的恐佈，道：「草田小姐，你是一個人在這裏麼？」

草田芳子道：「本來是和我表妹在一起的，但是表妹的未婚夫在東京被車子撞傷了，她趕了回去，我和我的教練住在一個酒店。」

我想了一想，道：「今天晚上，你如果請你的教練陪你在房中談天，渡過一夜，這方便麼？」

芳子的臉紅了起來，立即道：「哦！不！他……很早就對我有野心了，如果這樣的話……」她堅決地搖了搖頭，道：「不！」

我又道：「那麼，在這裏，你可能找到有人陪你過夜麼？」

芳子的眼睛睜得老大，道：「為甚麼？衛先生，我今晚會有危險麼？我可以請求警方的保護的。」

我道：「那並不是甚麼危險，草田小姐，你千萬不要為了今天的事而難過，我可以肯定的告訴你，你今天看到的那個人，是真的，而不是你的幻覺，你的滑雪生命，並未曾受到任何損害！」

芳子驚訝地望著我，道：「你如何那樣肯定？」

我又閉上了眼睛幾秒鐘，再一次，將那件十分遙遠的事，想了一想。

我在心中嘆了一口氣，撒了一個謊，道：「在我剛才扶住你的一剎那，我也看到了那個人，他正迅速地向下滑去！」

我是不得已才講了這樣一個謊話的。而事實上，我當時一扶住了草田芳子，便曾立即向上看去，看是甚麼突然發生的意外，令得她滾下來的，而我看得十分清楚，在我們的上面，並沒有人。

芳子睜大了眼睛望著我，她的眼睛中，閃耀著信任的光芒，令得我心中感到慚愧，略略地轉過頭去，道：「你今天晚上不能找到人和你作伴麼？」

草田芳子又一次奇怪地問道：「為甚麼我一定要人作伴？」我感到十分為難，想了一想，道：「我怕你在經過了白天的事後，精神不十分穩定……」

芳子不等我講完，道：「你放心，現在，我的心境已完全平復下來了。」

我們又默默地並肩走了一會，已將來到芳子下榻的旅館門口了。向前望去，旅館門前的燈光，已經可以看得十分清楚了。

我停了下來，道：「草田小姐，我有幾句聽來似乎毫無意思的話，但是我卻要你照著我的話去做，不知你是不是肯答應我？」

芳子回過頭來，以十分奇怪的目光望著我。

我的身材比她高，她必須仰著頭看我，雪花因而紛紛地落在她的臉上，立即溶化，使她美麗的臉龐上，增加了不少水珠。

我道：「你今晚如果必須獨睡的話，最好在愉快的氣氛中入睡，你可以向旅館借一些旋律輕鬆的唱片，甚麼事也不要想，更不要去想不如意的事。」

我講到這裏，停了下來，看看芳子有甚麼反應。

草田芳子甜蜜地笑了一笑，道：「衛先生，你將我當作小孩子了。」

我也只好跟著她笑了笑，但我的笑容，一定十分勉強。因為，如果我的記憶力不錯的話，草田芳子正處在極端危險的境地之中，我對她說的一切，絕不是甚麼兒戲之言，而是性命交關的大事。但是我卻又沒有法子明白地將其中的情形講出來，我更不能提起兩個十分重要的字眼，因為要防止可能發生的慘事，唯一的可能，便是要草田芳子保持鎮定和愉快。這兩個字眼她一想起來，那就十分糟糕了！

當時，我在苦笑了一下之後，道：「我要講的，就是這些了，你可做得到麼？」

草田芳子笑道：「好，我做得到！」

她的神情顯然十分愉快，向我揮了揮手，向前跳躍著跑了開去。她跑出了十來步，還回過頭來向我叫道：「明日再見！」

我也揮著手道：「明日再見！」

我直到看不到她的背影了，才轉過身來。獨自一個人，回到藤夫人的旅店中去。這一條路，十分靜僻，雪越下越大，我眼前的現象，也顯得十分模糊，而我心頭上那陣莫名其妙的恐懼感，更逐漸上升，變成了恐慌。

第二部：遙遠的往事

草田芳子見到那個人，我的確是見過的。

雖然事隔多年，但是當我要回憶那件事的時候，我卻還能夠使我當時的情形，歷歷在目。

那是很久以前的事了。那還是我剛進大學求學時的事，我讀的那間大學，是著名的學府，學生來自各地，也有著設備十分完善的宿舍。和我同一間寢室之中，有一個性情十分沈默的人，他的名字叫方天。

方天是一個病夫型的人，他的皮膚蒼白而略帶青色，他的面容，也不能給人絲毫的好感，所以，他十分孤獨，而我也時時看到他仰著頭，望著天空，往往可以一望三四小時，而不感到疲倦。

在他呆呆地望著天空之際，他口中總哼著一種十分怪異的小調，有幾次，我問他那是甚麼地方的民謠，他告訴我，那是很遠很遠的一個地方的小調。

而不受他人歡迎的方天，在我們這間寢室中住下來。主要的原因，是我們這一間房間中，另外兩個同學是體育健將，頭腦不十分發達，而方天的功課，卻全校第一。我們莫不震驚於他的聰明。

我們那時讀的是數學（後來我自問沒有這方面的天才，轉系了），方天對於最難解的難題，都像是我們解一次方程式那樣簡單，所以，他幾乎成了兩個體育健將的業餘導師。

上半學期，沒有甚麼可以記述的地方，下半學期才開始不到三天，那天，正是酷熱的下午，只有我一個人正在寢室中，一位體育健將突然面青唇白地跑了進來。他手中還握著網球拍。

他一進來，便喘著氣，問我道：「我……剛才和方天在打網球。」

我撥著扇子，道：「這又值得甚麼大驚小怪的？」

那位仁兄嘆了一口氣，道：「方天跌了一跤，跌破了膝頭，他流出來的血，唉……他的血……」他講到這裏，雙眼怒凸，樣子十分可怖。

我吃了一驚，道：「他跌得很重麼？你為甚麼不通知校醫？」

我一面說，一面從床上蹦了起來，向外面衝去。不等我來到網球場，我便看到方天向前，走了過來，我看到他膝頭紮著一條手巾，連忙迎了上去，道：「你跌傷了麼？要不要我陪你到校醫那裏去？」

方天突然一呆，道：「你怎麼知道的？」

我道：「是林偉說的。」林偉就是剛才氣急敗壞跑進來的那個人的名字。方天的神情，更是十分緊張，握住了我的手臂，他的手是冰冷的，道：「他說了些甚麼？」

我道：「沒有甚麼，他說你跌了一跤。」

方天的舉動十分奇怪，他嘆了一口氣，道：「其實，林偉倒是一個好人，只不過他太不幸了。」我怔了一怔，道：「不幸？那是甚麼意思？」

方天又搖了一搖頭，沒有再講下去。

我們是一面說，一面向宿舍走去的，到了我們的寢室門口，我一伸手，推開了房門。唉，推開了房門之後，那一剎間的情景，實在是我畢生難忘的。只見林偉坐在他自己的床邊上。他面向著我們，正拚命地在拿著他的剃刀，在割他自己的脖子！

濃稠的鮮血如同漿一樣地向外湧著，已將他的臉的下部，和他的右手，全部染成了那種難看的紅色，但是他卻仍然不斷地割著。而他面上，又帶著奇詭之極的神情。

林偉是在自殺！

這簡直是絕不可能的事。他是一個典型的樂天派，相信天塌下來，也有長人頂著的那種人。這種類型的人，如果會自殺，全世界所有的人，早就死光了。

然而，林偉的確是在自殺，不要說那時我還年輕，就是在以後的歲月之中，我也從來未曾見過任何一個人，這樣努力地切割著自己的喉嚨的。

我不知呆了多久，我只知道我像是夢魘似地，想叫，而叫不出來，待我叫出來之際，我的第一句是：「林偉，你幹甚麼？」

人在緊急的時候，是會講出蠢話來的，我那時的這句話便是其例。林偉並沒有回答我，我向他床邊撲去，奪過了那柄剃刀，他的身子，向後仰了下去，我用盡我所知的急救法搶救著。方天站在我的背後，我聽得他道：「他……他是個好人！」

那是我第二次聽到他講這句話了。我雖然覺得有些奇怪和不可解，但是在那樣的情形下，誰也不會去深究這樣一句無意義的話的。

我大聲叫道：「來人啊！來人啊！」

不到三分鐘，整個宿舍都轟動了，舍監的面色比黴漿還難看，以後的種種，我印象已很模糊了，只記得我和方天兩人，接受了警察局的盤問，林偉自殺獲救。

學校中對於林偉自殺一事，不知生出了多少離奇古怪的傳說。有的說宿舍中有鬼，有的說林偉暗戀某女生不遂，所以才自殺的，足足喧騰了半年以上，方始慢慢地靜了下來。林偉傷癒之後，也沒有再來上學，就此失去聯絡。

半年之後，是放寒假的時候了，絕大部份的同學，都回家去了，宿舍中冷清清地，我已經決定不回家，而方天看來也沒有回家的意思，我們每天在校園中溜著冰。那一天，我們仍和往常一樣地溜著冰，我們繞著冰場，轉著圈子。

突然間，前面的方天，身子向旁一側，接著，「拍」地一聲響，由於他身子突然的一側，他右足冰鞋的刀子斷成了兩截，而且，斷下的一截，飛了起來，恰好打在他的大腿之上。

這一來，方天自然倒在冰上了。我連忙滑了過去，只見方天的右手，按在他大腿的傷口之上，在他的指縫之間，有血湧出，在冰上，也有著血跡，這本來是沒有甚麼奇怪的事，滑冰受傷，是冰場之上最普通的小事而已。

但是我卻呆住了！

自方天指縫間湧出的血，以及落在冰上的血，全是藍色的！

顏色是那樣地殷藍，竟像是傾瀉了一瓶藍墨水一樣！

我立即想起半年之前的事來。

半年之前，林偉從網球場中，氣急敗壞地奔回宿舍來，便曾向我叫道：「他的血……他的血……」當時，他話並未曾講完，我也一直不明白林偉的話，究竟是甚麼意思。

這時，我卻明白了！

當時，林偉一定是看到自方天身體之內，所流出來的鮮血，竟是那麼殷藍的顏色，所以才大吃一驚，跑回宿舍來的。

而當他見到了我，想要告訴我他所見到的事實之際，又覺得實在太荒謬了，所以才未曾講下去。而如今，我也看到了那奇異的事實！

我呆了一呆，失聲道：「方天，你的血——」方天抬頭向我望來，我突然覺得一陣目眩，身子一側，竟也跌倒在冰上！我一直以為那時突然其來的一陣目眩，是因為陽光照在冰上反光的結果。

當我再站起來之際，方天已不在冰場上了，遠處有一個人，向外走去，好像是方天，我叫了幾聲，卻未見那人轉過頭來。

我再低頭去看冰上的血跡，想斷定剛才是不是自己的眼花。然而冰面上卻甚麼痕跡也沒有，既沒有紅色的血跡，也沒有藍色的血跡，我自然沒有興緻再繼續滑冰，脫下了冰鞋，搭在肩上，回到宿舍去。

一進宿舍，才發現方天的床舖，顯然經過匆忙的翻動，而他的隨身行李——一直是放在他床頭的一隻小鐵箱，也已經不見了。我在床沿坐了下來，將剛才的所見，又想了一遍。

我覺得自己不會眼花，然而，人竟有藍色的血，這豈不是太不可思議了麼？

我想了一會，不免又想起林偉來。林偉忽然自殺——當時，我一想到了「自殺」兩個字，心中突然起了一陣奇妙之極的感覺。

忽然之間，我感到自殺不是甚麼可怕的事，在那瞬間，我心中感到自殺是和女朋友談情一樣，輕鬆之極，不妨一試再試的事！

我抬頭望著窗檻，心中立即想到，在那裏上吊，一定可以死去。我低下頭來，望著地上的冰鞋，冰鞋上的刀子，閃著寒芒，我又突然想到，這冰刀是不是也可以用來結束自己的生命呢？

想！

我事後回憶起來，當時我的情形，完全像是受著催眠，所產生的思想，不是我自己的思想！

我當然絕不會想到自殺的。然而，當我想到溜冰鞋底上的冰刀，可以結束自己的性命之際，我卻俯身將冰鞋拾了起來，將冰刀的刀尖，對準了自己的腦門，我甚至不假思索，心中起了一種十分奇妙而不可思議的感覺，將冰刀的刀尖，用力向自己的腦門砸了下去！

這一下，如果砸中的話，我那時一定已經沒命了，但是，也就在那千鈞一髮之際，突然聽得有人叫道：「衛斯理，你在幹甚麼？」

叫我的是女子的聲音，而且就在門外的走廊之中。

我立即震了一震，一震之後，我像是大夢初醒一樣，在一個短時間內，我竟不知道我自己高舉溜冰鞋，以冰刀刀尖，對準了自己的腦門是幹甚麼的！

當然，我立即就明白了那是準備幹甚麼的，我是想要自殺！

我遍體生寒，也就在這時，三個穿著花花綠綠棉襖的女孩衝了進來，叫道：「衛斯理，和我們去滑冰！」我實在十分感激她們，因為是她們救了我的性命。

但是我卻從來也未曾和他們說起過，因為這是一件說也說不明白的事。

我跟著她們，又來到溜冰場上，直到中午，才又回到宿舍中。

我獨自靜靜地想著，我知道了林偉忽然會起意自殺的原因，他是不由自主的，像剛才我想自殺的情形一樣！

但是為甚麼，我和林偉兩人在見到方天流血之後，都會起了那麼強烈地結束自己生命的意圖，而且還付諸實現！

我不敢再在宿舍中耽下去，當天就搬到城裏一位親戚的家中，直到開學才再回來。

我未曾向任何人提起這件事過，而從那天之後，我也未曾見過方天，方天沒有再來上課，不知道他到甚麼地方去了。

以後，我也漸漸將這件事淡忘了，因為我覺得一切可能全是巧合，那天我忽然想到會自殺，大約是受了陽光強烈的影響，以致心理上起了不正常的反應，而我也斷定自己已看到的藍色血液，多半是眼花。方天的不再出現，我也歸諸巧合。

如果不是草田芳子對我講起她忽然自那山坡上滑下來的原因，我早已將那件事，完全忘記了！

但如今，我卻又將這整件事，都記了起來。在我一個人，獨自回藤夫人的旅店途中，迎著飛揚的大雪，我又將往事的每一個細節，都詳細地想了一遍。

我希望今晚我對草田芳子的囑咐，全是廢話，更希望草田芳子在聽了我的話，向旅館借些輕鬆的唱片，聽了之後便立即睡去。我希望我的設想的一切，全是杞人憂天。

我低著頭，繼續向前走著，在我將要到達藤夫人的旅店之際，突然聽得遠處，「嗚嗚」的警車，劃破了靜寂的寒夜。

我的心狂跳起來，心中不由自主地叫道：「不！不！不是芳子，不是她出了事！」我立即轉過身，向前狂奔而出！

第三部：嚴重傷害

我只化了十分鐘的時間，便已奔到了草田芳子所住的旅館前，只見停著救傷車和警車，門口還圍了一大群人在看熱鬧。

我像發了瘋一樣地用手肘撞開圍成一團的人，向裏面衝了進去。

我衝到了旅館門口，只見裏面抬出了一副擔架來，我一看到跟在擔架旁邊的那個滑雪教練，我的血便凝住了！

同時，我聽得兩個警官在交談。一個說：「她竟以玻璃絲襪上吊！」另一個道：「幸好發現得早。」

我呆若木雞，不問可知，被放在擔架之上，正是不到半小時前，還和我在一起，美麗、柔順的草田芳子了，聽來她自殺未曾成功，我才鬆了一口氣。那使我確切地相信，見到了藍色的血液，人便會興自殺之念。

藍色的血液和自殺之間有著聯繫，這事情真太過玄妙了！

我看著擔架抬上了救傷車，又聽到無數記者，在向滑雪教練發著問題。

教練顯然也受了極大的打擊，無論記者問甚麼，他都一聲不出，我一直站立著不動，直到看熱鬧的人，漸漸散去，我才轉過身，向外走去。

雪仍在紛紛揚揚地下著，一切和一小時之前，似乎並沒有甚麼分別。但是一個可愛的女郎，卻莫名其妙地想到了自殺，自然，她的運動選手生涯也完結了！

當然，「莫名其妙」只是對他人而言，對我來說，並不是完全莫名其妙的。

我已經料到，當草田芳子看到了有一個人所流血是藍色的時候，她心中便可能會生出自殺的念頭來的，像早年的我和林偉一樣，所以，我在旅館門前，已經勸她找人作伴了。

然而，我卻沒有法子弄得明白，何以一個人會有藍色的血液，而見到他的人，都會生出自殺的念頭，而想結束自己的生命？

這是一個無法解答的謎，我腦中一片混沌，我只覺得我已經墮入了一件不屬於科學範圍，而屬於玄學的怪事之中了。

我的腳步異常沈重，在我將到藤夫人的旅店之際，夜更深了，雪仍未止，路上更是靜到了極點。而一當我停止了思索這件事之際，我便立即感到一股莫名其妙的驚懼，那種驚懼，像是你在明處，而有著許多餓狼，在暗處窺伺著你一樣！

我深深地吸了一口氣，停了下來，我要先鎮定我的心神，才可以使我繼續向前走去。我絕不是膽小的人，然而這時心中的恐懼，卻是莫名其妙的。

而且，事實上，我的四周圍十分寂靜，甚麼異樣的事也沒有，其實，如果真有甚麼變故的話，我相信我也可以應付得了。

然而，那種恐懼之感，卻不斷地在襲擊著我。

我呆了片刻，只感到離我不很遠的地方，似乎正有一個人，要我死去。而我之所以有恐懼之感，像是因為我已知道了他的心意之故。

這看來又是十分無稽的，因為科學家雖然曾經聲稱，人在思想的過程中，會放出一種電波，所謂「心靈感應」，實際上就是一方接收了另一方的腦電波之故。

當然，這種說法，還沒有得到學術界確切的承認，而且，我如今又是在接受著甚麼人的腦電波呢？甚麼人又有這份超然的力量，可以使得他的思想，形成腦電波，而令我接受呢？我想到這裏，彷彿覺得事情有了些眉目。因為，像林偉，我，草田芳子三人，忽然會起了結束自己生命的念頭，那極可能是有另一個人，以強烈過我們思想的腦電波影響我們，使我們進入被催眠的狀態之中，任由另一個人的思想，來主宰我們的行動。然而，我想深一層，卻又覺得那實在是太虛幻無際的事。我勉力提起腳，向前走著，四周圍靜到了極點，紛紛揚揚的大雪，不但掩蓋了大地上一切醜惡和美好的物事，也斂收了一切聲音。

我一直是低著頭在走著的，直到我看到了那棵白楊樹，我才抬起頭來。因為離藤夫人的旅店，已經不遠了。當我抬起頭來時，我可以看到前面有兩團昏黃色的光芒，那當然是旅館面前的燈光了。

我鬆了一口氣，我終於來到了一條橫巷的前面。只要過了那條橫巷，便是藤夫人的旅店了。然而，我剛來到橫巷之前，便看到街燈柱下，站著一個人。我嚇了一跳，那人站在那裏，一動不動，大衣的領子翻得高高的，頭上又戴著呢帽，肩上雪積得十分厚，顯見得他站在那裏，已經很久了。

我心中雖然有點吃驚，但是我卻並沒有停步，因為一個人在那樣地深夜，站在雪地中，的確是一件可疑的事，然而，也不值得大驚小怪。

由於我向前去，必須在那人的身邊經過，所以我也不得不保持警惕。

我放慢了腳步，在他身旁擦過。

也就是在他的身旁擦過的那一瞬間，我腦中一震，感到有人在叫我：衛斯理！

但是，我的耳際，卻又沒有聽到任何的聲音。四周圍是那樣的靜，我絕不可能將有聲音而當作沒有聲音的。事情就是那樣的玄妙，我沒有聽到聲音，但是我卻感到有人在叫我！

我連忙站定了腳步，轉過身來。

這時，那人也恰好轉過身來，抬頭向我望來。他帽子拉得雖低，我也看清了他的臉，他臉色蒼白得異樣之極，泛著青色，叫人看了，心中生寒。而這個人我是認識的，他和我與他分手之際，幾乎沒有多大的分別，雖然事情已有十多年了。

他就是方天！

我呆了一呆，他也呆了一呆。他先開口，道：「衛斯理，是你，果然是你……」講到這裏，他嘰咕了一聲，我沒有聽清他講的是甚麼，然後，又聽得他道：「你！你沒有……」

他遲疑著，沒有講下去。

我在草田芳子向我敘述她的遭遇之際，便已經想到，她遇到的那個人，一定就是方天。血液是藍色的人，全世界可能只有他一個人。然而，我卻絕未想到，在這樣的情形下，我會與他陡然相遇的。

我不等他講完，便接上去道：「我沒有死！」

方天的臉上，現了十分奇特的神情來，他低下頭去，喃喃地道：「衛斯理，你是一個好人，我一直十分懷念你，你是一個好人……」

在他那樣喃喃而語之際，我的心中，突然又興起了「死」、「自殺」等等的念頭來，我心頭怦怦亂跳，這比任何謀殺還要恐怖，這個藍血人竟有令人不自覺而服從他的意志自殺的力量！

我竭力地排除著心中興起的那種念頭，我已和十多年前在學校中的時候不同了，那時，我是一個頭腦簡單的小夥子，如今，我已有了豐富的閱歷，我更知道，對方的那種超然的力量，和催眠術一定有關，而催眠術的精神反制學說，我是明白的。

那種學說，是說施術者的精神狀態（包括自信心的強烈與否）如果不及被施術者的話，那麼，施術者會被反制的。

所以，我在那時，便竭力地鎮定心神，抓住那些莫名其妙襲來的念頭，我和方天兩人，足足對峙了六七分鐘之久，我已感到我腦中自殺的意念，已經越來越薄弱了！

我知道，在這一場不可捉摸，但實際上是危險之極的鬥爭中，我已經佔了上風。

也就在這個時候，方天嘆了一口氣，突然轉過身，向前走去。我由於全神貫注，在和那種突然而起的念頭相抗衡，在剎那間，思路難以轉得過來，所以我看到方天轉身向前走去，竟不知所措，直到他走出了七八步，我才揚聲道：「站住！站住！」

我一面叫，一面追了上去，方天並不停步，但我是有著深厚的中國武術根底的人，三步併作兩步，很快地便將他追上。

他站定了身子，我沈聲喝問道：「你是甚麼人，你究竟是甚麼人？」

方天的樣子，像是十分沮喪，而且，在沮喪之中，還帶著幾分驚恐，他喘著氣，道：「衛斯理，你贏了，我可能會死在你的手中，永遠也回不了家，但是你不要逼我，不要逼我用武器……」

我起先，聽得他說甚麼「回不了家」等等，大有丈二金剛摸不著頭腦之感。聽了他最後的一句話，我不禁吃了一驚，同時，他也在那時揚了揚手。

我向他的手中看去，只見他手中握著一隻銀光閃閃的盒子，盒子的大小，有點像小型的半導體收音機，但上面卻有著蝸牛觸角也似的兩根金屬管。

我從來也未曾見過這樣的「武器」，我立即問道：「這是甚麼？」

方天道：「你不會明白的，但是，你也不要逼我用他。我絕不想害人，我只不過想求生存，等待機會回家去，你明白嗎？我有一個家……」

他越說越是激動，膚色也更是發青，我心中的奇怪，也越來越甚，道：「誰，誰不讓你回家？」

他抬起頭來，向天上看了一眼，又立即低下頭來，道：「你……我求求你，只當沒有見過我這個人，從來也沒有見過，不但不要對人說起，而且自己連想也不要想，可以麼？可以麼？」

他講到了一半，眼角竟流下了淚來。

我呆了半晌，道：「我只問你一件事。」

方天默然不語，我問道：「林偉，我，草田芳子，都曾經看到你體中的血液，是藍色的，我們也都有過自殺的念頭，你能夠告訴我，那是爲了甚麼嗎？」

我的話未曾講完，方天已經全身發起抖來，他手臂微微一揚，在那一瞬間，我只看到他的手指，似乎在他手上的那隻銀盒上按了一按，而我也聽到了極其輕微的「吱」地一聲響。

接著，我便覺得眼前突然閃起了一片灼熱的光芒，是那樣地亮，那樣地灼熱，令得我在不到百分之一秒鐘的時間內，便失去了知覺，倒在雪地之上了。

在我失去了知覺之前的一瞬間，我似乎還聽得方天在叫道：「不要逼我——」從我依稀聽到方天的那半句話，到我再聽到人的聲音，這其間，究竟隔了多少時間，我是事後才知道的，而當我再聽到人的聲音，接著我感到了全身的刺痛。

那種刺痛之劇烈，令得你不由自主地身子發顫，像是有千百塊紅了的炭，在炙烙著每一寸的皮膚一樣，我想叫，然而卻叫不出來，想動，也不能動，我緊緊地咬著牙關，但當我想鬆動一下牙關時，卻也沒有可能，我只好作最後的努力，試圖睜開眼睛來。

在任何人來說，要張開眼睛，如是再簡單不過的事。然而我這時，就像是初出娘胎的嬰兒一樣，用盡了生平的氣力，才裂開了一條眼縫，我看到了來回晃動著的人影。

我定了定神，又勉力將眼皮的裂縫擴大了些，在我眼前幌動的人影，漸漸清晰了，像是攝影機的鏡頭，在漸漸校正焦距一樣，我首先看到，在雙手揮舞講話的，正是那個和我下棋的老醫生。

我竭力試圖記憶，心中暗忖，難道我這時，是在藤夫人的旅店中麼？但顯然不是的，因爲四周圍的所有人，都穿著白衣服。

白衣服……白衣服……我腦中漸漸有了概念，醫院，我是在醫院中！

我是怎麼會在醫院中的呢？沒有法子知道，我只記得我是倒在雪地中的，雪地……醫院，噢，這一切，封於我這個剛恢復知覺，而且還得忍受著身上奇痛的人，實在是難以繼續想下去的，我決定先看看我自己，究竟怎麼樣了。

我竭力轉動著眼珠，向自己的身體望去。

我不相信自己的眼睛，以爲那一定是看錯了。於是，我閉上眼睛一會，再睜開來看看。但是，我看到的東西，仍是一樣，我看到，應該是我身子的地方，竟是一具木乃伊也似，每一寸地方，都裹滿了白紗布的人形物！

這算甚麼，這是我的身子麼？我受了甚麼傷？

我拚命想要挪動我的身子，但是卻做不到，我只好再轉動眼珠，我又發現，有兩根膠管，插在我的鼻孔之中。看來我的確是受重傷了，因爲，連我的面部，都是那種白紗布。

這時候，我又聽得另一個人的聲音，道：「如果他恢復了知覺，他會感到劇痛的，我們將爲他注射鎮靜劑，以減輕他的痛苦。」

我心中在叫道：「我已經有知覺了，快給我止痛吧！」但是我卻出不了聲。

而我出不了聲的話，顯然便沒有人會知道我已恢復了知覺，所以我只得盡可能地睜大眼睛。

我的聽覺恢復得最快，我也聽得有人道：「如果他能活，那麼是兩件湊巧的事，救了他的性命……」

他媽的，我不禁在心中罵了起來，甚麼叫「如果我能活」？難道我不能活了麼？那人的聲音繼續著：「第一，是那場大雪；第二，是這裏新建成的真空手術室……」

有人問道：「大雪有甚麼關係呢？」

仍是那個聲音答道：「自然有關係，他究竟是受了甚麼樣的傷害，我們現在還不知道，但是可以肯定的，則是類似輻射光的灼傷。他倒地之後，大雪仍在下著，將他的身子，埋在雪中，他身子四周圍的雪，對他的傷口，起了安撫作用，要不然，他早已死了！」

我記起了我昏過去之前的情形，那灼熱的閃光，那種刺目的感覺，原來我幾乎死了。方天用的是甚麼秘密武器呢？

我正在想著，只聽得那聲音又道：「如果不是在真空的狀態下處理他的傷口的話，那麼他的傷口至少要受到七八種細菌的感染，那就太麻煩了。」

我心中苦笑著，幸運之神總算仍然跟著我，只不過疏忽了些，以致使我像木乃伊也似地躺在醫院之中，混身都灼痛。

我不準備再聽他們交談我的傷勢，我只希望他們發現我已經醒了過來，而和我注射鎮靜劑，以減輕我此時身受的痛苦。

我仍然只好採用老辦法，睜大著眼睛，我的視覺也漸漸恢復了，我看到圍住我的人，至少有七八個之多，可是卻沒有一個人發現我已經睜大了眼睛。

不知過了多少時候，才聽得一個護士，尖叫了一聲，道：「天哪，他睜著眼！」

我心中叫道：「不錯，我是睜著眼！」

感謝那護士的尖聲一叫，我已經醒過來一事，總算被發現了，接著，圍在我身邊的人，又忙碌了起來，我被打了幾針，沈沈地睡了過去。等我再醒過來的時候，只見室內的光線，十分柔和。在我的身旁，仍有幾個人坐著，其中一個，還正把我的脈搏。

我發覺口部的白紗布，已被剪開了一個洞，那使我可以發出微弱的呻吟聲來。

我看到一張嚴肅的臉向我湊近來，問我道：「你能講話了麼？」我用力地掀動著口唇，像是我原來不會講話，這時正在出力學習一樣，口唇抖了好一會，才講出了一個字來，道：「能。」

那人鬆了一口氣，道：「你神志清醒了，你的傷勢，也被控制了，你放心，不要亂想別的。」

那醫生嘆了一口氣，眼中流露出同情的面色來，道：「性命是沒有問題的，只不過……」

我道：「皮膚會受損傷是不是？」

那醫生苦笑了一下，道：「你放心，我們會盡可能地為你進行植皮手術的……」

我不等他講完，便閉上了眼睛。

那醫生雖然沒有直接說出來，但是我已經可以知道他的意思了，我像是被一種極強烈的輻射光所灼傷的，那麼，和所有被燒傷燙傷的人一樣，我皮膚的損壞，一定十分嚴重了，只怕最佳的植皮手術，也不能挽救了。

我想了好一會，才睜開眼來，那醫生仍在我的眼前，我道：「我要求見你們的主任醫師。」那醫生道：「佐佐木博士吩咐過的，你再醒來的時候，便派人去通知他，他就要來了。」

佐佐木博士，那就是在北海道藤夫人店中和我同住的老醫生，他是日本十分有名的外科醫主，但是他卻在一家十分有名的大學醫學院中服務的，那麼，在我昏迷期間，我早已離開了原來的地方，而到東京來了。

我又閉上眼睛養神，沒有多久，便聽到沈重的腳步聲，傳了過來。

佐佐木博士走在前面，後面又跟著幾個中年人，看來是醫學界的權威人物。

他們來到了我的床前，佐佐木博士用心地翻閱著資料，這才抬起頭來，道：「好，你能說話了，你是怎樣受傷的？」

我據實回答，道：「有一道強光，向我射來，在不到十分之一秒的時間內，我就昏了過去！」

「輻射線——」佐佐木博士握著拳頭。

佐佐木又「哼」地一聲，道：「你可知道你身上將留下難看的疤痕麼？」我剛才要那個醫生請主任醫師，為的是討論這一問題。

我立即道：「博士，我想提出一個你聽來可能不合理的建議，我想用中國一種土製的傷藥，來敷我的全身，那樣，任何傷口，都不會留下疤痕。」

佐佐木高叫起來，道：「胡說，你雖然脫離了危險期，但是傷勢隨時可以惡化，我要對你的性命負責，我絕不能聽你的鬼話。」

我開始說服他，告訴他這種傷藥的成份，十分複雜，乃是中國傷藥中最傑出的一種，根本是買不到的，只不過我有一個朋友，還藏有一盒，任何傷口痊癒了之後，絕無疤痕。

但是，不論我說甚麼，佐佐木只是搖頭，我說得氣喘如牛，他也不答應。

我嘆了一口氣，佐佐木博士和其他幾個醫生商量了一陣，又走了出去。我剛才說話說得實在太累了，這時便閉上了眼睛養神。

好一會，我才睜開眼來。病房中除了我之外，只有一個護士。那護士的年紀很輕，生得十分秀麗。我低聲叫了她一下，她立即轉過頭來，以同情的眼光望著我。

我想向她笑一下。但是我面上所裹的紗布卻不容許我那樣做。

她俯下身來，以十分柔和的聲音問我道：「你要甚麼？」我低聲道：「你甚麼時候下班？」

那護士以十分異特的眼光望著我，她的心中一定在想我是個瘋子。我問她甚麼時候下班，難道是想約她出去吃晚飯麼？

我看出了她心中的疑惑，連忙又道：「我只是想請你代我拍一份電報。」

那護士立即點了點頭，道：「可以的。」她拿起了紙和筆，我先和她說了地址，才唸電文，道：「速派人攜所有九蛇膏至——」

我講到這裏，又向她詢問了這個醫院的名稱，才道：「就是這樣了。」

護士以懷疑的眼光望著我，道：「九蛇膏是甚麼東西？」我立即沈聲道：「小姐，我需要你幫忙，九蛇膏是我們中國人特製的傷藥，就是剛才我向佐佐木博士提起的那種。」

護士很聰明，立即道：「你是想自己使用這種膏藥？」我點了點頭，道：「是，我一則不想在自己身上，留下難看的疤痕。二則，我還要使佐佐木博士知道，有許多現代醫學所不能分析解釋的藥物，的確具有不可思議的力量！」

護士的面色，變得十分蒼白。

我看出她心中在不斷地拒絕我的要求，我也不再多說話，只是以懇求的眼光看著她。這位護士是一個心腸十分好的少女，經過了四五分鐘，她嘆了口氣，道：「你要知道，在這裏當護士，是一種榮耀，我費了不知多少精神，才得到這種榮耀的……」

她的意思很明白，就是這種事一查出來，她非被革職不可！

我連忙道：「小姐，你可知道，使一個病人感到你是他的天使，這更是一種至高無上的榮耀麼？」

護士小姐笑了起來道：「好，我為你去做！」

接下來在醫院中發生的事情，似乎沒有詳細敘述的必要了。因為我如今所述記的題目是「藍血人」，自然要以那個神秘詭異的藍血人為中心。

第三天，九蛇膏便到了我的手上，在那護士的幫助下，我得以將九蛇膏敷在全身，第七天，當著佐佐木博士的面，拆開了紗布，我全身的皮膚，像根本未曾受過傷一樣，博士暴跳如雷，但是卻也不得不承認那是奇蹟，我仍然十分感謝他的拯救，離開了醫院，在郊區的一家中等旅館中住了下來。

離開了醫院之後，我第一件事，便是養神，和靜靜地思索。

我這一次，雖然又僥倖地逃過了厄難，但是如果是同樣的事情，再發生一次的話，那我就難以再有這樣的幸運了！

第一、不會再有那場大雪；第二、世界上僅存的一罐「九蛇膏」，也已經給我用完了，如果再有這樣的事情發生的話，我非變成醜陋的怪人不可。

從旅館房間的陽台望出去是一片田野，視野十分廣闊，我坐在陽臺上看看早報。報上並沒有甚麼刺激的新聞，我將報紙蓋在臉上，又準備睡上一會，忽然聽得有人在叩門。

我一欠身，坐了起來，大聲道：「進來！」

推門進來的侍者，他向我道：「衛先生，有一個人來找你。」

我吃了一驚，我住在這裏，可以說是一個極端的秘密，有誰知道呢？我心念一轉間，立即想到了方天。我心神不禁大是緊張起來。

但就在這時，侍者一側身，大踏步跨進來一個人，卻並不是方天，而是和我分別沒有多久的納爾遜先生，國際警察部隊的高級首長！

第四部：太空計劃中的神秘人物

納爾遜逕自來到陽臺上，由於他突然來到，使我驚愕得忘了起身迎接，而仍然坐在椅上！侍者退了出去，納爾遜在我的對面坐了下來，道：「聽說你受了重傷，是和甚麼人交手來？

我嘆了一口氣，道：「一言難盡。」

納爾遜在他的衣袋中，取出一份金色封面的證件來，乍一看，像是一本銀行的活期存摺一樣。納爾遜將之鄭而重之放在我的手中，道：「七十一國家最高警察首長的簽名，這是世界上第十份這樣的證件，證明你的行動，無論在甚麼樣的情形下，都是對社會治安有利的！」

我接了過來，心中高興到了極點。這是向納爾遜要求發給的證件，納爾遜果然替我辦到了。

我緊緊地握住了他的手，道：「謝謝你！謝謝你！」

納爾遜仰在椅背上，半躺半坐，道：「你可別太高興了。在我們向各國警察首長要求簽名的時候，答應得最快的是義大利和菲律賓兩國，因為你曾對付過義大利的黑手黨，和菲律賓的胡克黨。其餘各國，我們都將你作了詳細的介紹，倒也沒有甚麼問題，只有一個大國，卻節外生枝。」

他講到這裏，搖了搖頭。

我連忙道：「是美國麼？」

納爾遜先生的回答，我這裏不記出來了，因爲後文有一連串的事情，都和這國家有關，根據我以往的慣例，都用代號稱呼，稱之爲「西方某一強國」好了。

我感到很沮喪，這個國家是西方的大國，若是沒有了它的警察首長的簽名，這份證件的作用，至少打了一個七折了。

我道：「怎麼樣，不肯簽麼？」

納爾遜道：「不是不肯，這個國家有兩個不同的安全系統，一個是公開的，一個是半公開的，證件要生效，必需兩個系統的負責人一起簽字，其中一個負責人獲悉你是中國人，他提出必須要委託你做一件事，作爲他簽字的條件。」

我聳了聳肩，道：「簡單得很，是甚麼事？」

納爾遜的神態，卻一點也不輕鬆，道：「你別將事情看得太簡單了，你想，這個國家的安全系統，可以稱得上世界第一，但這件事尚且做不到，而要借重你的力量，這會是簡單的事麼？」

納爾遜這樣一說，我的好勝心，更到了極點，道：「甚麼事，快說！」

納爾遜道：「這件事，是極度的機密的，我特地找到了你，要親口向你說，也是爲了這個原因，當我向你說出之後，這件事，世界上知道的，也不會超過十二個人，你明白麼？」

我不禁有些不愉快，道：「如果有人以爲我是快嘴的人，那就最好別對我說機密的事情。」

納爾遜笑了起來，道：「別發火，事情得從頭說起！」他點著了煙斗，道：「那個國家，有一項未爲人所知的太空發展計劃，那就是征服土星——」

我不等納爾遜講完，便打斷了他的話頭，道：「那我能對之有甚麼幫助？我對於太空科學，可以說是一竅不通，和一個小學生沒有分別。」

納爾遜道：「你聽我講完了再說可好。」

我只得勉強地點了點頭。

納爾遜道：「土星離開地球十分遠，本來不是征服的好對象，但是科學家卻認爲土星的那個光環，是一種金屬的遊離狀態所構成的，利用這種金屬的磁場特性，可以在相隔遠距離下，將太空船吸了過去，那就比探索其他離地球近的大行星，更加便利了。」

我點頭道：「我明白了，這就是說，太空船的方向不會錯，而且還可能節省大量的燃料。」

納爾遜道：「當然，大致來說是這樣子，其中詳細的有利與不利之處，只有主持這個計劃的科學家知道，我們也不必去深究他。」

我道：「當然不必深究，因爲要深究也無從深究起，那麼，要我做的事情是甚麼呢？」

納爾遜敲著煙斗，望著田野，道：「主持這個計劃的，是一個德國人，叫作佐斯，連他的存在，也被認爲是一項高度的機密。」

我道：「我明白了，兩大強國的太空發展成就，大多數都是德國科學家的功勞。」

納爾遜又道：「除了佐斯以外，還有一個人，叫作海文・方。」

納爾遜口中的「海文」，乃是英文「HEAVEN」的譯音，那個英文單字，是天，天空的意思。我立即想起了方天來！

納爾遜看到我神色有異，頓了一頓，道：「怎麼，你不是認識這個人吧！」

我吸了一口氣，道：「你且說下去。」

納爾遜道：「這位方先生，據佐斯博士說，是一個奇材，那項計劃，實際上是由海文・方所主持，只不過因爲方先生的來歷十分可疑，所以才以佐斯爲名義上的主持人，關於決定性的計劃，必需佐斯博士的簽字，方能付諸實施。」

我已被納爾遜的話引得十分入神了。我已經可以料定，那個神秘的「海文・方」，一定是方天。這正是我所要追查的一個人。而納爾遜所說的事，又顯然和這個人有關，自然不能不使我大感興趣。

我催促道：「你快轉入正題吧。」

納爾遜先生道：「好，如今，那個國家所要求你做的事情，便是要你設法弄清楚，這位海文‧方，是怎樣的一個人！」

我心中苦笑了一下，道：「爲甚麼要弄清楚這個問題，我可以知道麼？」

納爾遜先生道：「可以的。這項計劃，並不是幻想，而到了已將實現的階段，一艘巨大的太空船，已在某國的秘密基地，建造成功，準備昇空。這是一艘無人的太空船，準備在成功之後，再發射有人駕駛的太空船的。可是，卻發現海文‧方在這個太空船上，加上了一個小小的船艙，可以使得他自己，容身在這個艙中，而不爲人所覺。」

我道：「這個人的樣子，你可以形容給我聽麼？」

納爾遜先生自袋中取出一隻信封，道：「這裏是他的兩幀照片。」

我連忙接了過來，抽出相片來一看。事情在我的意料之中，那正是方天！相片中的方天，和他的本人，完全一樣，瘦削的臉，閃著異采的眼睛，甚至他那特殊的蒼白膚色，在照片上也可以看得出來。

我苦笑了一下，道：「這個人如今在日本。」

納爾遜先生睜大了眼睛，面上露出了不相信的神色來，道：「你怎麼知道的？」

我道：「你先說他來日本的理由。」

納爾遜先生道：「因為發現了他在土星太空船中的秘密勾當，所以才給了他一個假期，將他支開那秘密基地，集中了科學家，來研究他這個行動的目的，研究的結果，卻證明他並沒有破壞這個太空船，相反地，太空船上，還多了不少有利於遠程太空飛行的裝置，這的確是莫名其妙的事，他為甚麼不將這個行動，公開出來呢？所以，便懷疑他可能是替另一個強國服務的。」

我苦笑道：「來一個太空倒戈麼？」

納爾遜道：「太空科學到如今為止，政治意義大過科學意義，這並不是不可能的事——」

他才講到這裏，突然又傳來了一陣急驟的敲門聲，不等我們答應，門便被撞了開來。衝進來的是一位日本高級警官，和一個歐洲人。那個歐洲人一進來，便向納爾遜道：「他失蹤了！」

納爾遜從躺椅上直跳了起來！

納爾遜給我的印象，一直是鎮定、穩重的，我從來也未曾見到過他那樣地激動過。他幾乎是在申斥那歐洲人，道：「失蹤了，你們是在幹甚麼的？他是怎麼失蹤的？說，說！」

那歐洲人面色蒼白，一句話也說不出來。那位日本警官道：「我看可能是被綁。」

納爾遜呆了一呆，道：「被綁？」

警官道：「是，政治性的綁票。我們跟蹤的人報告說，他今天早上在羽田機場，曾被四個某國領事館的人員所包圍，但是他卻巧妙地擺脫了他們的糾纏。而當他離開了羽田機場之後，又有許多人跟蹤著他。」

我碰了碰納爾遜，納爾遜道：「那是說海文・方。」

我早知道他們所說的是方天了。我不再出聲，聽那日本警官講下去。

那警官道：「本國的保安人員、日本警方、國際警方，再有一方面，便是某國大使館的人物，而結果——」

他面上紅了一紅，道：「我們相繼失去了他的蹤跡，所以我們懷疑他可能遭到了某國大使館人員的綁架。」

納爾遜先生團團亂轉，道：「這就不是我們的力量所能達到的了，失敗、可恥的失敗！」

那歐洲人的額上，沁出了汗珠。我到這時候，才開口道：「著急是沒有用的。」

那日本警官向我望了一眼，他不知我是甚麼人，但是他卻以日本人固有的禮貌，向我道：「是，我們已通知了東京所有的機場、火車站，大小通道，留意這樣的一個人，即使是大使館的車輛，也不可錯過。」

我道：「如果他被某國大使館綁架了，那他一定還在大使館內。」

我請到這裏，向納爾遜先生，使了一個眼色。

納爾遜和我合作，已不止一次了，他立即會意，向那兩人道：「你們繼續以普通的方法，去探索海文·方的下落。他是一個十分重要的人物，你們一定要盡你們的全力！」

那歐洲人抹著汗，和日本警官一齊退了出去。

我等他們兩人走了之後，才低聲道：「事情越來越複雜了，我必須採取特殊的方法，去看看方天是不是在某國大使館內。」

納爾遜望了我半晌，才道：「我不贊成。」

我拍了拍他的肩頭，道：「你放心，如果我被捉住了，那我就是一個普通的小偷，大使館方面，一定會將我交給當地警局的。」

納爾遜道：「你將在日間進行？」

我笑道：「偷偷摸摸的事，當然要到晚上。」

納爾遜道：「好，我可能今天不再和你見面，你要小心些。」

他一說完，便匆匆忙忙走了出去。我知道他是去作進一步的佈置，以防備某國特工人員，將方天運出日本去的。

我獨自一個人，仍坐在陽臺上。我將這幾天來的事情，大略地歸納了一下。從草田芳子的意外，到某國探索土星的龐大太空發展計劃，以致東方集團特工人員的鬥爭，這些事，看來似乎是一點聯繫也沒有的。

但是，深明底細的我，卻知道其中大有聯繫。而聯繫著這些事的，便是方天，那神秘、詭異的藍血人！

根據納爾遜先生所述，方天已經是一個十分傑出的科學家了。這不禁令我感到十分慚愧。當年在學校中，大家同一宿舍，如今，我有甚麼成就呢？今天，輪到要我來弄清他的來歷，這更是一個重大的難題。當然我知道，方天有著一個十分犀利的秘密武器，他是不怕被人傷害，而只有他傷害人的，我對他的處境，一點也不關心。

但是我卻關心我自己，看來方天一直在想制我於死地，兩次，我都僥倖地活了下來，我不能讓方天第三次得到成功，我要消除他第三次加害我的可能性！

那一天，我也被納爾遜感染了．變得十分焦躁，午飯後，更感到時間過得太慢。

我驅車進市區，目的在消遣時間。到了下午兩時，我發現有人在跟蹤我。那時，我正在散步，看看櫥窗。藉著櫥窗玻璃的反光，我看到在對面馬路，有一個穿著和服的男子，正在裝著吸煙，但是卻不斷地在看我。

第五部：莫名其妙打一架

我不知道他是甚麼人，然而在我走過了一條馬路，從櫥窗玻璃中看過去，仍然可以看到他的時候，我便知道他是跟蹤我的了。

我又走了幾條馬路，到二點三十分，我仍然發現那個日本男子跟在我的後面。

而在這三十分鐘之中，我竭力在想，爲甚麼在這裏，竟會有人跟著我。

我準備在今晚，偷入某國大使館去查究方天的下落，那自然使我值得被跟蹤。然而那計劃卻只有納爾遜先生才知道。

那麼，這日本男子又是爲甚麼跟蹤我呢？

我來到了一條比較靜僻的馬路上，那男子仍亦步亦趨地跟了來。我站定身子，聽得身後的腳步聲，也停了下來。

我心中暗暗好笑，立即轉過身去，那穿和服的日本男子，俯下身去，弄著鞋子，我向他筆直地走了過去，那男子看出瞄頭不對，轉過身向路口奔了過去。但是我早已向前跑出了幾步，攔在他的前面。

那男子還想轉身再逃，我早已一伸手，抓住了他的肩頭。那男子的態度，卻立即鎮靜了下來，反倒向我厲聲喝道：「你幹甚麼？」

我冷冷地：「你幹甚麼？」

那男子道：「笑話，你現在在抓著我，你反而問我幹甚麼？」

我向那男子打量了幾眼，只見他面上一股強悍之氣，當然，要打架，我是絕不會怕他的，但是在眼前這樣的情形下，卻被他惡人先告狀，若是鬧起來，我只怕要耽擱不少時間。

我冷笑一聲，道：「好，這一次我饒了你，但是下一次，我卻不放過你了，你要小心一點才好！」那男子對他自己的所作所為，自然心知肚明，我一鬆開他，他便頭也不回地向前走了。

這是一件很有趣的事，剛才，那日本男子還在跟蹤著我。但是當他轉過馬路之後，我便開始跟蹤他了。我脫下了大衣，翻了過來穿著。

我的大衣是特製的，兩面可穿，一面是藍色，一面則是深棕色。同時，我自袋中摸出了一頂便帽，戴在頭上，以及取出一隻尼龍面罩，罩在面上。

只不過大半分鐘的時間，我在外表上看來，已完全是兩個人了。我快步地向前，走過了馬路。

只見在電線桿下，那男子和另一個男子，正在交頭接耳，向我走出來的方向指了指。

那男子大概是在通知另一個人繼續跟蹤，我敢打賭，那傢伙一定想不到我已經在向他走來了。

我在他身近走了過去，走過他的身邊之後，我便放慢了腳步，偷偷回頭來看他。

只見他目送著另一人離去之後，也向著我走的方向走來，我讓他經過了我，便遠遠地跟在他的後面。我要弄清楚，在日本有誰在跟蹤我！

那男子一直不停地向前走著，並沒有搭車的意思，我在他的後面，足足跟了一個小時，已經來到了東京最骯髒的一區。

在這樣的區域中，要跟蹤一個人而不被發覺，是十分困難的事，因爲在兩旁低陋的房屋當中狹小的街道中，全是滿面汙穢的小孩子，在喧鬧追逐。你必需一面走，一面大聲呼喝，方能前進。

而你在大聲呼喝，自然會引起前面的人注意的。所以，我走不幾步，已想放棄跟蹤了。

但是，也就在此際，我卻看到前面的那個人，停了下來，回頭張望。

我心中吃了一驚，立即大聲叱喝起來。因爲我既已決定不再跟蹤下去，便自然犯不上再使那人覺察有人在跟蹤他，我大聲呼喝著汙穢的孩子，正是以虛爲實之計。

果然，那人的眼光只是在我的身上，略掃了一下，便又移了開去。

我心中暗暗好笑，自顧自地向前走了過去，當我在那人身邊走過的時候，我連頭都不偏一偏，而當我走過了七八步，才回過頭來，想看一看那人站在這樣的一條小街中心，究竟想幹甚麼。

我一回過頭來，便不禁呆了一呆。

因為，剛才站在街中心的那人，已不見了。

他當然不可能趕在我的前面，自然也不會退到小街的另一端去的，因為街很長，我們已來到了街中心，他不會退得那麼快的。

唯一的可能是，他進了一間那種矮陋的房子，我不禁暗暗頓足，因為我只要不是那麼大意，就可以知道那人在這裏停下來，必然有原因的了！

現在事情自然還可以補救。我向前走出幾步，拍了拍一個十歲左右的男孩子的肩頭，道：「剛才站在街中心那男人，進哪一間屋子去了？」

那男孩子順手向一家指了指，道：「那裏！」

我循他所指看去，只見那間屋子的面前，有一個老大的污水潭，閃著五顏六色的油光，散發著令人作嘔臭味。

每一個大城市，都有著美的一面和醜的一面，東京自然也不例外。看了這條街的情形，想像力再豐富的人，也不能想像到在同一城市之中，會有著天堂也似的好地方！

我閃開了追逐著的孩子，到了那間屋子之前，跨過了那污水潭，一伸手，推開了門。在陰暗的光線下，有兩個傴僂著背，正在工作的鞋匠，抬起頭，向我望來。

屋子十分小，有一個後門，可以通到一個堆滿了破玻璃瓶和洋鐵罐頭的院子，有一隻癩皮狗，正伸長了舌頭舐一隻空罐頭。

我抬頭向上看去，屋上有一個閣樓，雖然在冬天，但那閣樓上，也散發著一陣汗臭味。

我看到了這樣的情形，心中不禁莫名其妙。

那兩個鞋匠一直在看著我，其中一個問道：「先生，釘鞋麼？」

我問道：「剛才可有人走進來！」

那兩個鞋匠互望了一眼，道：「有人來？那就是你了，先生！」

我猛地省悟到，我可能給頑童欺騙了，頑童的順手一指，我便信了他，那當真可以說是陰溝裏翻船了！

我尷尬地笑道：「對不起！對不起。」一面說，一面退了出去，其中一個鞋匠，望著我的鞋，道：「先生，你的鞋跟偏了，要換一個麼？」

我並沒有在意，只是順口道：「不用了。」

我正開始轉身向門外走去，只聽得兩個鞋匠，打了一個呵欠，我心中正在同情他們辛苦的工作，但是，也就在此際，我突然感到，已有人到了我的身後！

我背後當然沒有長著眼睛，而我之能夠覺察到有人掩到了我的背後，那是一種直覺，是我多年冒險生活所培養出來的一種直覺。

我連忙手臂一縮，一肘向後撞去。

我聽得了「哎唷」一下呻吟聲，顯然，掩到我身後的人，已被我那一肘重重地撞中。而我也犯了錯誤，剛才我感到身後有人，但是我的直覺卻未能告訴我是幾個人。

就在我一肘撞中了一個人之際，我的後腦，也重重地著了一下。

用來打我的，似乎是一隻大皮靴，如果換了別人，後腦上捱了那樣一擊，一定要昏過去了。但對我來說，那卻只不過令我怒氣上升而已。

我一個轉身，本來準備立即以牙還牙的。可是，我心念急轉，想到了我不知跟蹤我的是甚麼人，而這一方面的人，竟然處心積慮，在這樣汙穢的地區，派人扮著鞋匠，作爲聯絡員，那當然不會是一個簡單的組織了。我何不趁機詐作昏倒，以弄清他們的底細？

我主意既定，便索性裝得像些，面上露出了一個古怪的笑容，身子一軟，便倒在地上。果然，我看到一個鞋匠，用來擊我後腦的，乃是一隻長統大皮靴！

那兩個「鞋匠」，這時站直了身子，竟是一個身子極高的大漢，他面上的皺紋，自然是化裝的效果。

另一個「鞋匠」的身材，可能不在他的同伴之下，但這時他卻在打滾，捧住了肚子，哎唷之聲，不絕於耳。我剛才的那一肘，至少他要休息七八天才能復原！

站著的「鞋匠」揚了手中的靴子，向我走來，伸足在我腿上踢了一腳，我仍然一動不動。

他向另一個人喝道：「飯桶，快起來！」

那人皺著眉頭，捧著肚子，站了起來，仍是呻吟不已，那「鞋匠」迅速地關上了門。

他們將我拖到了後院子中，放在一輛手推的車子之上，然後，再在我的身上，蓋了兩隻其臭難聞的麻袋，而且，又在我的後腦上重重地敲了兩三下。

爲了弄淸他們的來歷，我都忍著，反正我記得那「鞋匠」的面目，不怕將來不能連本帶利，一齊清算。我覺出自己已被推著，向外面走去。

那傢伙一面推著我，一面又搖著一隻破鈴，高聲叫著，他又從「鞋匠」而一變爲收賣舊貨的了。我倒不能不佩服他的機智。

我約莫被推了半個小時左右，才停了下來。

我偷偷地將蓋在我身上的麻袋，頂開一道縫，向外看去。只見已經來到了一個十分乾淨的院子中，院中種著很多花卉，看來像是一個小康之家，那人將鈴搖得十分有節奏，只要一聽，便可以聽得出，他是在藉鈴聲而通消息。

我心中暗忖，這裏大概就是他們的地頭了，只見屋子的門移開，一個大漢，向外張望了一下，那傢伙迅速地將我推到了門前，兩個人一個抱頭，一個抱腳，將我抬了進去。

我將眼睛打開一道縫，只見屋子正中，有一個穿著黑色和服的老者，面色十分莊嚴，坐在正中，兩旁站列著四個人，那四個人中，有跟蹤我而又被我反跟蹤的男子在內。

連抬我的兩人在內，對方共是七個人，我心中暗忖，已到了發作的時候了。就在抬我的兩人，要將我放下來之際，我雙腿突然一屈，捧住我腳的人，隨著我雙腿的一屈，向前跌來。我雙腳又立即向前踢出，重重地踢在他的面上，那假冒鞋匠在我後腦上敲了三四下的傢伙，發出了一聲驢鳴似的慘叫，身形向後一仰，面上已是血肉模糊，直跌出了三四步，才直挺挺地倒在地上。

而我雙腳一點地，身子突然一個反轉，抬住我頭的人，見勢不妙，慌忙將要後退之際，我早已兜下巴一拳，打了上去。

只聽得那人的口中，有骨頭碎裂之聲，那人後退了兩步，倚在牆上，滿口是血，那裏還講得出話來？

我的動作極快，打發了兩條壯漢，我相信還不到幾秒鐘的時間。然後，我拍了拍身上，整了整領帶，站在那老者和四個人的面前，道：「好，我來了，有甚麼事？」

我相信我剛才的行動，一定令得他們震駭之極，所以一時間，誰也出不了聲。我一伸手，抹去了面上的尼龍纖維面罩，向那曾經跟蹤我的人一指，道：「哼，你不認識我了麼？」

我絕無意為我自己吹噓，我手向那人一指間，那人連忙向後退去，連面色都變了。

五人之中，只有那老者的面色，還十分鎮定，他「嘿嘿」地乾笑道：「好漢！好漢！」

他一面向身邊的四人，使了一個眼色，四人一齊向後退去，散在屋子的四角，顯然是將我圍在中間了。我心中正在想，難道那老者在眼見我大展神威之後，他自己還要和我動手麼？我之所以會這樣想，因爲從那老者坐在地上的姿勢來看，一望便知他是柔道高手。

而正當我在這樣想之際，那老者的身子，已向前面滑來，來勢之快，實是出乎我的意料之外，當我覺出不妙時，他早已得手，我只覺得身子陡地向旁一側，已重重地摔在地上。

我立即一躍而起，那老者再次以極快的身法，向我衝了過來。我身子閃開，就勢向他的背上按去。因爲那老者的身形，並不高大，所以我想，如果我一把按中了他的背部，五指一用力，可能將他提了起來。

怎知老者的身手，卻是異常矯捷，我手才按下去，他突然一個翻身，又已抓住了我的腰際，我再次被他重重地摔了一跤。

我不是沒有學過柔道，但柔道卻不是我的專長。那老者的功夫，顯然在日本也是第一流的。我一連給他摔了兩跤，第一跤還可以說在毫無準備的情形之下被摔的，那第二下，卻是老者的功夫深湛了。

我一個轉身，側躍而起，也忍不住道：「好功夫。」

那老者目光灼灼，身形矮著，像鴨子飛奔一樣，身子左右搖擺，又向我撲了過來。我心中暗忖，若是再給他摔上一下，那也未免說不過去了，因之，在他未曾向我撲到之前，我便也向他疾衝了過去。

我向前衝去的勢子十分快疾，那老者顯然因爲不知我的用意何在，而猶豫了一下。他一猶豫，便給我造成了一個機會，我身子一側，肩頭向他的胸口撞去。那老者身形一矮，雙臂來抱我的左腿，我早已料到他有此一著，右腿疾踢而出，一踢在他的下頷之上。

那老者身子向後倒去，爬起來之後，面目發腫，口角帶血。

只見他一揮手，口中含糊地道：「你在這裏等著，不要離開。」

我冷笑道：「你們是甚麼人？」

那老者帶著幾個人，已向後退去。我如何肯休，連忙追了出去，追到了後院，只見幾個人已一齊躍上了一輛大轎車，車身震動，已向外疾馳而去。倉卒之間，我連車牌號碼都未曾看清楚，車子便已經馳走了。

我呆了半晌，心中暗忖，那實是太沒道理了，莫名其妙地打了一架，結果卻連對方是甚麼來歷，都不知道。我轉到屋子中，逐個房間去找人，但整幢屋之中，顯然一個人也沒有。

我耐著性子在一間房間中等著，以待一有人來，便立即走出去。

可是一直等到我肚子咕咕亂叫，天色也黑了下來，也還是一點結果都沒有。我晚上還有要事待辦，其勢不能再等下去。

我從大門口走了出來，只見那輛手推車也還在，我出了門，記住了那所屋子的地址，準備第二天再來查究明白，看看這些人是爲甚麼跟蹤我。

車。

我在一家小吃店中，吃了個飽，也不回旅館去，僱了一輛街車，到了某國大使館的附近下

第六部：偷運

我又在附近蹓躂了近兩個小時，直到午夜，才漸漸地接近圍牆。某國大使館的建築，十分宏偉，圍牆也高得很出奇。

我在對面街的街角上，望了半晌。我手中拿著一隻酒瓶，口中也不斷含糊地唱著歌，裝出一副醉漢的模樣，以免惹人注目。

大使館中，只有三樓的一個窗口中，有燈光射出。

方天是不是在裏面，本是一個疑問，我又等了一會，到幾條馬路之外的電話亭處，和納爾遜先生通了一個電話，納爾遜告訴我，方天仍然下落不明，極有可能，是在某國的大使館中！

我又回到了原來的地方，再度打量大使館的圍牆，要爬上去，自然不是難事，但難的是，就算爬了進去，又如何找尋方天的下落呢？

我並沒有呆了多久，將酒瓶塞在衣袋中，迅速地來到了牆腳下，伸手掏出一團牛筋。那一團牛筋，看來只不過如拳頭的大小，但卻有三十公尺長，而且恰好承得起一個人的重量，是攀高的妙物。我一揮手，牛筋上的鉤子，拍地一聲，已鉤在牆上了。我迅速地向上爬去，不到三分鐘，便已收好了那團牛筋，那時，我人已在圍牆的裏面了。

我緊貼著圍牆而立，只見就在其時，有幾個人從門口走了出來，步履十分快，顯出他們心中都有著十分重要的事情。

那幾個人走下了石階，其中一個，以這個國家的語言道：「再去留意通道，即使要由東京的下水道，將他運走，也在所不惜，上峰等著要這個人，絕不能遲！」

另外幾個人答應一聲，一齊向圍牆的大門走去，只有一個人，仍站在石階上。他的樣子，看來很熟悉，那自然是報紙上經常有他的照片發表的緣故，他就是大使了。那時候，我心念電轉，已經有了決定。

我可以根本不必去冒偷偷摸摸的險，我大可以堂而皇之地去見大使，並且向他提供幫助！因爲從他剛才吩咐那幾個人的話中聽來，方天顯然在他們的手中，而且他們急於將方天帶離東京！

我一動也不動地站著，直到那幾個人出了鐵門，驅車而去，我才又拋出了牛筋，爬出了圍牆，然後，我大模大樣地轉到正門，大力揿著門鈴。

鐵門的小方洞中，立即露出一個人臉來，用日文大聲地怒喝道：「滾開！」

我笑嘻嘻地道：「我要見大使。」

那人罵了一句，還是道：「快滾！」我冷冷地道：「大使會見我的，只要你對大使說，你們做不到的事，我做得到，這就行了，如果你不去報告，只怕你要被當成是不忠實份子了。」

最後的一句話，十分有效。那人關上了小鐵門，向裏面走去。我在鐵門外徘徊，約莫過了七八分鐘，才又聽得有人道：「你是甚麼人？」

那一個講的是英語，十分蹩腳，我也以英語答道：「你們不必理會我是甚麼人，如果你們有困難的話，那你們不必擔心甚麼，只要肯出錢就是了。我一個人，還能夠搗毀你們的大使館麼？」

那人道：「你知道了些甚麼？」

我道：「我甚麼也不知道，但是我卻知道，東京警局總動員，封鎖了一切交通通道，所以，我便想到，事情可能和貴國有關！」

那人乾笑了兩聲，道：「好，請進來。」

鐵門軋軋地響著，打開了一道縫，我擠身走了進去，心中暗自好笑，心想某國大使館的力量，何等雄厚，但如今卻也不得不相信一個自己摸上門來的人。

剛才，我還是偷偷摸摸地攀牆而進的人，但此際我卻堂而皇之地請進了大使館。我才進門，便發現暗中走出了四個人，緊緊地跟在我的後面。

我自然不放在心上，因爲見到了大使之後，他們便會將我當朋友了。

我踏上了石階，被引到了一間有著絕對隔音設備的房間之中，大使坐在椅中，冷冷地望著我，我身後仍有四個人在監視者。

大使望了我半晌，道：「你要甚麼？」

我聳了聳肩，道：「我要坐下，可以嗎？」

大使向一張椅子指了一指，道：「就是這張，你還要甚麼？」

我在椅上坐了下來，道：「我還要錢。」

大使的話，仍是簡單得像打電報，道：「要多少？」

我道：「那要看你們面臨著甚麼困難而言。」

大使冷冷地道：「你有甚麼辦法解決我們所不能解決的困難？」

我也冷冷地道：「那就是我賺錢的秘密了！」

大使不出聲，掏出了個煙斗來，裝煙、點火，足足沈默了三分鐘，他才忽然以煙斗向我一指，道：「搜他的身！」我一聽得那句話，不由得直跳了起來！

我的確未曾防到這一著，而只要一被他們搜身的話，我的把戲，便再也玩不下去了。因爲他們只要發現納爾遜先生在日間給我的那份證件的話，便可以知道我的身份了，我跳了起來之後，大聲道：「我抗議。」

倒看不出，那大使還具有幾分幽默感，他冷冷地道：「抗議無效。」

兩條大漢，已一左一右，將我扶住，另一條大漢，來到了我的身前。我自然可以輕而易舉地將他們打倒，但那樣一來，我自然再也出不了這座大使館了。

我大叫道：「搜身的結果，是你們失去了一個大好的機會。」

大使一揮手，那個大漢退開了一步，大使冷冷地道：「爲甚麼？」

我道：「你們膽敢侮辱我，那麼，不論多少錢，我都不幫你們的忙了。」

大使道：「你知道我們要幫甚麼忙？」

我道：「你們有一樣東西，要運出東京去。」

大使的面色，變了一變。就在這時候，他身邊的一具電話，響了起來。大使抓起了聽筒之後，他的面色就一直沒有好轉過。

那個電話，顯然是比他更高級的人打來的，因爲他只有回答的份兒，連講話的機會都沒有。

當他放下話筒之際，他的額上，已冒出了汗珠。他再次揮了揮手，在我身旁的兩個大漢，也向後退了開去，不再挾住我了。

我雖然未曾聽到那打來的電話，講了一些甚麼，然而，從大使灰敗的臉色上來看，可知事情已十分嚴重和緊急了。

那嚴重和緊急，分明已使得他不及考慮我是否可信，而到了必需相信我的程度。他揮開了挾住我的大漢，不再搜我的身，便是證明。

我大大地鬆了一口氣，泰然自若地坐了下來。

大使摸出了手帕，在他已見光禿的頂門上抹著汗，道：「如果是很大件的東西，你也有法子在如今這樣的情形下，偷運出東京去麼？」

我聳了聳肩，道：「你得到的封鎖情報，詳細情形是怎樣的？」

大使來回踱了幾步，道：「所有的大小通道，都要經過嚴密的搜檢，而且，還出動了最新的雷達檢查器，你知道，這種儀器—」我不等他講完，便道：「我知道，這種儀器可以在汽車速度極高的情形下，測出疾馳而過的車輛中，有沒有需要尋找的東西。」

（一九八六年按：這種「裝備」，略經改良，現今用來作爲追緝開快車，真是大才小用之至。）

大使點了點頭，腦門子上的汗珠，來得更大滴了。

他沈聲道：「你還能夠給我們以任何幫助麼？要知道，我們待偷運出去的東西，體積十分巨大！」我道：「當然可以，不然我何以會來見你？不要說體積巨大，就算是一個人——」我講到此處，故意頓了一頓，只見大使和四個大漢的面色，陡地一變！我頓了極短的時間，立即又道：「——我也可以運得出去。」

從剛才那大使和四條大漢面色陡變這一點上，我幾乎可以肯定，他們要我運出去的，正是一個人。然而，接下來大使所講的話，卻又令我，莫名其妙！

他乾笑了幾聲，道：「當然不是人，只是一些東西。」我道：「甚麼東西？」大使瞪著我，道：「你的職業，似乎不應該多發問的？」我碰了一個釘子，不再問下去。大使向四個大漢中的一人，作了一個手勢，那大漢推開了一扇門，向外走了出去。

大使轉過頭來，道：「由於特殊的關係，這件事，我們委託你進行，但是，你的一舉一動，還全在我們的人的監視之下，這一點你不可不明白！」

我心中十分猶豫，我雖然不怕冒險，但是我卻也從不牽入政治、間諜、特務這一類鬥爭的漩渦之中的。然而，眼前的情形，卻使我不得不進入這個漩渦了。當然，在那時候，我如果及時退出的話，是還可以來得及的。

但是，我又如何對納爾遜先生交代呢？

再說，方天的下落，這個藍血人的神秘行動，以及納爾遜口中所說的那個征服土星的計劃，和方天在巨型太空火箭上的特殊裝置，這一切，都是我急想知道的事情。如果我就此退出的話，我也難以對自己的好奇心作出交代！

我點了點頭，道：「自然，你可以動員一切力量來監視我的。」

大使道：「好，你要多少報酬。」

我道：「那要看你們待運的貨物而定。」

大使道：「那是一隻木箱，約莫是一立方公尺大小，重約一百五十公斤。」我心中暗暗好笑，他們一定是將方天裝在那隻木箱中。

我故作沈吟道：「體積那麼大，我不得不要高一點的價錢。但是我還希望有下一次的交易，又不得不收便宜一些……」

大使不耐煩道：「快說，快說。」

我伸出了兩個手指，道：「二十萬美金。」大使咆哮了起來，道：「胡說！」我站直身子，道：「再見。當你來找我的時候，價錢加倍。」

大使連忙又道：「慢……慢，二十萬美金，好，我們答應你。」他又向另一個大漢，使了一個眼色，那大漢也立即走了出去。

大使坐了下來，道：「你要知道，我相信你，是十分輕率的決定。」

我笑了一下，道：「但是你卻只能相信我。」

大使苦笑道：「是，然而如果你弄甚麼狡獪的話，你該相信，我們要對付一個人，是再容易不過的。」我聽了他的話之後，心中也不禁感到了一股寒意。

的確，他們的拿手手段，便是暗殺，我以後要防範他們，只怕要花費我大部份的精力，這代價實在太大了一些。

但事情已發展到了這一地步，我也已騎虎難下，不能再退卻了。

我想了一想，道：「那不成問題，然而，我的一切行動，我所接頭的人，以及我所使用的方法，你們卻也不要亂來干涉我。」

大使望了我一會，道：「可以的。我們要在東京以西，兩百三十四公里外的公路交岔點上，收到這隻木箱，屆時，一輛大卡車，和一個穿紅羊毛衫的司機，將會在那裏等著。」

我道：「好，後天早上，你通知司機在那裏等我好了。」

「後天早上？」大使有點不滿意這個時間。

我攤開了雙手，道：「沒有辦法，困難太多了。」

大使半晌不出聲。沒有多久，先後離開的兩個大漢，都回來了，一個手中持著一隻脹鼓鼓的牛皮紙大信封，大使接了過來，交到我的手上，道：「照規矩，先付你一半！」

我打開信封，略瞧了一瞧，一大疊美鈔，全是大面額的。

另一個大漢道：「跟我來。」

大使道：「他帶你看要運出去的東西，你不必再和我見面了。」

我一笑，道：「除非下次你又要人幫助的時候！」

大使啼笑皆非地點了點頭。我便跟著那個大漢，向後走去，在大使館的後門口，廚房的後面，地上放著一隻大木箱。

那木箱外表看來十分普通，木質粗糙，就像普通貨運的木箱一樣，上面印著的黑漆字，寫著「磁器」、「請輕放」等字樣。

我走近去，用手指一摸那些字，黑漆還未曾乾，那顯然是第一個大漢出來時匆忙而成的傑作。

我走向前去，雙臂一伸，向上抱了一抱，的確有一百五十公斤上下的份量，在我一推之際，我還搖了一搖，我想，如果箱子中有人的話，一定會有響聲發出來的。但是我卻失望了，因爲在搖動之際，一點聲音也沒有。

那大漢冷冷地望著我，道：「你怎麼將箱子運離這裏？」

我笑著拍了拍他的肩頭。我故意用的力度十分大，痛得他齜牙咧嘴，但是卻又不好意思叫出來，我道：「你在這裏等我，四十分鐘之內，我帶運輸工具來，你可別離開此地！」

那大漢以十分懷疑的目光望著我，我則已催促著他，打開了門，讓我走了出去。

一出後面，寒風迎面撲來，我吸進了一口寒氣，精神爲之一振。

雖然我知道，戲弄這個國家的特務系統，並不是一件鬧著玩的事情，後果是十分嚴重的。然而，我還是忍不住想笑了出來。

我才穿出了後巷，便發現至少有三個人，在鬼頭鬼腦地跟蹤我。其中有兩個，看來十分像日本人，但是我卻以爲他們是朝鮮人。

我當然不去理睬他們，我也不想擺脫他們，直到我走到一個公共電話亭之前，才停了下來。當我回頭看時，我竟發現有六七個腦袋，迅速地縮回牆角去！

我心中苦笑了一下，這些跟蹤我的人，很可能帶有長程偷聽器，那麼，我連打電話都在所不能了！我迅速地想了一想，撥動了納爾遜先生給我的，和他聯絡的號碼，當他「喂」地一聲之際，我立即道：「我告訴你，大使館的買賣，進行得很順利。」

納爾遜先生立即便聽出了我的聲音。

而且，他也立即省悟到我之所以不明白交談，一定是防人偷聽之故。便道：「買賣順利麼？賺了多少？」我道：「二十萬美金。」

納爾遜先生居然「噓」地一聲。

我敢相信他一定不知道我此際講的話是甚麼意思，但是他的反應，卻配合得天衣無縫，和這樣的好手合作，的確是人生一大快事。

我忙又道：「如今，我要一輛車子，最好和警車一樣，真正的警車一樣，要用一個穿警察制服的人，駛到大使館後門來。半小時之內，做得到麼？」

納爾遜大聲道：「O・K！」

那絕不是納爾遜先生原來的口吻，但是他此際說來，卻是唯妙唯肖。

他收線了，我不將話筒放上，偷眼向外面看去，只見在前面牆角旁有一個人，正迅速地從一本小簿子上，撕下一張紙條來，交給另一個人，而那個人則向大使館方面，快步疾走而去。

果然不出我所料，跟蹤我的人，果然有長程偷聽器，那小紙條上，自然是偷聽的報告，此際，由專人送給大使去審閱了。

我放下了話筒，吹著口哨，推開了電話亭的門，向外走了出來。

我故意在附近的幾個小巷之中，大兜圈子，時快時慢，將監視我跟蹤我的人，弄得頭昏腦漲，然而，我又直向大使館的後門走去。

在我將到大使館的後門之際，一輛警車，在我的身旁駛過，我快步趕向前去，那輛警車，已停在大使館的後門口了。

我來到了車旁，車門打開，一個穿著日本警察制服的司機，躍了下來。我向那個司機一望，便幾乎笑了出來，原來那正是納爾遜先生，經過了化裝，他看來倒十分像東方人。

我打著門，門開了一道縫，看清楚是我後，那大漢才將門打了開來。我向納爾遜先生一招手，我們兩人，一齊進了大使館的後院。

大使館中的人，當然早已接到報告了，所以對於一輛警車停在他們的後面，一點也不起疑，他們一定以爲那是一輛假的警車！

我向納爾遜先生使了一個眼色，示意他不要出聲。

雖然他的眼光之中，充滿了好奇的神色，但他究竟是一個出色的合夥人，所以一聲也不出，我們兩人走進了大使館的後院。

那隻大木箱仍舊在，我向那個大漢作了一個手勢，逕自走到大木箱之前，雙臂一張，便將那隻大木箱抱了起來。那大漢面上露出駭然的神色來。一百多公斤的份量，對我來說，實在不算是怎麼一回事，我抱著大木箱，向外走去，納爾遜先生跟在我後面，還向那個大漢搖手作「再會」狀。

我出了後院，抬頭向上看去，看到三樓的一個窗子上，大使正自上而下地張望著。

我向他點了點頭，他也向我點了點頭。我將木箱放上了警車。那警車是一輛中型吉普改裝的，足夠放下一隻大木箱而有餘。

納爾遜先生則跳上了座位，一踏油門，車子如同野馬一樣，向前駛出。

納爾遜以極高的速度，和最熟練的駕駛技術，在三分鐘之內，連轉了七八個彎。我向後看去，清晨的街道，十分寂靜，我相信跟蹤者已被我們輕而易舉地擺脫了。

當然，以那個大使館的力量，可以在很短的時間內，便再度通過他們所收買的小特務，來偵知我們的下落，但那至少是半個小時之後的事情了。在這半個小時中，我們至少是不受監視的。

納爾遜先生向我一笑，道：「到哪裏去？」

我道：「你認爲哪裏最適宜打開這隻木箱，就上哪裏去。」

納爾遜先生向那隻木箱望了一眼，眉頭一皺，道：「你以爲木箱中是人麼？」

我呆了一呆，道：「你這話是甚麼意思？」

納爾遜先生又道：「我認爲一個裝人的木箱，總該有洞才是。」

那木箱是十分粗糙的，和運送普通貨物的木箱，並沒有甚麼分別，當然木板與木板之間，是有著縫的，所以，我聽了納爾遜先生的話後，不禁笑了起來，道：「這些縫難道還不能透氣麼？」

納爾遜先生的語氣，仍十分平靜：「照我粗陋的觀察中，在木箱之中，還有一層物事。」

我呆了一呆，自衣袋中取出小刀，在一道木縫中插了進去。

果然，小刀的刀身只能插進木板的厚度，刀尖便碰到了十分堅硬的物事，而且還發出了金屬撞擊的聲音，連試了幾處，皆是如此。

我不禁呆了一呆，道：「可能有氧氣筒？」

納爾遜先生一面說話，一面又轉了兩個彎，車子已在一所平房面前，停了下來。

納爾遜一躍而下，街角已有兩個便衣警員，快步奔了上來，納爾遜先生立即吩咐：「緊急任務，請你們的局長下令，將所有同型的警車，立即全部出動，在市中到處不停地行駛，這一輛也要介入。」

那兩個便衣警員立正聽完納爾遜先生的話，答應道：「是。」

我知道納爾遜先生的命令，是為了擾亂某國大使館追蹤的目標，這是一個十分好的辦法。

納爾遜先生向那所平房一指，道：「我們快進去。」

我從車上，抱起那隻大木箱，一躍而下，跟著納爾遜先生，一齊向那所平房之中走去。

那兩個便衣警員，在不到一分鐘的時間內，便將警車開走了。

我們深信我們之來到這裏，某國大使館的人員，是絕對不可能知道的。我和納爾遜，到了屋中，我才將木箱放了下來。

屋中的陳設，十足是一家典型的日本人家，一個穿著和服的中年婦女，走了出來，以英語向納爾遜先生道：「需要我在這裏麼？」

納爾遜先生道：「你去取一些工具，如老虎鉗、鎚子，甚至斧頭，然後，在門口看著，如果有可疑的人來，立即告訴我們。」

第七部：神秘硬金屬箱

那日本中年婦人答應了一聲，一連向那木箱望了幾眼，才走了出去。

她的態度，引起了我的疑心，我低聲問道：「這是甚麼人？這裏是甚麼地方？」

納爾遜先生也低聲道：「這是國際警方的一個站，她是國際警方的工作人員，平時完全以平民的身份，居住在這裏，說不定十年不用做一些事，但到如今，她有事可做了。」

我道：「她沒有問題麼？」納爾遜先生道：「你不應該懷疑國際警方的工作人員的。」

我剛想說，那中年婦女剛才連看了那木箱幾眼，那表現了她的好奇心。而一個好的、心無旁騖的警方人員，是絕不應該有好奇心的。

只不過我的話還未出口，那中年婦女便已提著一隻工具箱走了進來，放在我們的面前，又走了出去。她雖然沒有再說話，可是她仍然向那隻大木箱望了好幾眼。

我心中暗暗存了戒心，但卻不再和納爾遜先生提起。納爾遜先生只是將帽子除下，連警察的制服都不及脫，便和我兩人，一齊動手，將那隻木箱，拆了開來。

才拆下了兩條木板，我們便看到，在木箱之中，是一隻泛著銀輝的輕金屬箱子，那可能是鋁，也可能是其他輕金屬合金。

我本來幾乎是可以肯定在那木箱之中，一定藏著被注射了麻醉藥針的方天的。然而這時候，我的信念開始動搖了。

因為若是裝運方天，又何必用上這樣一隻輕金屬的箱子呢？

沒有多久，木板已被我們拆除，整個輕金屬的箱子，也都暴露在我們的面前。說那是一隻箱子，倒還不如說那是一塊整體來得妥當些，因為在整個立方體上，除了幾道極細的縫外，幾乎甚麼縫合的地方也沒有。我舉起了一柄斧頭，向著一道細縫，用力地砍了下去，只聽得「錚」地一聲，斧刃正砍在那道縫上，但是一點作用都不起。那種金屬，硬得連白痕都不起一道。

納爾遜先生在工具箱中，拿起了一具電鑽，接通了電，電鑽旋轉的聲音，刺耳之極，可是鑽頭碰到那金屬箱所發出的聲音，卻更令人牙齦發酸，只聽得「拍」地一聲，鑽頭斷折了。而在箱子的表面上，仍是一點痕跡也沒有！

納爾遜連換了三個鑽頭，三個鑽頭全都斷折。

他嘆了一口氣，道：「沒有辦法，除非用最新的高溫金屬的切割術，否則，只怕沒有法子打開這一隻金屬箱子來了。」

我苦笑了一下，道：「焊接這樣的金屬箱子，至少需要攝氏六千度以上的高溫，所以──」

納爾遜先生接上口去，道：「所以，箱子裏面，絕對不可能是方天。」

我輕輕地敲擊著額角，想不到我自己妙計通天，令得某國大使館親手將方天交到了我手中，但結果卻完全不是那麼一回事！

我強自爲自己辯解，道：「我聽得十分淸楚，在大使館中，有人說『即使經由東京的下水道，也要將它運走』的！」

納爾遜道：「那可能是某國大使館外籍僱員說的，那僱員可能連某國語言中『他』和『它』的分別也未曾弄淸，以致你也弄錯了。」

我再將當時的情形想了一想，當時我隱身在牆下的陰影之中，只見大使送幾個人出來，有人講了那樣的兩句話，我以爲那是大使說的，因爲那句話中，帶著命令的口吻。

但究竟是不是大使說的，這時連我也不能肯定了！

我「砰」地一拳，擊在那金屬箱子上，道：「我再去找他們。」

納爾遜道：「還有這個必要麼？方天不一定在某國的大使館中！」

我苦笑道：「那麼他在甚麼地方？」

納爾遜先生道：「我相信他還未曾離開東京，我們總可以找得到他的，倒是這隻箱子……」他一面說，一面以手指敲著那隻箱子，續道：「裏面所裝的，究竟是甚麼東西呢？」

我聳了聳肩，道：「誰知道？」

我因爲自己的判斷，完全錯誤，心中正十分沮喪，所以回答那「誰知道」三個字之際，聲音也未免粗了些。納爾遜先生一笑，道：「你想，這難道不是一件很有趣的事情麼？我們封鎖檢查大小交通孔道，是爲了對付方天，但某國大使館卻起了恐慌，你說，這箱子中的東西，是不是十分重要？」

我聳了聳肩，道：「反正和我無關。」

納爾遜望著我：「和你有關！」

我道：「爲甚麼？」納爾遜道：「我和你分工合作，我繼續去找海文•方，你去調查一下這隻大金屬箱的來歷，我相信這是十分容易的事，因爲可以焊接這種高度硬性輕金屬的工廠，在日本，我看至多也不過三四家而已。」

我耐著性子聽他講完，才道：「我不得不掃興了，我不去調查這箱子，我仍要去尋找方天，因爲我和他之間，還有點私人的糾葛。」

納爾遜先生道：「或者這箱子，還包含著十分有趣的事哩！」

我笑了笑，道：「我相信沒有甚麼事，有趣得過方天了，你可知道方天體內的血液，是藍色的，就像是藍墨水一樣的麼？」

納爾遜呆了一呆，道：「你在說甚麼？」

我道：「怪事還多著啦，如果你可以不和人說，我不妨一一告訴你。」納爾遜先生道：

「快說，我們受了某國的委託，正要詳細地調查海文・方的一切。」

我點了點頭，但是事情實在太複雜怪異了，一時之間，我竟不知從何說起好。我沈默了片刻，才道：「方天是我大學時的同學。」

納爾遜先生道：「是你的同學，好，那麼再好也沒有了！」

納爾遜先生大聲說著，想不到他的話，竟起了回音，在門口突然有另一個聲音道：「再好也沒有了，的確再好也沒有了！」

我和納爾遜兩人，都陡地吃了一驚。

我們的確一點預防也沒有，因爲我們在大門口，派有把風的人，就是那個中年日本婦女，而據納爾遜先生說，那人又是可靠的。那麼，有人來的話，我們至少應該聽到聲息才是。

而如今，我們一點聲息也沒有聽到。當我們抬起頭來時，三個男子，手中各持著手槍，已對準了我們。

我和納爾遜先生，在這樣的情形下，不得不一齊舉起雙手來。

三個男子之中，正中的那個又道：「太好了，的確太好了！」他一面說，一面扳動了機槍。

子彈呼嘯而出，射向那隻金屬箱子，他手指不斷地扳動著，連放了七下，將槍中的子彈，全部射完，每一顆子彈，都打中在金屬箱子上。

但是，每一顆子彈，也都反射了出去。剎時之間，子彈的呼嘯之聲，驚心動魄。我和納爾遜先生，都不是沒有見過世面的人，但是那時候，我們兩人也爲之面上變色。因爲那人只要槍口稍歪了一歪，子彈便會向我們兩人的身上，招呼過來了。

而且，就算那人不打算射擊我們。反射開來的子彈，也可能擊中我們，而子彈反彈開來的力道，也是十分之大，如果被擊中了要害，只怕也難免一死！

那人連發了七槍，大約只用了十秒鐘的時間，但在我的感覺之中，那十秒鐘，當真長得出奇。

好不容易，那人一揚手，哈哈大笑起來，我和納爾遜才一起鬆了一口氣。

只聽得他笑了幾聲，道：「是了，獨一無二的硬金屬箱，哈哈，終於落到了我的手中。」

我和納爾遜兩人，到這時候，仍然不明白那硬金屬的大箱中，裝著甚麼。看那人的情形，顯然是知道的，而鑄成那隻箱子金屬的硬度，也的確驚人。七粒子彈，在那麼近的距離向之射擊，但結果只不過是出現了七點白印而已。

納爾遜先生立即問道：「箱子中是甚麼？」

那男子聳了聳肩，拍著手掌，立時有四個大漢，向前湧來。

那男子大聲喝道：「退到屋角去！」

我和納爾遜兩人，在這樣的情形下，除了服從他的命令之外，一點辦法也沒有。我們退到了屋角，那四個大漢已在一起將那隻箱子，托了起來，向外走去。

在那時候，我和納爾遜先生兩人，不約而同地互望了一眼，顯而易見，我們兩人心中，都想到了那是我們的一個機會！

當那幾個人在門口出現的時候，我們措手不及，簡直一點反抗的餘地也沒有。

而那幾個人，如今還站在門口。

很明顯，他們雖在對付我們兩人，但主要的目的，還在於那大隻箱子，那四個大漢當然是要將大箱子托出門外去的。門並不寬，僅堪供箱子通過。所以，站在門口，以槍指住我們的兇徒，不是後退，便是踏向前來，總之非移動不可。

而只要他們一移動，我和納爾遜兩人，就有機會了。我們相互望了一眼之後，仍是高舉著雙手，站立不動，等著意料中的變化的來到。

那四個大漢，托著箱子，來到了門口。

那爲首的男子，伸指在箱子上叩了叩，又向那箱子，送了一個飛吻，和其餘四人，身子一齊向後，退開了一步！

他們向後退，那更合乎我們的理想！

他們顯然是想向後退出一步，閃開來，讓那托著箱子的四個大漢通過去，再來對付我們的。可是，他們卻永遠沒有這個機會了！

當那四個大漢的身子，剛一塞住門框，阻住了我們和監視我們的槍口之際，納爾遜先生以意想不到的快手法，抽出了他的佩槍來。

他槍才一出手，便連發四槍。

那四槍，幾乎是同時而發的，每一槍，都擊中在托住箱子的四個大漢的小腿上。

那四人小腿一中槍，身子自然再站立不穩，向前猛地跌出。

而他們肩上的箱子，也向前跌了出去。別忘了那隻箱子，有一百多公斤的份量，一向前跌出，我們立時聽得幾個人的慘叫之聲，那顯然是有人被箱子壓中了。

在人影飛掠之間，我已經一個箭步，搶到了門口，我只見那為首的男子，舉步向外逃去，我正想一伸手，想將他抓住之際，忽然聽得納爾遜先生叫道：「住手，不要動手！」

我立即停住，在我剛聽到納爾遜呼叫一瞬間，我還以為那些人是警方人員，大家是自己人，鬧了誤會而已。

但我一停了下來，便知道我料錯了。同時，我也知道納爾遜為甚麼叫我停手的原因了。

剛才，我們還以為入屋的敵人，不會超過十個人。但這時我卻知道敵人遠不止這個數目，至少有三十個人之多，屋子之內，已滿是敵人，從一個窗口中，有兩挺手提機槍，伸了進來，一挺指著納爾遜先生，一挺指著我。

看這情形，剛才若不是納爾遜先生及時出聲阻止了我，只要我一出手的話，那麼，手提機槍便會向我開火了。我苦笑了一下，納爾遜先生已經道：「好，我們放棄了，我想，槍聲已驚擾了四鄰，你們也該快離開了！」

那為首的男子，一臉殺氣，一伸手，在他身邊一人的手中，奪過了一柄槍來，我和納爾遜兩人，立即知道他準備殺我們。納爾遜先生又大叫：「伏下！」

我剛來得及伏下，便聽得兩下槍聲。

那兩下槍聲，和另一下「蓬」地聲響，同時發出，我不知道那「蓬」的一下聲響是甚麼所發出來的，但是在不到一秒鐘的時間中，整間房間，便都已為極濃重的煙霧所籠罩。

我只覺得眼睛一陣刺痛，連忙閉上了眼睛，但是眼淚卻還如同泉水一樣地湧了出來。那是強力的催淚彈，不問可知，一定是納爾遜先生所發出來的了。

我身子在地上，滾了幾滾，滾到了牆壁之旁，一動也不動。

那時候，只聽得呼喝之聲和槍聲四起，在這樣的情形下，是死是生，除了聽天由命外，可以說是一點其他的辦法也沒有的。

喧鬧聲並沒有持續多久，便聽得一陣腳步聲，向外傳了開去，接著，便是幾輛汽車，一齊發動的聲音。在汽車發動之際，我聽得一個女子叫道：「將我帶走，將我帶走！」

然而，回答她的，卻是一下槍響。

我聽出那女人正是納爾遜先生認為十分可靠的那個日本中年婦女，這間屋子的主人。事情已經很明白，那一幫歹徒，正是她叫來的，所以才能神不如鬼不覺地出現，將我們制住。

而那中年婦女在通風報信之後，想要那些人將她帶走，結果不問可知，她吃到了一顆子彈！

我心中暗嘆了一聲，不斷地流淚，實在使我受不住，我站起身來，便向外衝去。

我衝到了院子中，又見另一個人，跌跌撞撞，向外衝來，那是納爾遜先生了，我連忙走過去將他扶住。他和我一樣，雙目紅腫，流淚不已。

但我卻比他幸運，因爲他左肩上中了一槍，手正按在傷口上，鮮血從指縫中流出來。

我扶著他，來到了院子中，我們四面一看，立即看到那日本中年婦女的屍體。納爾遜先生望著屍體，向我苦笑一下，道：「都走了。」

我道：「都走了，我相信他們，也有幾個人受傷。」納爾遜先生道：「可是那隻箱子，還是給他們帶走了，他們退得那樣有秩序，倒出於我的意料之外。」

我道：「那先別去管它了，你受了傷，我去通知救傷車。」

納爾遜先生道：「將我送到醫院之後，你自己小心些，照我看來，事情永遠比我想像之中的，要複雜得多。」

我聳肩道：「我有興趣的，只是海文・方的事。」

納爾遜先生道：「所發生的事情，都是有聯繫。」我不服道：「何以見得？」

納爾遜先生道：「唉，如今似乎不是辯論的好時候，快去找救傷車吧！」

我將納爾遜先生，扶到了另一間屋子中，令他坐了下來，我打了電話，不用多久，救傷車便到了，納爾遜先生不要我跟上救傷車，卻令我在後門的小巷中，向外面走去。

我一路只揀冷僻的小巷走，回到了旅館中，才鬆了口氣。

因爲如今，我已失去了那隻箱子，某國大使館卻不是好吃的果子！

我剛定下神來，便有電話鈴聲，響了起來。

我想那可能是納爾遜先生從醫院中打來給我的，所以立即執起了聽筒，怎知，對方的聲音，十分低沈，首先「哈」地一聲，道：「雖然給你走脫了，但是你的來歷，我們已查明了！」

那一句沒頭沒腦的話，的確令我呆了一呆。

但是我認得出，那是某國大使的聲音。我吃了一驚，道：「你打錯電話了，先生。」某國大使「哈哈」地笑了起來，他雖然在笑，然而卻可以聽得出，他的心中，十分焦慮。

只聽得他道：「我認爲你還是不要再玩花樣的好，衛斯理先生！」

他將最後那一個稱呼，用特別沈重的語調說出，我心中不禁暗自苦笑，只得道：「那你緊張些甚麼，我認爲你不應該和我通電話。」

大使道：「我們看不到你在工作。」

我實在忍不住，用他們國家的粗語，罵了一句，道：「時間還沒有到，你心急甚麼；他媽的你們若是有本事，不妨自己去辦。」

大使倒也可以稱得上老奸巨猾四字，他並不發怒，只是陰笑幾聲，道：「你別拿你自己的生命開玩笑！」我不再理他，「砰」地一聲，掛了電話。

我心中不禁暗暗叫苦。一直到如今為止，我至少已得罪了三方面的人馬，而除了某國使館之外，那個擅柔道的日本老者，以及搶了大箱子的歹徒，是何方神聖，我都不得而知。

我如今雖然在旅館之中，但是我的安全，是一點保障也沒有的。

我已經失去了那隻大箱子，若是到了時候，交不出去的話，我怎能躲避某國使館的特工人員？

我一向自負機智，但這時卻有了即使天涯海角，也難免惡運之感。我不禁十分後悔某國使館之行。因為當時，我以為方天是在某國大使館中，如今才知道原來完全不是那麼一回事。

雖然納爾遜先生一再說那大箱子和方天有關，但是我卻相信，兩者之間，並無關連。我在旅店的房間之中，來回踱了好久，才想出一個暫時可以躲避的地方來。

我如果不能在和某國大使約定的時間之前，將那隻大箱子找回。那麼，我唯一的辦法，便是藏匿起來。而藏到醫院去，不失是一個好辦法。而且，在醫院中，我還可以和納爾遜先生一齊，商議對策。

我主意一定，立即開始化裝，足足化了大半小時。我已變成了一個清潔工人了。我將房門打開了一道縫，向外看去。

只見走廊的兩端，都有行跡可疑的人，他們相互之間，還都在使著眼色。顯然，對我的監視，十分嚴厲。但是我卻並不在乎，因爲我已經過了精密的化裝。

我將門打開，背退著走了出來。雖然我是背退著走了出來，但是我仍然可以覺得到，不少人的眼光集中在我的身上，我裝著一點也不知道，反向門內鞠躬如也，道：「浴室的暖水管，不會再出毛病了，先生只管放心使用。」

屋子中本來只有我一個人，我一出來房中當然已經沒有人了，我對著空房間講話，自然是爲了要使監視我的人，認爲衛斯理還在屋中，出來的只不過是個清潔修理工人而已。

這是一種十分簡單的策略，但是卻往往可以收到奇異的效果。

我話一講完，立刻帶上了門，轉過身來，向走廊的一端走去，同時，取出一枝煙來，叼在唇邊，向一個監視著我的人走去，道：「先生，對不起，借個火。」

那傢伙的眼睛仍然盯在我的房門上，心不在焉地取出了一隻打火機給我。

我向監視我的人「借火」，只不過自己向自己表示化裝術的成功而已，是並沒有別的用意在內的。可是，當我一將那隻打火機接到手中來時，我心中不禁爲之猛地震了一震！

那隻打火機的牌子式樣，全部十分普通，本來不足以引起我的驚異的。可是，在打火機身上，那用來鐫刻名字的地方，卻刻著一個類似幾瓣花瓣所組成的圓徽。

令得我吃驚的，就是這個圓徽。

因爲我認得出，那是在日本一個勢力十分大，而且組織十分神秘莫測的黑社會的標誌。那傢伙將這種標誌刻在他的打火機上，那麼，他一定是那個黑社會組織中的一員了。

據我所知，那個黑社會的組織，是借著「月光之神」的名義組織起來的，所以它的名稱，便叫著「月神會」，據資料，在數十年前，這個組織，還只是北方漁村中無知村民的玩意兒，因爲那些地方的漁民，相信皎潔的月神，會使他們豐收。

而在第二次世界大戰結束之後，日本在混亂中求發展，在經濟上，獲得了頗足自豪的成就，但是在思想上，卻越來越是混亂。本來，日本自有歷史以來，便未曾有過一個傑出的思想家，但由於經濟上向西方看齊的結果，使得日本原來固有的思想，也受到了西方思潮的衝擊。

在那樣的情形下，有人提倡月光之神，是大和民族之神，將北方漁村中的愚教，搬到了城市之中，信徒竟然越來越多，到如今，「月神會」已是日本第二個黑社會大組織了。

可是，據我所知，「月神會」的活動，和其他黑社會卻有不同之處，它主要的活動，便是使信徒沈浸於一種近乎發狂的邪教儀式之中，說它是個黑社會組織，還不如說是一個邪教來得好些。

而我之所以在這裏，將之稱爲黑社會組織，那是因爲月神會的經費，一方面來自強迫攤派，另一方面，卻來自走私、販毒等大量的非法活動之故。

而「月神會」的幾個頭子，都在日本最著名的風景區，有著最華麗的別墅，那是人盡皆知的事實了。

我之所以震驚的原因，是因爲我絕想不透爲甚麼「月神會」也派有人在監視我，因爲我和這個組織，一點恩怨也沒有！

而且，我至少知道，如今監視我行動的，除了某國大使館的人馬之外，還有以神秘著稱的「月神會」中的人物。

是不是還有別的人呢？目前我還是沒法子知道。

我在那片刻之間，心念電轉，不知想了多少事，但是我的行動，仍是十分自然，我將打火機「拍」地打著，燃著了煙，連望也不向那人多望一眼，只是道：「謝謝你！」

我一面噴著煙，一面便在監視我的人前面，大搖大擺地走了出去。

出了旅店，我才鬆了一口氣，只見旅店外，也有不少形跡可疑的人在。我來日本，只不過是爲了鬆弛一下太緊張的神經的，卻想不到來到了這裏，比不來還要緊張，當真一動不如一靜了。

我哼著日本工人最喜哼的歌曲，轉了幾條街，才行動快疾起來。我轉換了幾種交通工具，來到了一所醫院之前。

納爾遜先生在臨上救傷車之前，曾向我說出他將去的醫院的名稱，所以我這時才能找到這裏來。這也是納爾遜先生的細心之處。

要不然，他進了醫院，我為了躲避監視我的人而遠去，我們豈不是要失去聯絡了？

我不但知道納爾遜先生是在這間醫院之中，而且，我早已知道了他在日本的化名，所以，並不用化多少時間，我便和他相會了。

他住一個單人病房，很舒適，他的氣色看來也十分好。和我見面之後，第一句話便問道：「那隻箱子，落到了甚麼人的手中，你有線索麼？」

納爾遜先生念念不忘那隻箱子，我卻十分不同意他的節外生枝。

但當時，我卻並不多說甚麼，只是道：「沒有。」

納爾遜嘆了一口氣，道：「我們也沒有。」

我打開了病房的門，向外看了一眼，見沒有人，才低聲道：「可是我卻有新發現，在我的住所之外，監視我的人之中，有某國大使館的特務，但居然也有月神會的人物！」

第八部：博士女兒的戀人

納爾遜自然是知道甚麼叫做「月神會」的，所以，我用不著多費唇舌，向他解釋。納爾遜道：「你不說，我也想告訴你了。」

我訝異道：「你是怎麼知道的？」

納爾遜道：「本地警局接到報告，在一個早被疑爲是月神會會聚活動的地方，發生了一場打鬥，打鬥的另一方，只是一個穿西裝的年輕人，我便想到，那可能就是你了！」

我呆了一呆，不覺「噢」地一聲，道：「原來那是月神會的人物！」

我想起了那個精於柔道的老者，那兩個假扮窮皮匠大漢，以及他們的突然離去，的確都充滿了神秘詭異的色彩。

照這樣說來，月神會之注意我，還在某國大使館之前了。因爲在我和那精於柔道的老者動手之際，我還未曾和某國大使會面哩。

我呆了半晌，將那場打鬥的情形，向納爾遜簡略地說了一下，便道：「如今，如果你只想追向那箱子下落的話，那麼，我便要單獨設法脫身了。」

納爾遜不再言語，當然他心中是在生氣，但因爲我並不是他的下屬，所以不能對我發脾氣。

納爾遜好一會不說話，才輕輕地嘆了一口氣，道：「我想不到你會這樣說法的。」我提高了聲音，道：「我是爲了方天，才勉強介入那種危險而又無聊的漩渦之中的，如果只是爲了勞什子金屬箱子的話，那我自然要退出了。」

納爾遜望著窗外，道：「好，可是在一千萬人口以上的東京，你怎能找到方天呢？」

我道：「你說方天到日本來，是某國太空發展機構最高當局給他的一個假期，難道他可以不回去報到麼？到了那時，他不就自然出現了麼？」

納爾遜道：「不錯，假期的時間是三個月，如今已過去一個月了。方天假期結束之後，某國的探索土星計劃，也到了非實施不可的時候了，便沒有時間，再對他作全面的調查了。」

我不服道：「爲甚麼？」

納爾遜道：「我也不十分清楚，大致是因爲環繞著土星的那一圈光環，是某一種地球上所沒有的金屬遊離層。如今的計劃，是要憑藉著那遊離層的特殊引力使得太空船能夠順利到達，而遊離層的吸引力，卻是時強時弱的，如果錯過了兩個月之後的那次機會，就要再等上幾十年，才會有同樣的機會了。」

整件事情的複雜，可以說已到了空前的程度。

它不但牽涉到了地球上的兩個強國，而且，還關係到離開地球那麼遠的星球，而關鍵，又在一個神秘的，有著藍色血液的人上！

我只感到腦中嗡嗡作響，一點頭緒也沒有。好一會，才道：「依你之見，又當如何呢？」

納爾遜道：「我的意思是，不論是甚麼人在跟蹤你，你都不加理會，我深信你能夠安然地擺脫他們的，目前，你最要緊的，是去調查那隻硬金屬箱子的來源，在日本，能夠焊接——」

他已經講過那句話的了，所以，我不等他講完，便打斷了他的話頭，道：「爲甚麼？」

納爾遜直視著我，道：「因爲我相信兩件事是有連繫的，你到某國大使館去，雖然未曾找到方天，但是發現了那隻神秘的金屬箱子，我深信那箱子是所有事情的重要關鍵。」

我苦笑了一下，心中暗忖，要調查那隻箱子的來源，的確不是難事，本來我可以一口答應了下來的，然而在如今這樣的情形下，我實在不想做！

納爾遜先生道：「如果你不想去的話，傷癒之後，我自己會去進行的。」

我道：「難道國際警方，再派不出得力的人來了麼？」納爾遜輕嘆了一聲，道：「我相信你也有這樣的感覺，要找一個合作的對手，並不容易的事情，而你是個最適合的人了。」

我的心中，陡地升起了一股知己之感，我站了起來，道：「我如今就去進行。」

納爾遜道：「關於這件事，我如今也是一點頭緒沒有，但我可以向你提一個忠告，你別將事情看得太簡單了。」

我道：「我在東京，認得幾個有名的私家偵探，我相信他們可以幫我一下的。」

納爾遜先生急道：「可是千萬別向他們說出事情的真相來。」

我點頭道：「知道了。」我向門口走去，還未到門口，納爾遜已道：「你回來，關於海文・方的資料，你還未曾向我講完哩。」

我又回到了他的病床旁邊。上次，我剛要向他提及海文・方的一切，被那群歹徒的突然出現，而打斷了我的話頭。

這一次，沒有人再來打斷我的話頭了。

我向納爾遜詳細地講述著方天的怪血液，以及他似乎有著可以令人產生自殺之念，並付諸實行的可怕的「催眠」力量，以及他有著亮光一閃，便幾乎使我不能再做人的神秘武器。

關於方天的一切，聽來是那麼地怪誕，若不是納爾遜已和我合作過許多次，知道我對他所講的絕不是虛語的話，他可能以爲我是在發夢囈了。

他靜靜地聽我講完，道：「這件事，我要向最權威的醫界人士請教，何以人會有藍色的血液，然而，藍色的血液，和他在某國土星探索計劃中所做的事，有甚麼關係呢？」

我道：「或者他想一鳴驚人？」

納爾遜道：「如果是這樣的話，那也不值得大驚小怪了。問題就在於他在太空船上，加多了一個單人艙位，像是他準備親自坐太空船，飛上太空去一樣！」

我道：「他這樣做，是不是破壞了太空船呢？」

納爾遜道：「並沒有破壞太空船，我已經和你說過了，相反地，他在太空船上，增添了不少裝置，經過研究的結果，這些裝置，是有利於太空飛行的。最近我還接到報告，說某國的科學人員，又查明了方天的一項新裝置，是他自己發明的。」

我心中大是好奇，道：「那是甚麼？」

納爾遜道：「他做了一個裝置，可以利用宇宙中的某一種放射線，成爲一種光能，保護太空船，使得太空中的隕星，在碰到那種保護光的時候，便立即變爲微小的塵埃！」

我失聲道：「單是這一項發明，已足可以使他得到諾貝爾獎金了！」

納爾遜道：「所以某國的科學家一致認爲他是獨自在改進土星的探討計劃，而不是在破壞，正因爲如此，所以對他的調查，也是在暗中進行的，海文・方本身，並不知道。」

我來回踱了幾步，道：「你如此深信那隻箱子，和海文・方有關，又是爲了甚麼？」

納爾遜搓了搓手，道：「有些事，是很難說出爲甚麼來的，那只是我的一種直覺。但是我認爲，那隻箱子，恰好在我們全力對付海文・方的時候出現，而某國大使館又對之看得如此嚴重，這其中還不是大有文章麼？所以我相信事情可能和海文・方有關。」

我嘆了一口氣，道：「好，我不妨去調查一下那隻箱子的由來。但是，我將仍追尋方天的下落。」

納爾遜伸手在我的肩上拍了一拍，道：「不要忘了你還是月神會和某國大使館的目標。」

我苦笑了一下，道：「我到日本來，是想休息一下的，卻不料倒生出了這麼多麻煩來。」

納爾遜意味深長地道：「人，是沒有休息的。」

我轉過身，向病房門口走去，道：「希望你和當地警局聯絡一下，我本來是準備在醫院中棲身的，但如今既然要活動，便不能留在醫院中了，我想作爲當地警局新錄用的一名雜工，並且希望能夠在警局工役宿舍中，得到一個床位。」

納爾遜道：「容易得很，一小時後，你和我聯絡，我便可以告訴你該在何處過夜了。」

我不再多留，逕自走了出去。

我的身份，將一變而爲當地警局的雜工了，我想起那些還在旅店房門外等我的人，心中不禁又好笑起來。我出了醫院，在一家小咖啡座中坐了下來，攤開在路上買來的報紙，見好幾家報紙，都在抨擊警方最近突然實施的嚴厲檢查制度。

我心中又不禁暗暗嘆息。因爲那樣嚴厲的檢查，並沒有使方天出現。

方天可能還在東京，但是，他隱藏了起來，是爲了甚麼呢？

難道他已經知道了我沒有死在北海道的雪地之中，也來到了東京，仍不肯放過我？我想到這裏，心頭不禁感到了一股寒意。

老實說，我絕不怕力量強大的敵人，我曾經和人所不敢正視的黑手黨和胡克黨交過手。但是方天，他卻是那樣一個神秘而不可測的人，直到如今，我仍然不明白方天使我受到那麼重傷害的，是甚麼武器！

接著我看到報紙上，有一則十分奇怪的尋人廣告，道：「藤夫人店中棋友注意，速與我聯絡。佐佐木青郎。」

首先吸引我的，便是「佐佐木青郎」這個名字，因爲那正是在醫院中爲我治傷的佐佐木博士，而「藤夫人店中棋友」，自然就是我了。

我自出了醫院之後，便未曾再和他聯絡過，在醫院中，我也沒有地址留下過。這位世界著名的醫學博士，有甚麼急事要見我呢？

在尋人廣告中並沒有佐佐木博士的地址，但要知道他的住址，實在是太容易了，只消隨便撥電話去任何一家報館，便可以知道了，因爲佐佐木博士是日本有名的醫生。我喝完了咖啡，就以這個方法，得到了佐佐木博士的地址。但我卻並沒有立即就去的意思。

我擠上了擁擠的公共汽車，沿途向人問著路，東京的道路之混亂，世界任何城市，無出其右，在一個小時之後，我到了一幢新造的四層大廈之前，在大廈的招牌板上，我找到了「小田原偵探社」的招牌。

小田原是一個私家偵探，幾年前，我和他在東京相識，我們曾經合作偵查過一件和「商業戰爭」有關的案子，以後便沒有見過。如今，他的偵探事務所，已搬到大廈中來了，可見他混得不錯。

我直上四樓，推開了門，居然有兩三個女秘書在工作，我為了保持身份秘密起見，並不說出我的名字來，而我這時，穿的又是清潔工人的服裝，女秘書連正眼也不向我看一下。

我足足等了半個小時，才聽得一個女秘書懶洋洋地道：「小田原先生請你進去。」

我走進了小田原寬大的辦公室，咳嗽了一聲，講了一句只有我和他才知道的暗語。小田原抬起頭來望著我，他面上的神情，剎時之間，由冷漠而變得熱情，向我衝來，連椅子也翻了！

他緊緊地握著我的手時，我卻大搖其頭，道：「你是一個蹩腳偵探。」

小田原瞪著眼望我，我又道：「你的事務所那麼漂亮，將會使你失去了無數有趣的案子。我相信你最近的業務，一定是忙於替闊太太跟蹤她們的丈夫，是不是？」

小田原苦笑了一下，顯然已被我說中了。

我不等他嘆苦經，又道：「我想要點資料，相信你這裏一定有的。」

小田原又高興了起來，道：「好，你說。」

我道：「日本有幾家工廠，是可以進行最新的硬金屬高溫焊接術的？」

小田原道：「我派人去查。」他按動了對講電話，對資料室的人員講了幾句。不到十分鐘，回答便來了。納爾遜先生的估計不錯，全日本只有兩家這樣的工廠。一家是製造精密儀器的，另一家則以製造電器用器，馳名世界。

又化了三十分鐘的時間，和這兩家工廠通電話，得知了那家精密儀器製造廠，曾在十天之前，接到過一件特別的工作，便是焊接一隻硬金屬箱子。委託他們做這件事的人，叫作井上次雄。

這個名字，對於不是日本人聽來，可能一點意義也沒有，對於日本人，或是熟悉日本情形的人來說，那卻是一個十分驚人的名字。

井上家族，在日本可以說是最大的家族，而井上次雄，又是井上家族中的佼佼者，他擁有數不清的企業，是日本的大富翁。

而據那家製造精密儀器的工廠說，他們本來，是不接受這樣的工作的，但委託者是井上次雄，自然又當別論了。

當我問及，在那隻硬金屬箱子之中，是甚麼東西之際，工廠方面的人，表示猶豫，說那是業務上的秘密，我如果要知道詳細的情形，要經過申請。看來，工廠方面將我當作新聞記者了。

我又問及那種硬金屬的成份，據他們說，那是一種的合金，其中有一種十分稀有的金屬在內，要在攝氏八千四百度，才能熔化，它的硬度，是鑽石硬度的七倍。工廠方面並還自豪地說，世界上沒有幾個地方，可以用高溫切割術割開那隻箱子。

我心中暗忖，訪問小田原的結果還算是圓滿，我又在小田原的事務所中，和納爾遜通了電話。我向納爾遜作了報告。納爾遜只告訴了我一句話：「你的住所，被安排在第七警察宿舍，你到那裏，就有地方安睡了。」

我向小田原問明第七警察宿舍的所在，便辭別了他，走了出來。

小田原看樣子已厭倦了跟蹤生涯，頗有意要和我一起做些事，但是我卻婉拒了他，他神色顯得十分沮喪，一聲不出。

小田原本來是一個十分有頭腦的私家偵探，他和我合作的案子，也十分有趣，經過過程很短，有機會當記載出來，以饗讀者，此處不贅。

我離開了那幢大廈，一面走，一面又買了幾份報紙，這才發現，幾乎每一張報紙上，都有佐佐木博士刊登的尋找我的廣告。

我的心中，十分猶豫，不知道是去看他好，還是不去看他的好。

照理說，佐佐木是國際知名的學術界人士，似乎不會害我的，但是，如今某國大使館失去了我的蹤跡，一定急得如同熱鍋上的螞蟻一樣，會不會是他們通過了佐佐木來引我上鉤呢？

這的確是我不能不考慮的，因爲我向某國大使館玩了那樣一個花樣，某國大使館自然要千方百計地找我算賬的了！

我向佐佐木博士的住所而去，但是到了他住宅的面前，我卻並不進去。

佐佐木所住的，是一所十分精緻的房子，那一個花園，在東京的房子中，也是不可多得的。圍牆並不十分高，我遠遠的望去，只見花園中有一大半是綠茵的草地。

草地修飾得十分整潔，可以知道屋主人並不是一個隨便的人。

我就在佐佐木的屋外等著，足足有一個小時，只見佐佐木博士住所出入的人，只有兩個，一個是女傭模樣的人。另一個則正是提著皮包的佐佐木博士。

我心中雖然存有戒心，但是這樣等下去，也不是辦法。我先取下了面具，因爲我如果戴著那尼龍纖維所織成的，精巧之極的面具的話，佐佐木博士是認不出我來的。我走向前去按門鈴。門鈴才響了兩下，便聽得一個十分清脆悅耳的聲音道：「來了！」

那時，我的心情，可以說是煩亂到了極點。而且在東京，除了納爾遜先生一個人之外，我也幾乎找不出第二個可以信託的人來，我等於是生活在恐懼和不斷地逃避之中一樣。

然而，那一下應門的聲音，聽了之後，已令人生出一股說不出來的寧貼舒服之感。我心中正在想，那是佐佐木的甚麼人時，已從鐵門中望到，自屋子中，快步走出一個少女來。那少女穿著西裝衫裙，頭髮很短。直到她來到了我的面前，我仍然難以說她是美麗的。但是自她身子每一部份散發出來的那股青春氣息，卻使人不自由主，心神爲之一爽。

那少女是一個毫不做作，在任何地方，都會受到真誠歡迎的人。

她的年紀，約莫在十八九歲左右，見到了我，她面上現出了訝異的神色，但是她的聲音，卻仍然是那樣地可親，柔軟和動聽，道：「先生，你找誰？」

我道：「我找佐佐木博士，是他約我來的。」

她竭力使她的懷疑神色，不明顯的表示出來，道：「是家父邀你來的？」

原來她是佐佐木博士的女兒。我連忙道：「是，博士在報上登廣告找我——」

我話未講完，佐佐木小姐（後來，我知道她的名字叫佐佐木季子）已「啊」地一聲，叫了出來，道：「原來是你，快請進來，父親因為等不到你，幾乎天天在發脾氣哩。」

她一面說，一面便開門。

我推門走進了花園，笑道：「小姐，博士的廣告，登在報上，人人可見，也人人可以說和我同樣的話，你怎麼立即放一個陌生人進屋來了？」

她呆了一呆，才道：「你會是壞人麼？」

她的嘴非常甜，所講的每一句話，也都是非常動聽的，令人聽來，說不出的舒服。我連忙道：「如果是呢？」她道：「別開玩笑了，父親在等著你啦！」

我跟在她的後面，向屋子走去。

季子的步法，輕盈得像是在跳芭蕾舞一樣，她才到門口，便高聲叫道：「爸，你要找的人來了！」從屋中傳出佐佐木博士轟雷也似的聲音，道：「誰？」

我立即道：「是我。」

博士幾乎是衝出來的，他一看到了我，立即伸手和我握了一下，又向季子，瞪了一眼。季子低著頭，向外走了出去。

博士急不及待地將我拖到了他的書房之中，並且小心地關好了門。他的動作，顯示他心中有著難題。

他坐了下來之後，手指竟也在抖著。我將我坐的椅子，移近了一些，道：「博士，你有甚麼心事？」

博士抬起頭來，道：「這件事，非要你幫助不可，非要你幫忙不可！」

他在講那兩句話的時候，面上竟現出了十分痛苦的神色來。我伸手按住了他在發著顫的手背，道：「博士，只要我能夠做得到，我一定盡力而爲的。」

博士的面色，好轉了許多，他又發了一會呆，才嘆了一口氣，道：「是季子，我的女兒，我不能讓他和那人結婚的！」

博士的話，使我莫名其妙。我細細地想了一想，才想到可能是他女兒的戀愛問題，使得作爲長輩的他，感到了頭痛，要向人求助，但我甚麼時候變成了戀愛問題專家呢？我的心中，不禁苦笑了起來。同時，我也十分後悔，因爲我剛才只當博士是有著甚麼極其重要的事，需要人幫助，是以才草草地答應了他的，如今看來，我至少要在這無聊的事上，化去一個下午的時光了。

我無可奈何地道：「博士，兒女的婚姻，還是讓兒女自已去做主吧。」

博士緊緊地握住了拳頭，道：「不能！不能！」

我仍忍住了氣，道：「季子看來，並不是不聽父親話的女兒，其中詳細的情形如何，你不妨和我詳細地說上一說。」

博士嘆了一口氣，道：「季子是從小便許配給人的，是井上家族的人，她和未婚夫的感情，也一直很好。」

這是半新舊式的婚配辦法，我的反應十分冷淡，道：「忽然又出現了第三者，是不是？」

佐佐木博士道：「是的，那是一個魔鬼，他不是人！」我笑道：「博士，讓你的女兒去選擇，不是好得多麼？」佐佐木博士道：「不是，在那魔鬼的面前，她沒有選擇的餘地！」

我聽到這裏，開始感到事情並不是我所想像的那樣簡單了。

季子沒有選擇的餘地，這是甚麼意思呢？有甚麼力量能夠使佐佐木博士這樣的家庭，受到壓迫呢？

我呆了一呆，道：「那是甚麼人？」

佐佐木道：「那是季子在某國太空研究署的同事——」佐佐木才講到這裏，我便不自由主，霍地站了起來，道：「季子是在某國太空署工作的麼？」

佐佐木道：「是，她自小就離開本國，一直在某國求學。如今，她是回來渡假的，那個魔鬼的職位比她高，對不起，是貴國人，叫方天……」

佐佐木講到這裏，我不禁感到一陣頭昏。

我的天，方天！剛才我還幾乎以爲那是和我一點關係也沒有的事，而要離開，如果剛才我離去的話，不知要受到多大的損失？

博士看出我的面色有異，身子搖晃，忙道：「你不舒服麼？」

我以手加額，又坐了下來，道：「博士，你見過方天麼？」

佐佐木道：「見過的，我發覺季子和他在一起，像是著了迷一樣。她本來是一個極其有主見的姑娘，但是見了方天，卻一點主見也沒有了，唉！」

佐佐木搓著手，一副著急的神氣。

我道：「或者，那是季子對他多才的上級的一種崇拜？」佐佐木忙道：「不是的，我也說不出那其中的詳細情形，如果你和他們在一起，你就能覺察得到。」我忙道：「我有機會麼？」

佐佐木道：「有，那魔鬼今天晚上又要來探訪季子。」

我深深地吸了一口氣：「踏破鐵鞋無覓處，得來全不費功夫」，正是我那時的寫照，我今晚竟可以毫不費力地和方天相見了！

我想了一想，道：「博士，我不是自誇，這件事你找到了我，適得其人，據我所知，這方天縱使不是魔鬼，也是一個十分古怪的人——」

佐佐木大聲道：「魔鬼，魔鬼，他將使我永遠見不到女兒！」

我怔了一怔，道：「這話從何說起？」

佐佐木望了我一會，像是他也不知怎樣回答我才好，許久，他才道：「我也說不出那是爲了甚麼，祇是有那種……直覺。」

我呆了一呆，「直覺」，又是直覺！

本來，直覺是一件十分普通的事。但是最近，我接觸到「直覺」這個名詞太多了。納爾遜直覺到那隻硬金屬的箱子和方天有關，而且固執地相信著這個直覺。佐佐木直覺到方天會使他永遠見不到女兒，也是固執地相信著這種直覺。

這絕不是普通人對付直覺的態度，而且，更不是納爾遜和佐佐木兩人的固有態度，因爲他們兩人，都是極有頭腦的高級知識份子。

在那一刹間，我的腦中，忽然閃過了一個極其奇異的念頭來。

兩個人所直覺到的事，都和方天有關，而方天是一個極其奇怪的人，他似乎具有超級的催眠力量，能使他的思想，進入別人的思想之中，我姑且假定爲這是他的腦電波，特別強烈，遠勝他人之故。

腦電波本來是一種最奇特的現象，方天的腦電波既然十分強烈，會不會他有些並不願意爲人知道的念頭，也會因爲他腦電波特別強烈的緣故，而使得當事人感覺到呢？

這種情形，在電視播放和接收中，是常常出現的。有時，在歐洲的電視接收機，可以收到一年前美洲的播放節目。

有時，電視接收機的銀幕上，又會出現莫名其妙的畫面，可能是來自數萬公里之外的播放。這一切現象，全是電波在作怪。

如果我想的不錯的話，那麼一定是方天在想念著那隻箱子，所以使納爾遜感到兩件事之間有聯繫。而方天也在想著要拐誘季子，所以佐佐木博士才會如此這般的直覺！

我心中想了幾遍，覺得在方天這樣的怪人身上，的確是甚麼都可以發生的。

如果我的推斷不錯的話，那麼，佐佐木博士和納爾遜兩人的直覺，全是事實，或是事實上可能發生的事情呢？當時，我也難以作出肯定的論斷來。佐佐木博士見我沈吟不語，臉上神色，更其焦急。

他像是盡著最大的耐心，等我出聲。我則因這個問題十分難以得出結論來，所以遲遲沒說話。佐佐木博士終於忍不住了，道：「衛先生，究竟該怎麼辦？」

我問道：「你要求助於我，季子小姐，知道不知道？」佐佐木嘆了一口氣，道：「她完全入迷了，我自然不能告訴她，我只是將她的情形，詳細地告訴了季子的未婚夫，——」

一聽得佐佐木博士再度提起了季子的未婚夫，我心中又不禁一動。

季子的未婚夫，是井上家族的人。而那隻硬金屬的箱子，正是井上次雄委託那家精密儀器工廠焊接的，箱子中究竟是甚麼東西，可能只有井上次雄才知道。

那樣說來，季子、井上、和方天三人之間，也不是全然沒有聯繫的了。

然而，他們之間，究竟有著甚麼樣的聯繫，我卻全然沒有法子說得上來。

我只是道：「季子不知道更好。我這時，立即向你告辭——」

博士張大了口，道：「你不願幫助我？」

我道：「自然不，我告辭，只要讓季子看到我已離開了，使她不起疑心。然後，我再以她所不知道的方式，混進你家中來，在暗中觀察方天和季子兩人的情形。」

博士道：「好極了，我們這裏的花匠，正請假回家去了，你就算是花匠的替工吧。」

我道：「自然可以，只不過我還要去進行一番化裝，在方天到達之前，我一定會來的。」

博士嘆了一口氣，握了握我的手，道：「我就像是一個在大海中飄流的人一樣，你是我唯一的希望了，你不要使我失望，季子……」

他講到這裏，不禁老淚縱橫！

我又勸慰了他幾句，才大聲向他回辭。季子送我出來。她並沒有問我她父親和我交談些甚麼，我也想不出該問她一些甚麼才好。我們一起出到了門口，我才道：「日本真是一個很可愛的地方！」

一般來說，日本人的愛國心，是十分強烈的。如果一個日本人，有人向他那樣說法的話，他是一定會興高采烈地同意的。

可是季子的反應，卻十分冷淡，她只道：「可愛的地方，在宇宙中不知有多少！」

她一面說，一面抬起頭來，以手遮額，望著蔚藍的天空。

我聽得她那樣說法，心中不禁一奇，道：「你是說地球上可愛的地方多著？」季子卻道：「不，我是說宇宙中！」

我搖頭道：「小姐，我不明白你的意思。」

季子道：「對了，很少人明白我的意思，人類在地球上生活，便形成一種可怕的概念，以爲地球就是一切，一切的發展，全以地球爲中心。卻不知道整個地球在宇宙之中，只不過是一粒塵埃啊！」

我咀嚼著季子的話，覺得她的話，聽來雖然不怎麼順耳，但是卻極有道理。

季子又道：「有的人，拼命想使自己成爲世界第一的人物，又有的人，想要霸佔全世界。哈哈，就算是達到了目的，那又怎樣，也只不過是霸佔住了整個宇宙的一粒塵埃而已。」

我道：「季子小姐，正因爲你是在太空研究署工作的，所以你才會有這樣超然物外的見解？」

季子一聽了我的話之後，面上神色，微微一變。她那種神情，像是覺出自己所說的話太多了，所以她立即住口，不再講下去。

而那時候，她已送我到了鐵門口，我不能再逗留下去，便揮手和她告辭。

我曾經對納爾遜先生說過，我去偵查那箱子的來歷，但是如果方天有了訊息的話，那我便首先要跟住方天，要弄清楚他究竟是怎樣的一個人。

我一離開了佐佐木博士的家，便立即到附近的舊衣市場，買了一套像是花匠穿著的衣服，又在小巷中，進行著化裝，將年紀改大，還戴上了老花眼鏡，然後，又回到了佐佐木的門前。

我發現不但季子認不出我來，甚至佐佐木博士的眼中，也充滿了懷疑的神色。他心中一定在想，何以相隔不到一個小時，一個人竟能變得那樣厲害？

我很快地就接手做起花匠的工作來。季子和我在一起修剪著花草，我盡量不說話，以免露出破綻。同時，我心中暗暗好笑，因爲納爾遜爲我準備的住所，我又用不著了。

一日之間，因爲情況不斷地生著變化，我的身份，竟也改換了數次之多！

第九部：逼問神秘人物

等到黃昏時分，季子才離開了花園。

在季子離開後不久，佐佐木便來到了我的身邊，低聲道：「季子在裝扮，方天快來了。」我點頭道：「由我來開門，你最好躲入書房中，不要和他們見面，因爲我發現你不能控制你自己的脾氣！」

佐佐木博士緊緊地握著拳頭，道：「我不能看人拐走我辛苦養大的女兒！」我道：「博士，不要忘記那只是你的直覺而已，方天是一個傑出的科學家。」

佐佐木博士怒道：「不是，不是！」

我發覺佐佐木的理智在漸漸消失，便不再和他多說下去，揮手道：「你去吧，不要管了，反正你女兒絕不會今晚失蹤的。」

博士嘆了一口氣，向屋內走了進去。

我也不再工作，洗乾淨了手，在大門口附近，坐了下來，等候方天的降臨。

我心中不斷地想著，方天如果出現了，我該要怎樣地對付他呢？是立即將他擒住，責問他的來歷？若是那樣做的話，事情顯然會更糟糕，因爲方天身上，有著極其厲害，可立即致人於死的秘密武器！

我想了許久，才決定方天一到，我便想法子接近他，而在接近他之際，便施展我所會的空空妙手本領，將他身邊的東西，全都偷了來。

一個人身邊所帶的東西，是研究這個人的來歷，身份的最好資料。

我的「三隻手」功夫，本來不算差，但已有多時未用了，這次，事關緊要，非得打醒精神才好。我正在胡思亂想，忽然，門鈴聲響了起來。

我抬起頭來，只見鐵門外已站著一個高而瘦削的人。

我連忙跳了起來，而當我來到門旁的時候，只聽得季子清脆的聲音，也傳了過來，道：「來了。」

我已經拉開了鐵栓，打開了門。同時，我抬頭看去，那人正是方天。

他面上的顏色，仍是那樣蒼白。他眼中的神色，也仍是那樣奇妙而不可捉摸。他連望也未向我望一眼，顯然他以爲我祇不過是一個園丁而已。

我側身讓開，只見季子迎了上來，他們兩人，手握著手，相互對望著。

這時候，我才體會到佐佐木博士屢次提及若不是在場目睹，絕不能想到季子著迷的情形的那句話。

這時，季子和方天，四隻手緊地握著，面對面站著，那本是熱戀中的年輕男女所常見的親熱姿態。可是，在季子的臉上，卻又帶著一種奇妙的神情。

那種神情，像是一個革命志士，明知自己將要犧牲，但是爲了革命事業，仍然不顧一切地勇往直前一樣，那種神情所表現的情操，是絕對高尙的。

而就在季子面上的神情，表現著高尙的情操之際，我卻作著十分不高尙的事。在鐵門拉開，我和方天擦身而過之際，我已將他褲袋中的東西，「收歸己有」了。而這時，我又趁他們兩人癡癡地對望之際，在方天的身邊，再次擦過。

這一次的結果，是方天短大衣袋中的一些東西，也到了我的手中。我離開了他們，隱沒在一叢灌木後面，立即又停住，靠著灌木的掩避，向他們兩人看去。

只見方天全然不知道我已在他身上做了手腳。他們兩人，仍是互望著，足足有好幾分鐘，才一言不發，手拉著手，向屋中走去。

我的身份只是花匠，當然沒有法子跟他們進屋子去。因此，我便回到了花匠的屋子中，拉上了窗簾，將我的「所獲」，一齊放在桌上。

我的「成績」十分好。包括了以下的物件：一隻皮夾子，一包煙，一隻打火機，一隻鎖匙圈，上面有五把鎖匙，一條手帕，和一本手掌大小的記事本。

我曾記得，方天在北海道時，用來傷我的，是如同小型電晶體收音機似的一個物事，我沒有能夠得到。只不過我得到的東西中，有一樣，是我不知用途的。那是一支猶如油漆用的「排筆」也似的東西，是七個手指粗細，如香煙長短的鋼管聯在一起的，鋼管中有些搖動起來，會「叮叮」作響，玩具不像玩具，實在看不出是甚麼來。

我將所得到的東西，分成兩類。一類是不值得研究的，如煙、打火機、手帕、皮夾子（因爲皮夾子中只有鈔票，別無他物）。一類則是有研究必要的。

第二類，就是那「排筆」也似的東西和那日記簿了。

我打開了那本日記簿，想在上面得到些資料，可是一連翻了幾頁，我卻呆住了。那本日記簿的封面十分殘舊，證明已經用了許多年了，而裏面所剩的空白紙，也只不過四五頁而已，其餘的紙上，都密麻麻地寫滿了字。

然而，我卻甚麼也得不到。

因爲，那日記簿上的文字，是我從來也未曾看到過的。我甚至於不能稱之爲「文字」，因爲那只是許多不規則地扭曲的符號。

但是我卻又知道那是一種文字。

因爲有幾個扭曲的符號，被不止一次地重覆著，可知那是一個常用的字。

這是甚麼國家，甚麼民族的文字，我實是難以說得上來。

更有可能的，那只是一種符號。我將一本日記簿翻完，裏面竟沒有一個字是我所認識的。

我嘆了一口氣，心想這本日記簿，和那排筆也似的東西，只好交給納爾遜先生，由他去送交某國的保安人員去作詳細的檢查了。

我將那兩樣東西，放入了袋中，站了起來，準備鋪好被子休息了。

可是正在這個時候，我的懷中，突然有聲音傳了出來！我嚇了一跳，一時之間，還不能確定聲音的確是從我身上發出的。

可是當我轉了一轉身之後，我便肯定，聲音發自我的身上！

在那一剎，我當真呆住了。

說來非常可笑，我當時第一個感覺，不是想到了別的，卻是想起了「聊齋誌異」上的一個故事：一個書生，外出回家，聞得衣襟上有人聲，振衣襟間，一個小才盈寸的人，落到了地上，迅即成爲一個絕色美女……

我心中想，難道這種事也發生在我的身上了？

我竟也不由自主地整了整上衣。當然，沒有甚麼縮形美女落了下來。

可是，發自我懷中的那種聲音，卻也絕對不是我的幻覺，在我定了定神之後，聲音仍持續著。

那種聲音，乍一聽，像是有人在細聲講話，可是當你想聽清楚究竟講些甚麼時，卻又一點也聽不出來。我將上衣脫了下來，便發現聲音發自一隻衣袋之中。而當我伸手入那隻衣袋時，我便知聲音來自何處了。

這種突然而來的聲音，是從那個我不知道是甚麼？猶如「排筆」也似的東西中，所發出來的。

那幾個金屬管子，如果有強風吹過，可能會發出聲音來的，但是，如今屋子中卻一點風也沒有，它何以會發出那種不規則的，如同耳語的聲音來，卻令我莫明其妙。

我將那事物放在桌子上，注視著它。約莫過了三四分鐘，那聲音停止了。

我伸手碰了碰那物事，仍然沒有聲音發出來。然而，當我將那物事，再度放入衣袋之際，只聽得那物事，又發出了「叮」地一聲。

我不明白那是甚麼怪物，一聽得它又發出了聲音，連忙鬆手。

在那「叮」地一聲之後，那物事又發出了一連串叮叮噹噹的聲音來，像是一隻音樂箱子在奏樂一樣。

而且，我立即聽出，那正是一首樂曲，一首旋律十分奇怪，但卻正是我所熟悉的小調。

在我這一生中，我只聽過方天一個人，哼著這樣的小調。

在那首小調完了之後，那東西便靜了下來，不再發出聲音了。

我搖了搖它，它只發出輕微的索索聲，我只得小心地將它包了起來，又放入了袋中。

這時候，我心中對方天的疑惑，已到了空前未有的地步！

因爲這個人不但他本身的行動，怪異到了極點，連他身邊所有的東西，似乎也不是尋常人所能理解的。

我對於各種各樣的新奇玩意兒，見識不可以說不廣，連我自己也有不少方便工作的小工具，是常人所不知道的。可是，方天身上，至少有三樣東西，是我見所未見，聞所未聞的。一樣是他令我在北海道身受重傷的武器，一樣是那會發聲音的一組管子，另一樣，便是那本滿是奇異文字的小日記本。

我心中忽然起了一種奇異而又超乎荒謬的感覺：方天似乎不是屬於人世的——我的意思是：他似乎不是屬於地球的，因爲他實在是太怪了，怪到難以想像的地步。

我熄了燈，身子伏在窗下，由窗口向外看去。只見佐佐木博士的房口，有燈光透出，顯然博士並沒有睡。

在客廳中，燈火也十分明亮，那自然是季子和方天兩人，正在那裏交談。我知道不用多久，方天便會發覺他失去了許多東西，而再難在佐佐木家中耽下去。如果我所得到的東西，對方天來說，是十分重要的話，他一定會焦急地去找尋的。

我並沒有料錯。在我由窗子向外看去之後不多久，我便聽得方天大聲的講話，自屋子中，隱隱地傳了出來。我那時，是在花匠的屋子中，離方天所在，有一段距離，是以方天在講些甚麼，我並聽不出。

方天的聲音響起之後，不到一分鐘，便見方天匆匆忙忙地向外走出來。

季子跑在他的後面，方天蒼白的臉上，隱隱地現著一陣青藍色，看來十分可怖，季子跑在後面，兩人一直到了門口，季子才道：「要是找不到，那就怎麼樣？」

方天道：「我不知道，我不知道！」

他們兩人，是以英語交談的。季子立即又道：「要不要請警方協助？」

方天道：「不好，季子，你明天代我在每一家報紙上登廣告，不論是竊去的，還是拾到的，我只要得回來，就有重賞。」季子道：「你究竟失去了甚麼啊？」

方天唉聲嘆氣，道：「旁的都是不要緊的，最不可失的，是一本日記簿，很小的那種，和一隻錄有我家鄉的聲音的錄音機。」

季子奇道：「錄音機？」

我這時，心中也吃了一驚，也同樣地在心中，複述了一次：錄音機？

方天像是自知失言一樣，頓了一頓，連忙改口道：「是經過我改裝的，所發出的聲音十分低微，甚至算不上錄音機，你刊登廣告時，就說是一排細小的金屬管子好了！」

季子皺著眉頭，道：「你現在到哪裏去？」

方天道：「我沿著來路去看看，可能找到已失去了的東西。」

季子嘆了一口氣，道：「你還未曾和我父親進一步地談及我們的事呢！」

方天道：「我們的事，還是到離開日本時再說吧，你已經可以自主了。」季子的面色，十分憂鬱，道：「可是，我的未婚夫……」

方天的面色，顯得更其難看，道：「你還稱他爲未婚夫？」季子苦笑道：「方，你不知道，在我們的國家裏，如果他不肯和我解除婚約——」

方天不耐煩地揮了揮手，道：「那你難道非嫁他不可了？」

季子道：「當然，我可以不顧一切，但這要令我的父親爲難了。」

方天沈默了片刻，道：「我們再慢慢討論吧，如今，我心中亂得很。」他一面說，一面向外走去，季子追了幾步，道：「他這幾天就要到我家來了。」

我知道季子口中的「他」，是指她的未婚夫而言的。方天又呆了一呆，道：「明天我再來看你。」

季子站定了身子，兩人互作了一個飛吻，方天便匆匆地向前走去。

我一等季子走進了屋子，立即從窗中跳了出去，翻過了圍牆，沿著門前的道路，向前快步地走了過去。

不一會，便看到方天正低著頭，一面向前走，一面正在尋找著，看來，他想憑運氣來找回他已失去的東西。

我一發現了他，腳步便放慢了許多，遠遠地跟著他。由於這時候，已經是深夜了，要跟蹤一個人，而不被人發覺，並不是容易的事。所以，我盡可能跟得遠些，不被他知道。

我看到他在一個公共汽車站前，徘徊了好久，顯然他是坐那一路公共汽車來的。然後，我又見他向站長的辦公室走去。

辦公室中有著微弱的燈光，我也跟了過去，只聽得方天在向一個睡眼矇矓的職員，在大聲詢問道，可有失落的物事。

那職員沒好氣地咕噥著，我走得更近了些。

方天聽到了我的腳步聲，倏地轉過頭來。我使自己的身子，彎得更低些，看來更像是一個過早衰老的勞苦中年人。

我一逕向方天走去，鞠躬如也，道：「先生，你可是失了東西？」

方天一個轉身，看他的情形，幾乎是想將我吞了下去，大聲道：「是！是！東西在哪裏，快給我，快！」我故意瞪大了眼睛望著他，道：「有一些東西，是我主人拾到的，主人吩咐我在這裏等候失主，請你跟我來。」

方天的臉上，現出了十分猶豫的神色來，道：「你主人是誰？」

我隨便捏造了一個名字，方天顯然是極想得回失物，道：「離這兒遠不遠？」他肯這樣問我，那表示他已肯跟我走了。

我沈聲道：「不遠，只要穿過幾條小巷，就可以到達了。」

方天也沒有多說別的，只是道：「那我們走吧！」

我轉過身，向前走去，方天跟在我的後面。直到這時候，我才開始想對付方天的法子。如今，我可以將方天引到最冷僻的地方去。

然而，將他引到了最冷僻的地方之後，便是怎麼樣呢？如果我表露自己的身份，和他開談判的話，他可能再度使用那秘密武器的。

那麼，我該怎麼辦呢？我不能將他帶出太遠，太遠了他會起疑心的。

我考慮了兩分鐘，便已經有了初步的決定。

我決定將他打昏過去，綁起來，然後，立即通知納爾遜先生，要警方來做好人。然而，我立即又否定了那個決定，我改爲將他擊昏縛起手足之後，由我自己來對付他。我可以完全不表露自己的身份，而只將自己當作是搶劫外國遊客的小毛賊。

爲了對付方天這樣的人，即使是小毛賊，也要權充一回的了。

我將他帶到了一條又黑又靜的小巷中，然後，我放慢了腳步。

我並不轉過身來，只是從腳步聲上，聽出方天已來到了我的身後，他問我道：「你怎麼不——」可是，我不等他將話講完，立即後退一步，右肘向後，猛地撞了過去。

那一撞，正撞在他的肚子上，使得方天悶哼一聲，彎下腰來。

那正和我所想的完全一樣，我疾轉過身來，在他的後腦上，重重的敲擊了一下，方天眼向上一翻，身子發軟，倒在地上。

我解下了他的皮帶和領帶，將他的手足，緊緊地縛住，想起他曾令得我在醫院中忍受那麼劇烈的痛楚，我將他手足，緊緊縛住之際，也感到心安理得。

我縛住他之後，提著他，向小巷的盡頭走去。

那是一個死巷子，正好合我之需，因爲在深夜，是不會有人走進一條死巷子來的。

我一直將他提到了巷子的盡頭，才將他放了下來。在放下他的時候，我故意重重地將他頓了一頓，我聽得他發出了一下微弱的呻吟聲。

我知道他醒過來了，我將身子一閃，閃到他看不到我的陰暗角落之中，但是我卻可以就著一盞光線十分暗弱的路燈看到他。

我先不讓他看到是誰使他變成現在那樣的，以便看看他的反應如何。

只見他慢慢地睜開眼來，面上一片茫然的神色，接著，搖了搖頭，而當他弄清自己，是被人縛住了手腳之際，他開始用力地掙扎了起來。我下手之際，縛得十分緊，他掙扎了一會，並沒有掙扎得脫，面上的神色，更是顯得駭然之極。

他滾向牆，以下頦支地，勉力站直了身子，看他的情形，是準備跳躍著出巷子去的。然而，就在他跳第一步之際，我已一伸手，按住了他的肩頭，道：「喂朋友，慢慢來，別心急！」

方天的身子在發抖，聲音也在發顫，道：「你……你是誰？」

我放粗喉嚨，道：「你又是誰？」

我站在方天的後面，看不到他的臉，但是我卻看到，在我發出了那一個問題之後，他的耳根，已發青了，可見他的面色，一定更青！

只聽他道：「我是人，是和你們一樣的人，你快放開我吧！」

我剛才的那一問，一則是就著方天問我的口氣，二則是因為他為人十分神秘，所以才發出的。然而我無論如何，未曾料到，方天竟會有這樣的回答。

我心中急速地轉念著：這是甚麼意思呢？他竭力強調自己是一個人，這是為了甚麼呢？難道他竟不是人？這簡直荒誕之極，他不是人是甚麼？然而，他又為甚麼那樣講法呢？

他的身份，當真是越來越神秘了。

在那樣的情形下，我心中雖然是茫然一片，一點頭緒也沒有，但是我卻裝著胸有成竹似地道：「不，你不是人，你和我們不一樣！」

我這句話才一出口，便聽得方天發出了一聲呻吟！

那一聲呻吟之中，充滿了絕望的意味！同時，他的身子，也軟了下來，在牆上靠了一靠，終於站不穩，而坐倒在地。

這時候，我也呆了。

我絕未料到，我的話竟會引起方天那樣的震動！

這不可能有第二個解釋，唯一的解釋就是：方天不是人。如果他是人的話，何以一聽到我的話，竟驚到幾乎昏厥？

然而，這不是太荒唐太怪誕太不可思議太無稽了麼？方天不是人，是甚麼？是妖精？是狼人？我一步跨向前去，看得很清楚，只見方天並沒有露出「原形」來。

他仍然是我所熟悉的方天，從在學校中第一次見到他起到現在，也仍是一個模樣，只不過如今，他的面色更其蒼白而已。

我看他緊緊地閉著眼睛，便道：「你怎麼了？」

方天喘著氣，並不睜開眼睛來。看他的神情，他像是已感到了絕望，像是一個已到了刑場上的死囚一樣，甚麼都不想再看了，所以才不睜開眼睛來的，他只是道：「我的一切，你已知道了麼？」

我又假作知道了一切，道：「自然知道了！」方天急促地呼著氣，道：「放開我，放開我，你是知識份子？我向你說幾個公式，你可以一生用不盡了，你不識字，我寫給你，你去賣給任何人，你去賣給任何一個國家都可以……快放開我，放開我……」

方天的話，我越聽越糊塗。

我只是聽出，方天似乎願意以甚麼科學上的公式，來作為我放開他的條件。然而，那是甚麼公式，居然那樣地值錢呢？

我心中一面想，一面道：「不，我放開你之後，只怕回到家中，第二天就被人發現我自殺死了。」

方天的身子，突然如同篩糠也似地抖了起來，道：「不……不……你不見得會害我吧！」

我心中的疑惑，越來越甚，已到了如果不解答，便不能休的地步，我回復了正常的聲音，道：「好了，方天，你究竟在搗甚麼鬼？」

我料到我一講完，方天一定會睜開眼來的，所以我立即順手除下了戴在面上的面具。果然，方天一聽到我的話，立即睜開眼來。

他一睜開眼，便失聲叫道：「衛斯理！」

我笑了一下，道：「還算好，你總算認得老同學。」方天面上的每一條肌肉，都在跳動著，顯見他的心中，駭然之極。

他喉問「格格」地作聲，好一會，才吐出了四個字來，道：「你……沒……有……死？」

我道：「沒有死，你想害我幾次，但是我都死裏逃生了……」方天道：「相信我，我是逼不得已的，我是被你逼出來的，你……你……」

他的神色實在太驚惶了，令得我非但不忍懲治他，反而安慰他道：「你有話慢慢說，何必那麼緊張？」他嗚咽地哭了起來，道：「我完了，我完了，我將永遠留在這裏了，我完了……」

他又講起我聽來莫名其妙的話來。

我拍了拍他的肩頭，道：「喂，老友，我們一件事一件事解決，你別哭好不？」

方天漸漸止住了嗚咽聲，道：「你……要將我……怎麼樣。」

我想了一想，道：「那全要看你自己。」

方天茫然道：「看我自己？」

我道：「是，如果你能使我心中的疑問，都有滿意的答覆，那我便不究以往了。」方天的眼中，突然閃耀著一種異樣的光彩，道：「你心中的疑問？那你……並不知道我的一切？」

我一時不察，道：「是的，所以我才要向你問一個究竟。」

方天道：「你將我放開，你將我放開。」

我搖頭道：「不行，如果你再用那東西來傷我，這裏沒有積雪，我活得了麼？」方天忙道：「沒有了，那東西只能用一次，已經給我拋掉了。」

我自然相信他的話，但是在搜了他全身，而未曾再發現那東西和可疑的物事之後，我便鬆了他的縛，但是我的手，卻捉住了他的手臂，一齊向巷外走去，我心中的疑問實在太多，竟決不定該問哪一個才好，想了一想，才道：「在北海道，你用來傷我的是甚麼？」

方天「噢」地一聲，道：「那只不過是一種小玩意，那小盒子之中，有一種放射性極強的金屬，盒子又是另一種可以克制那種放射光的金屬製成的，一按鈕，盒子上如同照相機的快門一樣，百分之一秒地一開一合間，盒中金屬的放射線，便足以將人灼傷了——」

「灼死！」我更正著他。

方天顯得十分尷尬，道：「但只能一次，一次之後，經過放射線的作用，放射性消失，金屬的原子排列，起了變化，那種金屬，便轉爲另一種金屬了。」

我道：「好，我願意知道那種放射性極強的金屬名稱。」方天道：「那種金屬，叫『西奧勒克』。」

我怔了一怔，道：「甚麼？」方天道：「叫西奧勒克，是十分普通的金屬，我們那裏——」他只講到這裏，便住了口。

我從來也未曾聽到過有一種金屬，有那麼強烈的放射性，而又名爲「西奧勒克」的，我正歸咎於我自己科學知識的貧乏，然而，我又陡地想起，這其中，有著不對頭的地方。

方天說那種金屬十分普通，而如果真是十分普通的話，爲甚麼不見強國用來作毀滅性的武器呢？我心中放著疑問，握住方天手臂的手，也不由自主，鬆了一鬆。

方天顯然是早就在等這個機會了，他就在那時，用力地一掙，掙脫了我的手，向前快步地奔出了幾步。我自然不肯就這樣放他離去，立即起步追去。

然而，方天在快奔出了幾步之後，伸手入袋，疾轉身過來，叫道：「衛斯理，不要逼我用武器，快站住！」我離得他極近，只要再衝過兩步，就可以將他再次抓住了！

然而，我卻停了下來。

我的確是被他嚇住了。

雖然剛才我曾搜過他如今插手的那隻衣袋，袋中並沒有甚麼東西。但是方天是一個怪到那樣子的怪人，你根本不可能以常情去料斷他的。或許，他是在虛言恫嚇。但也有可能，他是真的有甚麼可以殺人於百分之一秒的武器在。

我記得在北海道，我受重傷之前，他也曾屢次說過「不要逼我」的。

我揚了揚雙手，道：「好，我不追你，但是我絕不會干休的！」方天叫道：「你別管我，你別管我，你別管我好不好？你爲甚麼僅僅爲了你的好奇心，而要來管我，使我不得安寧，使我不得……」

他講到這裏，突然劇咳起來。

我冷笑了一聲，道：「方天，你將事情說得太簡單了。你還記得我們的同學麼？你自然更沒有忘了滑雪女選手？還有我自己，我們都幾乎爲你喪生！而我如今更受了一位傷心的父親的委託，你說我僅是爲了好奇心？」

方天向後退出了一步，道：「我是逼不得已的，我是逼不得已的。」

我道：「我相信你是逼不得已的，但是我要知道：爲甚麼！」

方天道：「我不能告訴你，將來，你會明白。」我嘆了一口氣，方天的話，說了等於白說，我以十分懇切的語聲，道：「好，為了你，我已惹下了天大的麻煩，我也不必和你細說了，我是一個不怕麻煩的人，我相信你的麻煩，一定比我更甚。如果你要我幫助的話，我一定忘記北海道不愉快的事，而很樂意幫助你的。」

方天望著我，一聲不出。好一會，他才道：「我走了，你可別追上來！」

我聳了聳肩，道：「我知道，我一追上來，你又要逼不得已了！」我一句話未曾講完，方天已經急促地向外奔了出去。

我等他出了巷子，連忙追了上去。

只見他一出巷子，便向左轉，我揚聲叫道：「還有，你失去的東西。是在我這裏！」

方天猛地一停，但立即又向前奔出！

我沒有再去追趕，也沒有跟蹤。我相信，方天即使不會來求助於我，也必然會來我這裏，要回他失去的東西，我發覺方天似乎將所有的人，都當作敵人，大約只有佐佐木季子一人是例外，我決定回到佐佐木家去，明天，向季子再瞭解一下方天的為人。

第十部：古老的傳說

深夜，路上極其寂靜，我急步地走著，一直走到了佐佐木博士的家門前，都沒有甚麼事發生。到了佐佐木博士家花園的圍牆外，我一面準備翻牆而入，一面心中還在暗暗高興。

我高興的是，一則方天和我之間的糾纏，已是我佔了上風。二則，某國大使館、月神會等跟縱我的人，這時萬萬想不到佐佐木博士家中的花匠，就是他們所要追尋的目標。我的心情顯得十分輕鬆，雙手一伸，身子一屈，足尖用力一彈，雙手攀住了牆頭。

我雙手一攀住了牆頭，輕鬆的心情，便立即一掃而空！

我的手已攀住了牆頭，自然也可以看到牆內的情形了。只見那個打理得十分整潔，我也曾在其中化了一下午時光的花園，竟呈現著一片異樣的淩亂！

草地被賤踏得不成樣子，而在一條道路兩旁的盆花，也幾乎全都碰翻，有的連盆都碎了！

我呆了呆，雙手一用勁，便翻過了圍牆，落在園中。

我並不停留，立即向屋子奔去。

還未曾奔上石階，我便意識到，在我離開這裏，大約一個小時之間，這裏曾發生過驚人的變故。我首先看到，鑲在正門上的一塊大玻璃已經碎裂了。

我縱身一躍，便躍上了所有的石階，推開門來，只見有一個人，伏倒在地上。我連忙俯下身來，那人的臉伏在地上，但是我卻已可以看出，他是佐佐木博士。

我將博士翻了過來，只見博士的面色，如同黃蠟一樣，我心中不禁一陣發涼。一看到這種面色，不用再去探鼻息、把脈搏，也可以知道，這已是一個死人。

我只覺得心中一陣絞痛，那種絞痛，使得我的四肢都爲之抽搐！

佐佐木博士曾經救過我的性命，曾經挽救過無數人的性命，但是這時他卻死了。當然，人人都會死的，但博士卻是死於狙擊。

我呆了好一會，才直起身子來，突然發狂似地大聲叫道：「在哪裏，你在哪裏，你殺死了博士，現在躲在哪裏？」我不知道是誰殺死博士的。當然，我也明明知道，兇手早已離開了這裏，但是我還是自己不能控制自己地大叫著。

我叫了多久，連我自己也不知道。

佐佐木博士家附近的鄰居都很遠，不然他們聽到我的聲音，一定以爲有瘋子從瘋人院中逃出來，因爲我的聲音，由於激憤的緣故，變得極其尖銳刺耳。

好一會，我才停止了叫嚷，我跌跌撞撞地向前走出了幾步，手按在牆上，恰好碰到了一隻燈掣，我順手開了燈，吸了一口氣，再向佐佐木博士的屍體看去。

這一次，我看得仔細了些，看出佐佐木是左肩上受了利刃的刺戳，後腦又受了重擊而死的。

他死的時間，大約不會超過十分鐘，也就是在我回到這裏不久前的事。我心中只感到極度的悔恨，爲甚麼我要離開，爲甚麼不早些回來！

但如今，後悔也沒有用了，博士已經與世長逝了！

我倚著牆，又站立了好久，在我混亂的腦中，才猛地想起季子來！博士已經死了，他的女兒季子，又怎麼樣呢？

我立即大聲叫道：「季子！季子！」

我只叫了兩聲，便停了下來。

因爲我剛才已經發狂也似地高叫過了，如果季子在這屋子中，而且還活著的話，她絕對沒有理由不出來看一看的！

我心中不禁泛起了一股寒意，難道季子也已死了？暴徒兇手的目的又是甚麼呢？

我勉力轉過身，燈光雖然十分明亮，但在我看來，卻是一片慘黃。我定了定神，才看到從博士伏屍的地方，到他的書房，沿途有點點鮮血。

那自然是說明博士是在書房中受擊的，受傷之後，還曾走了出來。可能兇徒是在書房中，刺了博士一刀，看到博士走了出來，便又在他的後腦上，加上致命的一下狙擊的。

我立即向博士的書房走去，只見書房之中，也是一片淩亂。

我剛想轉身走出書房，去找尋季子之際，忽然看到在書桌面上的玻璃上，有已經成了褐色的，以鮮血塗成的幾個日本字。

我開了燈一看，只見那是「他帶走了她」五個字。

「他帶走了她」，那「她」，當然是指季子而言了。然而，那「他」又是誰呢？「帶走了她」，「帶走了她」，難道那是方天？

方天比我早離去，我又是步行回家的。雖然我步行的速度不慢，但方天如果有車子的話，比我早到十多二十分鐘，是沒有問題的。

也就是說，方天有充份的行兇時間，而博士的屍體，兀自微溫，也正證明一切是發生在極短時間之前的事。

我竟沒有想到方天會作出這樣的事來，而放他走了！我一個轉身，衝出了屋子，衝過了花園，來到了大門口。

到了大門口，被寒風一吹，我的頭腦，才逐漸恢復了冷靜。

博士已經死了，雖然慘痛，這已是無可挽回的事實了。如今還可以挽回的是季子，方天以這樣的手段帶走了季子，對季子來說，那無疑是置身狼吻！

我深深地吸了一口氣，這既然是不久之前才發生的事，那麼，我只要不放鬆每一秒鐘的時間，緊緊地追上去，說不定可以追上兇徒的！

我已沒有時間去和納爾遜先生聯絡，也沒有時間和東京警方聯絡，我必須迅速地採取個人行動，在時間上和兇徒賽跑！

我低下頭來，看到大門口有新留下的汽車輪跡，博士並沒有車子，那可能是方天留下來的，門口的輪跡，十分淩亂。

但當我走出幾步之後，輪跡清楚了起來。乃是自東而來，又向東而去的。我循著輪跡，向前奔出，奔出了二十來步，輪跡便已不可辨認了。

我額上隱隱地冒著汗，那輪跡是我所能夠追循的唯一線索，但如今卻失去了。方天會將季子帶到哪裏去呢？會將季子怎麼樣呢？

我伸手入袋，取出一條手帕來抹著汗，就在那一瞬間，我猛地看到，街燈將我的影子，投射在地上，而在我的影子之旁，另有人影晃動！

我身子陡然一縮，向後倒撞了出去，雙肘一齊向後撞出，我聽到有人慘叫和肋骨斷折的聲音，我立即轉過身來，雙臂揮動間，眼前有兩個人，向前疾飛了出去，其中一個，撞在電燈柱上，眼看沒有命了。

但在這時候，我的背後，也受到極重的一擊。

那一擊之力，令得我的身子，向前一撲，可是在我向前一撲之際，我伸足向後一勾，那個在背後向我偷襲的人，也向地上倒了下來。

我身子一滾，一根老粗的木棍，又已向我當頭擊到，我頭一側，伸手一撈，便將那根木棍撈在手中，順勢向旁，揮了出去。

那一揮間，竟擊倒了兩個人！

這時，我才發現，伏擊我的人之多，遠出乎我的意料之外。有人沈聲叫道：「不能讓他走了！」接著，又聽得「嗤嗤」兩聲響，有大蓬霧水向我身上落來。我持定了木棍，身子飛旋，又有幾個人，怪叫著躺下地去，然而我轉了幾轉，陡地，覺得天旋地轉起來。

我心中十分清楚，知道那是對方使用了麻醉劑水槍。而我剛才，並未提防，所以才著了他們的道兒。我心中雖然還明白，但是我的身子，卻已經漸漸不聽我的指揮了。

我仍然揮動著木棒，只見在街燈的照映下，我的附近，全是幢幢人影。

這時候，我已沒有能力看清那些是甚麼人了，我只是聽得他們不斷發出驚呼聲，想是他們在驚異著，何以我中了麻醉劑，那麼久還不倒下。

我只想支撐著，支撐著，我知道我只要再支撐五分鐘的話，那些人可能就會因為驚駭過甚而作鳥獸散了。但是我卻沒有法子再支撐下去了，我的頭越來越沈重，我的四肢，漸漸麻木，我的眼前，出現了各種意想不到的色彩，像是在看無數幅印象派的傑作。

終於，我倒下去了！

我剛一倒下，後腦又受了重重的一擊，那一擊，更加速了我的昏迷。

我最後，只聽到腳步聲向我聚攏來，那腳步聲竟十分清晰，隨後，就甚麼也不知道了。

等到我又有了知覺之時，我心中第一個念頭，便是：我在日本，這已是第二次昏迷過去，又能醒轉來了。接著，我便覺得致命的口渴，喉間像是有一盤炭火在燒烤一樣。

那是麻醉劑的麻醉力消失之後必有的現象。

我想睜開眼來看看四周圍的情形，但是眼睛卻還睜不開來。我鎮定心情，想聽一聽四周圍有甚麼聲息，但卻一點聲音也聽不到。

我心中突然生出了一陣恐懼之感：難道我已被人活埋了麼？

一想到這一點，我身子猛地一掙，在我渾渾濛濛的想像之中，我只當自己已被埋在土中了，因此那一掙，也特別用力。

可是事實上，我並沒有被埋在土中，一掙之下，我坐了起來，也睜開了眼睛。眼前一片片漆黑。我伸了伸手，舒了舒腿，除了後腦疼痛之外，走動了幾步，一股潮黴的氣味，告訴我這裏是一個地窖。我想取火，但是我身邊所有的東西，都失去了。

我心知自己成了俘虜，但是可悲的是，我竟不知自己成了甚麼人的俘虜！

我只得先盡力使自己的氣力恢復，約莫過了半個小時，才聽得上面有人道：「他已醒過來了麼？」又有人道：「應該醒了，不然，用強光一照，他也會立即醒過來的！」

那一個人的話才一講完，我抬頭向上看去，正在不明白何以講話聲竟會發自上面間，陡地，眼前亮起了強光，那光線之強烈，使我在刹那之間，完全變成了瞎子！

我連忙伸手遮住了眼睛，只聽得有人道：「哈哈，他醒了。」

我感到極其的憤怒，連忙向後退出幾步，以背靠牆，再度睜開眼來。

我睜開眼來之後，好久才能勉強適應那麼強烈的光線，而我的怒意也更甚了。我是身在一間高達十公尺的房子的底部，在房子的頂部有一圈圍著的欄杆，可以俯看下面的地方，強光便自上面射下，集中在下面。

由於強光照射的關係，我雖然看到檻杆之後有人，但卻看不清他的臉面。

而他們卻可以像在戲院的樓座，俯視大堂一樣，將我看得清清楚楚，我陡地感到，這種建築，很像羅馬貴族養狼、養鱷魚的地方！

在這樣的情形之下，任何修養再好的人，也不免怒發如狂，因爲忽然之間，你發現自己不像是人，而是被豢養著的野獸了。

我大聲怪叫，道：「你們是甚麼人？」

上面，隱隱有講話聲傳了下來，但是我卻聽不清他們在講些甚麼，只是聽出，有兩個人像是正在爭論。我本來是背著牆壁，仰頭向上而立的，自上面照射下來的強光，令得我雙眼刺痛。

我低下頭來，避開了強光，只見我所處的地方，和那些人的所在之處，雖然很高，而且是直上直下的，但是我也可以勉力衝上去的。

我猛地吸一口氣，發出了一下連我自己的耳朵也爲之嗡嗡作響的吼聲，向前直奔了過去，到了對面的牆壁前，我用力一躍，雙手雙足，一齊抵在牆壁上，向上疾爬上去了幾步！

那時，在牆壁上，我絕無可攀援的東西，而我之所以能在光滑的牆壁上上升，其關鍵全在一個「快」字，任何人只要動作快，就可以做到這一點。

我相信在武俠小說中被過份渲染了的「壁虎遊牆」功夫，一定也就是這一種快動作。而這一種快動作，受過嚴格軍事訓練的人，都有過這樣的經驗的。

我一口氣約莫上升了四公尺，只聽得上面，發出了幾下驚呼聲。

我將頭向上，雖然強光一樣灼眼，但由於離得近了，我可以較清楚地看見那二人，我仍看不清那些人的臉面，但是我可以看到他們所穿的服裝，十分古怪。

我又是一聲大叫，雙足一蹬，人向上一挺，又平空彈起來，當我伸出手來之際，幾乎已可以抓到欄杆了。

就在那時候，我聽得一個蒼老的聲音，以日語叫道：「我的天，他果然是那個人！」

我只聽到那樣的一句話，一件重物，便已向我的頭上，擊了下來。在那樣的情形下，我實在沒有趨避的可能，而那一擊的力道，又如此之大，使我在刹時之間，只覺得眼前的強光，忽然幻爲無數個飛躍的火球，而在極短的時間中，我眼前又是一片漆黑。

我覺出自己要昏過去了，我所能做的事，只是盡力放鬆肌肉，以免得跌下去時，骨折筋裂。

至於我跌下去時的情形如何，我卻不知道了，因爲那一擊，足以令得我在未曾跌到地上之際，便昏了過去。

當我再度有感覺之際，我只覺得整個頭部，像是一顆立時就要爆發的炸彈一樣，在膨脹、膨脹，單憑感覺，我頭部比平時，至少大了五六倍。

好不容易，我才睜開眼來。

這一睜開眼來，卻又令得我大吃一驚。

這一次吃驚，絕不是又有甚麼強光，向我照射了過來，而是其他的事。

首先，我只感到我處身的所在，光線十分柔和，我定了定神，再遊目四顧間，看到有三個少女，正站在我的面前，而我，則是坐在一張式樣十分奇特，像是最古老的沙發那樣的，舒適的椅子上。

坐在椅子上，和眼前有三個少女，這似乎都沒有甚麼稀奇，也不值得吃驚。

令我驚奇的是那三個少女，根本沒有穿衣服！當然，她們也不是裸體的，而是她們的身上，都披著一層極薄的白紗。

那層白紗的顏色，純潔柔和得難以形容，而那三個少女的胴體，也在薄紗掩映之間，可以看到一大半。那三個少女面上的神情，極使人吃驚。

她們面上的肌肉，像是全都僵死了一樣。

本來，她們三人，全是極美麗的少女，可是再美麗的人，有這種類似僵屍的神情，也是使人反胃的。她們的神情，像是她們全像在受著催眠一樣。

我心中的驚訝，也到了頂點，我不知道是落在甚麼人手中，不知道剛才是甚麼所在，不知道我又何以到了這間房間之中，不知道眼前那三個少女，爲甚麼只披著一層薄紗，而站在我的面前。

我站了起來。

我剛一站起，就像觸動了甚麼機括一樣，那三個少女，突然向後退去。同時，耳際響起了一種十分深沈的鼓聲，撼人肺腑。

那三個少女，隨著那鼓聲，舞蹈起來。

那三個少女的容顏美麗，體態美好。然而，她們隨著鼓聲而起舞，卻絕不給人以美感，反而給人以十分詭異的感覺，使人感到了一股極其濃重的妖氛。

我吸了一口氣，不再理會那三個少女，轉過身，看到了一扇門，我拉了拉門，門鎖著，我一縮肘，以肘部向門外撞去。

「嘩啦」一聲響，門被我撞破了。

鼓聲突然停止，我正待不顧一切，跨出門去再說時，只聽得那三個少女，忽然都驚叫了起來，我忍不住回頭望去。

只見她們三人，擁成了一團，面上再也不是那樣平板而無表情，而是充滿了羞慚、恐懼之感，同時，她們竭力想以身上的那層輕紗，將她們赤裸的身子，蓋得更周密。

我看到了這種情形，更可以肯定她們剛才是受了催眠，而鼓聲一起，她們便翩然起舞，那也純粹是下意識的作用。

我並不走向前去，只是道：「你們是甚麼人，這裏是甚麼地方？」

那三個少女不住發抖，只是望著我，一言不發。

我又問了一遍，只聽得一個十分陰沉的聲音，轉了過來，道：「不要問她們，問我。」我轉身過去，只見一個人，已推開了被我撞破的門，走了進來。

他是一個中年人，生得十分肥壯，身上穿著一件月白緞子的和服，打扮得也是十分古怪。

他一進來，向那三個少女一揮手，那三個少女，連忙奪門而走。

他又將門關上，向被我撞破的破洞，望了一眼，笑了一下，道：「這三個在我們這裏，不是最美麗的，難怪你要發怒了。」那人的話，我實在是莫名其妙，一點也不懂！

然而，我卻爲那人講話時下流的態度和語氣所激怒了。

我大聲道：「你是甚麼人？」

那人聳了聳肩，道：「我是這裏的主人。」

我踏前一步，那人的身子，立即微微一側，那是精於柔道的高手的姿勢，道：「那麼，我們就坐下來慢慢地談，方先生。」

我聽得他叫我為「方先生」，不禁呆了一呆。

不等我分辯，那人又道：「方先生，坐下來談如何？」我想告訴他，他弄錯了，我並不是方先生。但是，我在考慮了十幾秒鐘之後，卻並沒有說甚麼。

一則，這裏的一切十分詭異而帶有妖氛的情形，吸引了我，我準備將錯就錯地和這人胡混下去，以窺個究竟。

二則，那人口中的「方先生」，也吸引了我。固然，姓方的人，千千萬萬，但是我不能不立即想到方天。我是從佐佐木博士的家中出來之後遇伏的，會不會這人將我當作方天了呢？

所以，我在椅上坐了下來。坐的仍舊是那張椅子。那人走了過來，在這張椅子的把手上敲了敲，道：「這是德川幕府時代的東西，真正的古董。」

我冷冷地道：「對於古董，我並不欣賞。」

那人一個轉身，來到了我的面前，道：「那麼女人，金錢，你對甚麼感到興趣？剛才的少女你看到沒有？相貌、身材，哪一樣不好？但我們還有更好的，只要你有興趣……」

我越聽越覺得噁心，只是冷冷地望著他。

那人卻越說越是興奮，道：「錢，你要多少，你只要開口，我們有的是錢！」

我四面一看，道：「我可以先問一句話麼？」

那人道：「自然可以的。」

我道：「我昏過去了兩次，在我第一次昏迷，醒過來之際，我發現自己在一個十分怪的地方，被強光照射著，那也是你們的地方嗎？」

那人道：「是的，因爲我們這裏的三個長老，要證明古老的傳說是不是真的。」

我簡直是越弄越糊塗了，甚麼叫著「長老」，甚麼叫作「古老的傳說是不是真的」，那一切，究竟又是甚麼意思？

那人以十分熱切的眼光望著我，我嘆了一口氣，道：「你們想要甚麼？」那人來到我的身邊，將他滿是肥油的臉，湊得離我極近，以極其詭秘的口氣，道：「我們要你爲我們表演一次飛行，以證明我們三大長老的神通。」

我本來以爲那人一問，便可以明白究竟了，可是那人一回答，我卻更加糊塗了！

「表演一次飛行」。那又是甚麼意思？我又不是飛行家？

當我想到「我不是飛行家」之際，我的心中猛地一動！

因爲這時候，眼前那個胖子，是將我當作「方先生」的，不管「方先生」是甚麼人，他一定有著特殊的飛行技能，所以才會作這樣的要求。

我想了一想：「你們究竟是甚麼人？」

那人道：「這一點，閣下不用管了。這一個月的月圓之夜，在下關以北的海濱上，我們有一個盛大的集會，我們就要你在這個集會上表演。」

我再問一遍：「表演甚麼？」

那人道：「飛，表演你數百年來的本領，飛向圓月，飛到虛無飄渺的空間！」

我心中在大叫：「這是一所瘋人院嗎？」然而，那人講述這幾句話時，雖然表現了一種狂熱，卻是十分正經，顯然他的神經，只是在興奮狀態之下，而不是在失常的狀態之中。

我在這樣的情形下，實在是沒有別的話可以說了。

那人的神經是正常的，但是他所說的，卻又十足是瘋話，在這種人的面前，你能說些甚麼呢？

我只是望著他，那人的態度，越來越是興奮，道：「你表演完畢之後，就成爲我們的偶像了，無論你要甚麼，都可以得到——」

他講到這裏，特別加強語氣，道：「無論甚麼，只要你開口，我們都可以給你。」

我心中的疑惑到了極點，過了好一會，我才道：「你們究竟是甚麼人，會有那麼大的勢力，可以甚麼都做得到？」

那人向我湊了近來，眼中閃耀著異樣的光彩，道：「月神會！」

那三個字給我的震動，是無可比擬的，我霍地從椅子上站了起來，又立即坐了下去！月神會！原來我是落在月神會的手中了！

我心中不禁暗罵自己愚蠢，其實，是我應該早料到他們是「月神會」的人馬。那人的口中提到過「三大長老」，提到過海灘邊上，月圓之夜的大集會（那是月神會信徒經常舉行的一種宗教儀式），那三個披著輕紗，受了催眠的少女……等等。

這一切，都說明事情是和這個潛勢力龐大到不可比擬的邪教有關的。

然而，我此際雖然明白，我是落在月神會的手中了，我仍然不明白月神會想要我作甚麼。雖然那胖子曾經說過，叫我在他們的一次大集會中，「表演一次飛行」，但是我對他所說的話，仍然一點也沒有聽懂。

我呆了半晌，才嘆了一口氣，道：「原來是你們，原來這樣對待我的是你們！」

我本來是隨口這樣說一說的，而並沒有甚麼特殊的意思的。

可是那胖子一聽，卻立即現出了惶恐之色，向後退出了一步，手扶著桌子，身子幾乎想要跪了下去。他道：「我們……我們是不應該這樣對待你的，但我們必須證明你是不是那人。」

我插言道：「甚麼人？」

那胖子像是未曾聽到我的話一樣，面上又充滿了諂笑，道：「說起來，沒有你，不會有月神會！」

這時候，我真正開始懷疑這個人的神經，是不是正常的。

月神會之獲得蓬勃的發展，乃是二次世界大戰結束之後的事情，它像是茅草一樣，在戰後的日本廢墟上，拚命的生長著。但是，月神會的存在，雖未有確鑿的考據，卻也有一二百年了。那胖子卻說因爲我才有月神會，那不是瘋子麼？我苦笑道：「那是甚麼話？」

那胖子站了起來，像是在朗誦詩歌一樣，道：「我們的祖先說，他創立月神會，是因爲看到有人從月亮上下來，他相信人能上月亮，在月亮上生存，比在地球上更美滿，這就是月神會的宗旨。」

我相信月神會創立之際，可能真是有這樣的宗旨的。但現在，月神會卻是一個真正的邪教，和以前的宗旨，完全變質了。

我道：「是啊，那和我有甚麼關係呢？」

那胖子面上的諂笑更濃了，道：「方先生，那從月亮上走下來的人，就是你啊，是你親口對我們的祖先說的，你還在他的面前，表演了飛天的技能，月神會最初的十個信徒，就是因此而來的，我們會中的經典中，有著詳細的記載！」

我聽他講完之後，我的忍耐力已經到了最大限度了。我倏地站了起來，手按在桌上，也俯過身去，道：「你聽著！第一，我根本不是甚麼方先生。第二，就算是方先生，他也不會飛的，他不是妖怪，去你的吧！」

大概是我的話，使得他太過震驚了，所以，他在那一瞬間，完全呆住了。

這給了我以一個極佳的機會，我不給他以喘息的機會，右拳已在他下顎上，重重地擊了一下。

而幾乎是立即地，我左拳又在他後頸上，重重地劈了下去。

那一擊和一劈，便得那個胖子像一堆肥肉也似地軟癱在地上，再也爬不起來了。

我早已看出那胖子的柔道十分精通，所以，他雖然倒地不起了，我仍然不放心，又在他的後腦上，重重地踢了一腳，肯定他在短時間內，絕不會醒過來了，我才一閉身子，到了那扇門旁。

我探頭向外看去，只見門外，乃是一條極長的走廊。

第十一部：月神會

那走廊的兩旁，全是房間，所有的房門都關著。走廊中並不是沒有光亮，但光亮的來源，卻是每隔一步碼，便有許多盞的油燈！

居然還點油燈，這是十分可笑而詭異的事情。我打開了門，輕輕地向外，走了幾步，又停了下來。因為這時候，我聽到了距我不遠之處，有另一扇門打開的聲音，我貼牆而立，只見一扇房門打開，一個穿和服的男子，匆匆走出，他並沒有發現我。我見他向走廊的盡頭走去，到了盡頭，推開了門，在門的開合間，我發現那是一道樓梯。我心中這時所想的，只是想離開這兒。固然我這時所遭遇到的事情，複雜到了極點，而且都是非解決不可的。但是先決條件，就是要離開這個月神會的巢穴！我一等那人下了樓梯，立即向前奔去，到了走廊的盡頭，推開門來，一閃身，便已順著那盤旋的樓梯，向下飛奔而下。樓梯上十分沈靜，也只有一盞一盞的油燈，在閃耀著昏黃的光芒。我這時才有機會粗略地打量這一座建築物，看來，這是一座古堡型的建築。

我一口氣奔到了樓下，但是我卻沒有再向下衝去，而是緊貼著欄杆而立，將自己的身子隱藏得盡量不給下面的人看到。下面，樓梯的盡頭處，是一個很大的大廳，大廳上這時燃著五個火把，那三個火把之旁，各有一張椅子，椅子的背十分高，椅子上坐了人，椅背還高出了一大截來。在每張椅子高出的那一截上，有著閃耀著月白光輝的貝殼所砌成的一個圓月。

坐在椅上的三個人，全是五六十歲上下，他們身上的衣服，也是月白色的。

五個人坐著，一動不動，另外還有七八個人在一旁站著，也是一動不動。沒有人說話。大廳中不但燃著火把，而且還燃著一種香味十分異特的香，使得氣氛更有一股說不出的詭異之感！看這些人的情形，像是正在等待著甚麼。

而我因為下樓梯時的腳步極輕，所以大廳中並沒有人看到我，使我可以仔細打量下面的情形。

如果我不知道自己是處身在月神會的巢穴中，那麼我看到眼前這樣的情形，一定會疑心我是不是在夢中了。而如今我既然知道自己是在月神會的巢穴之中，這一切就不足為怪了。

因為月神會本來就是一個以各種各樣古怪的形式，來迷惑人的邪教。

只不過很奇怪，月神會的信徒，似乎並不限於下層沒有知識的人，有許多有知識的人也是月神會的信徒，我相信這是他們不知不覺，在宗教儀式中接受了長期催眠的結果。

我打量了片刻，發現我絕無可能通過大廳出去而不被他們發覺。

我又輕輕地回到了樓上。剛才我記得我一共下了六層樓梯，這時候，我只是回上一層。

我到了二樓，推開了走廊的門，發覺也是一條長走廊，兩旁全是房門。我揀了最近一個房門，推了一推，沒有推開。我在門上敲了兩下，只聽得裏面有人粗聲道：「來了。」

我握定了拳頭等著，不到一分鐘，房門打了開來，一個人探出頭來，我深信那人根本不及看清楚我是甚麼人，就已經中了我的一拳，翻身「碰」地一聲向後倒了下去。我連忙踏進了房間，房中原來只有那倒地的一個人，房中的陳設也很簡單，像是一間單人宿舍。

我走到窗口，推開窗子，向外一看，不禁呆了一呆。我看了海濤、岩石，和生長在岩石中的松樹，這裏絕不是東京。

我探頭出去，可以看見建築物的一部份。果然，那是一幢古堡式的建築。

本來，我是準備從窗口縋下去，以避開那些在大廳中的人的。這時，我的計劃仍沒有改變，但實行起來，卻困難得多了。

因爲那古堡也似的建築，是建造在懸崖之上的，懸崖極高，下面便是不時湧起浪花的海潮，並不是如我的想像那樣，一下了窗口，便是通衢大道！

可是，我也沒有考慮的餘地，懸崖固然陡峭，但看來要攀援的話，也還不是甚麼難事。

我撕破了一張床單，結了起來，掛在窗子上，向下縋去，等我離海面接近，我雙手用力一拉，將掛在窗子上的床單拉斷，人也跟著床單，跌了下來。

那是一個十分危險的行動，因爲建築物是在懸崖邊上，我可能就此跌下海中去的。所以我在跌下去的時候，要將床單拉斷，那樣，不但可以暫時不被人發覺的行動，而且，有一幅撕成長條的床單在手，就算我跌出了懸崖，求生的機會也多得多了。

幸運得很，我落下來之處，離懸崖還有一些的距離。我定了定神，拋了床單，在懸崖上向下，慢慢地攀援了下去，好不容易，才到了海浪可以撲擊得到的一塊大石之上。

我站在那塊大石之上，不禁又呆了半晌。

在我的左、右和後面，全是峭壁，而且我就是從峭壁上攀下來的，當然不能再回去，而在我前面的，卻是茫茫大海。

這大海是我的出路，但是我應該如何在海上離開呢，靠游泳麼？

這並不是在開玩笑，的確是可以靠游泳的。

因爲我可以沿著峭壁游，等到找到了通道，便立即上岸去。

但不到不得已的地步，我又不想游泳，我四面看著，可有小船可以供我利用。也就在這時候，我聽得了峭壁之上，傳來了大叫之聲。

我抬頭向上看去。

只見那古堡型的建築中，幾乎每一個窗口中，都有人探頭向下望來。而另有十來個人，正沿著峭壁，向前奔了過來。

這當更合上了一句古語，叫作「前無去路，後有追兵」了。

我一時之間，想不出甚麼辦法來，眼看從那古堡型的建築中奔出來的人，沿著峭壁，向下面迅速地爬了下來，身手十分矯捷。

從這幾個爬下來的人，能夠這樣圓熟地控制他們的肌肉，這一點看來，這幾個人，毫無疑問是柔道高手，而他們的腰際，還都佩著手槍。借著古老的傳說做幌子的邪教，再加上最現代的武器，我雖然被他們認爲「會飛的人」，但也不敢再多逗留下去！

我不再猶豫，一湧身，便向海中躍下去！

在我躍下去之際，我聽得峭壁之上，有人以絕望的聲音叫道：「月神，不要降禍於我們！」

我心中暗罵「他媽的」，這算是甚麼玩意兒，我甚麼時候成了「月神」了？如果我有能力降禍於你們的話，你們這干邪教徒，早已被我咒死了！

我沒有機會聽到他們第二句話，「撲通」一聲，人便沈入海中了。

不要忘記，那正是冬天，海水雖然沒有結冰，但是冷得實在可以，那滋味絕不好受。

我在水中，潛泳出了十來公尺，又探出頭來。我是沿著岸邊的岩石游著的，並未曾遠去，探出頭來之後，藉著一塊大石，將我的頭部遮住，我卻可以偷眼看到站在岩石上的那些人。

只見剛才和我談話的那個胖子，這時也在，他的身子抖著，面上一塊青一塊腫，一個長得十分兇惡的老人，正在一下又一下地摑著他的耳光。

那老者是剛才我在大廳中見過的三個老者之一，他打著那胖子，那胖子一點也不敢還手，只是哀求道：「二長老，不關我的事，不關我的事，他……他埋怨我們不該將他放在室底，用強光照射他。」

我心中暗忖，那正是在說我了。

那老者「哼」地一聲，不再動手打那胖子，對四周的人道：「將他找到，要盡一切可能，將他找到，我不相信他是已活了幾百年，從月亮上下來的那人，但是他能使我們的地位更鞏固，蠢材，明白了麼？」

他身邊的人，一齊答應了一聲，道：「明白了。」

我心中暗忖，那老者原來是月神會的「二長老」，難怪如此威風。只是他的話，我卻仍然有不明白的地方，看來，我在垂直的牆壁上，利用速度，縱身直上，這一件事也被他們當作我能夠「飛行」了。

然而事情顯然沒有那麼簡單，那胖子和二長老都曾提及數百年前月神會創立之際，「一個自月亮上下來的人」。爲甚麼他們會以爲我——不，以爲「方先生」會是「月亮中下來的人」呢？

方先生是不是方天，我還沒有法子證實，但是他的可能卻十分大。我不再看下去，又浸入水中，向前潛泳出去。

我估計已潛出很遠了，才又探頭出來，果然，已經轉過了那座峭壁，眼前是一片十分荒涼的海灘，我躍離了海水，向前飛奔著，若不是我飛奔，那我可能全身都被凍僵了！

我奔出了很遠，才有一些簡陋的房屋，我詭稱駕艇釣魚，落到了水中。雖然那一家主人，對我的話十分懷疑，但是他仍然借給我衣服，生起了火，給我飲很熱的日本米酒，使我得到溫暖。半小時後，我的精神已經完全恢復了，我向那家主人，道了衷心的感謝，穿上了我自己剛被烘乾的暖烘烘的衣服，又走出了里許，我才知道自己是身在東京以東兩百公里處的海邊。

那也就是說，從東京佐佐木博士家附近被擊昏，到我在那堵直牆上，飛竄而上，被重物擊暈之後，一直到再度醒來，看到眼前有三個被催眠的少女在舞蹈，我已被搬離東京，達二百公里之遙！

「月神會」的神通和勢力之大，於此可見一斑了。

這裏並沒有火車可搭，在大路上站了一會，才攔住了一輛到東京去的貨車，我答允給司機一些好處，他便讓我坐在他的旁邊。

在車上，我盡量保持沈默，不和司機交談，那不爲別的，只是爲了我要思索。

我不但不能將我所遭遇的事，理出一個頭緒來，而且，連我遭遇到的是甚麼事，我都說不出所以然來。那是我從來也未曾經歷過的事。

「月神會」所要找的「方先生」，就算是方天吧，月神會找他作甚麼？方天是一個傑出的太空科學家，如果挖空心思要找他的，是某國大使館的特務，那就不足爲奇了，月神會是一個導人迷信的邪教，和太空科學完全無關，但月神會卻在找方天（那是我的假設，我知道這個假設至少不會離事實太遠）。

某國大使館呢？他們亟亟於將一隻神秘的金屬箱子，運出東京去，而那隻箱子，似乎又和日本豪門，井上家族有關，箱子中是甚麼，我沒有法子知道，因爲我們未能打開那個箱子，便已爲人所奪，最可悲的是，奪走箱子的是甚麼人，我也不知道。

佐佐木博士死了，他的女兒失蹤了，這件事，似乎和方天有關。

事實上，我也開始相信，甚麼事情都和方天這個不可思議的藍血人有關。

然而，正因爲方天的本身，猶如一團迷霧一樣，所以，和他有關的一切事情，也更成了一團迷霧！再加上了「月神會」這樣神秘的組織，甚麼「人從月亮下來」，「飛向月亮」的傳說，我想了好一會，腦中嗡嗡作響，不由自主，嘆了一口氣。

貨車司機卻好心地勸我，道：「不要愁，東京是好地方，到了那裏，你就會快活了。」

我只得含糊地應著他，司機誤會我是一個到東京去找事情做的失業者，又道：「有錢人，不一定幸福，你看那裏！」

我不知他說的話是甚麼意思，循著他所指看去，只見在一個山頭之上，有著一幢宏偉之極，單從外表看來，也是極盡華麗奢侈之能事的大宅。

我問道：「那是甚麼人的住宅？」

司機以奇怪的眼色望著我，道：「你是從哪裏來的？這是井上次雄的住宅啊！」

我一聽到井上次雄的名字，心中不禁猛地一動，道：「就是那個全國聞名的富翁麼？」

貨車司機道：「不錯，他是全國最有錢的人，但是他晚上也只能睡在一張床上，和我一樣，哈哈！」

那貨車司機是一個十分樂觀的人，他絲毫不覺得自己比起井上次雄來，有甚麼失色。

而在那一瞬間，我心念電轉，想及我曾經答應納爾遜先生，追尋那隻硬金屬箱子，和發掘它的秘密。

如今，我已從那家精密儀器製造廠方面獲知那隻硬金屬箱子，是由井上次雄委託所製成的，那麼箱子中是些甚麼，井上次雄自然應該知道的了！

我這時回到東京去，一則要躲避某國使館特務的追尋，二則，也沒有甚麼別的事情可以做，何不就此機會，去拜訪一下井上次雄？

這時候，貨車正好駛到一條岔路口子上，有一條極平滑的柏油路，通向山頭去，我伸手在司機的肩頭上拍了拍，道：「請你在這裏停車！」

司機將車子停住，但是他卻以極其奇怪的口氣道：「這裏離東京還遠得很哩。」

我點了點頭，道：「我知道，我忽然想起來，我有點事要去看看井上次雄。」

司機一聽，起先是愕然，繼而，他面上現出了十分可怕神色來，道：「朋友……你……你……井上家中……是沒有現款的……」

第十二部：井上家族的傳家神器

我大聲笑了起來，司機以爲我是想去向井上次雄打劫的綠林好漢了。在笑聲中，我打開門，躍下了車，那司機立即開車，飛駛而去。

我抬頭向那條路看去，那條路很長，但是它平滑而潔靜，我相信這大概是全日本最好的一條路了。我在路邊的草叢中，蹲了下來。

大約等了二十分鐘左右，一輛大型的「平實」汽車，從東京方面駛了過來，到了路口，便向山上駛了上去。

我看到在車廂中，井上次雄正在讀報。

我從來也沒有看到過井上次雄本人，但是我卻看到過無數次他的相片。

在那一瞥間，我發現他本人和照片，十分相似，他像是生下來就受人崇拜的一樣，有著一股凜然的神氣。在車子一駛過之際，我從草叢中飛躍而出，一伸手，拉住了車後的保險架，身子騰起，迅速地以百合鑰匙打開了行李箱，一曲身，鑽了進去，又將箱蓋蓋上。

從我飛躍而出，到我穩穩地藏在行李箱中，前後只不過半分鐘的時間。

這一連串的動作，乃是美國禁酒時代，黑社會中的人所必須學習的課程，身手好的，不論汽車開得多麼快，都有法子使自己在一分鐘之內，置身於汽車的行李箱中，而不爲人所覺。由於汽車的構造，看來有異，實際大同小異的緣故，所以，這一套動作，有一定的規定，幾乎是一成不變的。

我並不想教人跳車，那幾個動作的詳細情形，自然也從略了。

我躲在車廂中，才開始盤算我該如何和井上次雄見面，我知道：井上次雄是要人，若是求見，不要說見不到他本人，只怕連他的秘書都見不著，便被他的家人擋駕了。要見他，只有硬來了。車子停下，看來是停在車房之中，等他司機下車，我從行李箱中滾出來，先鉤跌了他的司機，一腳將之踢昏過去，然後一躍而起，來到了井上的面前。

他立即認出了我不是他的司機！

也就在這時候，我踏前一步，攤開手掌，讓他看到我握在手中的小匕首，然後將手移近他的背部，低聲道：「井上先生，別出聲，帶我到你的書房去，我要和你單獨談談。」

井上次雄的面色，略略一變。但只是略略一變而已，立即恢復了鎮靜。

他揚頭看去，三個保鏢離我們都有一段距離，他知道若是出聲，我固然跑不了，但最先吃虧的，卻還是他自己！

他十分勉強地笑了一笑，道：「好，你跟我來吧。」

他只講了一句話，便又轉身向石級上走去，我跟在他的後面，那幾個保鏢，一點也沒有發覺事情有甚麼不妥，他們的心中，大概在想：今天井上先生的心情好，所以司機便趁機要求加薪了。

我緊緊地跟在井上的後面，不一會，便到了二樓，井上自公事包中，取出鑰匙來，打開了一扇門。

在那時候，我的心中，實是十分緊張。

我的安全，繫於井上次雄的膽小怕死。然而如今井上次雄看來卻十分鎮定。這是一個我完全陌生的地方，眼前我雖然佔著上風，但也隨時可能轉爲下風。

如果我失手的話，那麼雖然我持有納爾遜先生給我的那份證明文件，只怕也脫不了身，那自然是因爲井上次雄在日本是非同小可，舉足輕重的人物。

井上次雄打開了門，我才略爲放下心來。那是一間十分寬大的書房。佈置之豪華舒適，我在未見到之前，是想像不到的。

我一踏上了軟綿綿的地氈，便順手將門關上，井上次雄向書桌前走去，將公事包在桌上一放，立即去拉抽屜，我立即一揚手中的匕首，道：「井上先生，我飛刀比你的手槍還快！」

井上次雄卻只是瞪了我一眼，仍是將抽屜拉了開來，他從抽屜中取出一本支票簿來，「拍」地一聲，放在桌上，道：「要多少，我不在乎的。」

我向前走出幾步，隔著桌子和他相對，沈聲道：「井上先生，你錯了，我不要錢，一元也不要。」

井上次雄面色真正地變了，他右手立即又向抽屜中伸去。可是我的動作卻比他快了一步，在他的手還未曾伸到之前，我已經先將他抽屜中的手槍，取了出來，對準了他。

井上次雄像是癱瘓在椅子上一樣，只是望著我，卻又一聲不出。

我手在桌上一按，坐到了桌子上，道：「井上先生，我不要錢，如果你肯合作的話，我也絕不會取你的性命。但是你要知道，我既然冒險到了這裏，那麼，在必要的時候，我也不惜採取任何行動的，你明白麼？」

井上次雄的面色，又漸漸和緩了過來，點了點頭，表示他已明白。

我玩弄手槍，道：「你曾經委託某工廠，爲你製成一隻硬度極高的金屬箱，是不是——」

井上的面上，現出了極度怪異的神色，道：「原來你就是——」

他講到這裏，便突然停口，道：「我不明白你要甚麼。」我道：「那只要你的回答！」

井上道：「好，那麼我說是的。」

我道：「那隻硬金屬箱子，是密封的，絕不是普通的金屬的切割術所弄得開的。」

井上次雄道：「不錯，那家工廠的工作做得很好，合乎我的要求，因爲我絕不想將箱子打開。」

我將頭湊前了些，道：「井上先生，我如今要問你，箱子中是些甚麼？」

井上次雄望著我，道：「我必須要回答麼？」

我乾脆地告訴他，道：「我就是爲這個目的而來的。」井上次雄呆了片刻，才道：「那我怕要令你失望了。」

我一揚手槍，道：「難道你——」

他連忙道：「不，我是說，箱子中是甚麼東西，連我也不知道。」

我冷冷地道：「井上先生，我以爲在你如今的地位而言，不應該向我說謊了。」

井上次雄站了起來，道：「如果你是爲要弄明白那箱子中是甚麼而來的話，你一定要失望，我沒有法子回答你了，如果那箱子還在的話，我們可以將箱子切開來，你能告訴我箱子中是甚麼，我還會十分感激你，可惜那箱子已經失竊了。」

井上次雄的話，令得我更加莫名其妙。

我想了一想，道：「井上先生，我以爲箱子中的東西是甚麼，你應該知道的。」

井上次雄道：「我知道那東西的大小、形狀，但是我不知那究竟是甚麼？」

我忙又道：「那麼，你將這東西的形狀、仔細地說上一說。」

井上次雄道：「那是一個直徑四十公分的六角球，每一面都像是玻璃的，有著許多細絲，還有許多如刻度的記號，以及一些莫名其妙的文字，有兩面，像是有著會閃動的光亮……」

我越聽越是糊塗，大聲道：「那究竟是甚麼？」

井上次雄道：「我已經說過了，我也不知道。」

我吸了一口氣，道：「那麼，你是怎麼得到它的？」井上次雄道：「這是我們井上家族的傳家神器，是從祖上傳下來的。」

我道：「是古董麼？」

井上次雄搖頭道：「又不像，我請許多人看過，都說不出所以然來。那家精密儀器製造廠的總工程師，說那是一具十分精密的儀器，大約是航行方面用的，要讓我給他拆開來研究，但給我拒絕了，我只當他在夢囈。」

我道：「為甚麼你不採納他的意見？」

井上次雄道：「這件東西，在井上家族最早發跡的一代就有了，到今天，已有一百八十多年的歷史，那時，連最簡單的滑翔機也沒有，人類還在汽球時代，怎會有如此精密的儀器？」

給井上次雄一解釋，我也感到那位元總工程師的想像力，太以豐富了些，難怪井上拒絕他的要求的。

到那時為止，我和井上次雄的對話，非但未曾幫助我解開疑團，反倒使我更向迷團邁進了一步。

我又道：「那麼，你為甚麼要將那東西，裝進硬金屬箱子去呢？」

井上次雄道：「那是因為我最近命人整理家族的文件，發現了一張祖先的遺囑的緣故。那張遺囑吩咐井上後代的人，要以最妥善的方法，將那件東西藏起來，埋在地底下，不被人發現。」

我忙道：「立那張遺囑的人是誰？」

井上次雄道：「我可以將那張遺囑給你看。」

我點了點頭，井上打開了一隻文件櫃，找了片刻，取出一隻夾子來，他將夾子打開，遞到了我的面前。我一面仍以手槍指著井上，一面向夾在文件夾中的一張紙看去。那張紙已經變成了土黃色，顯是年代久遠了。

上面的字，也十分潦草，顯是一個老年人將死時所寫的，道：「天外來人所帶之天外來物，必須妥善保存，水不能濕，火不能毀，埋於地下，待原主取回，子孫違之，不肖之極。」下面的名字，則是井上四郎。

井上次雄道：「井上家族本來是北海道的漁民，從井上四郎起，才漸漸成為全國知名的富戶的。」

我奇怪地道：「你怎麼知道『天外來物』，就是指那東西呢？」

井上次雄道：「在這張遺囑未被發現之前，那東西被當作傳家的神器，象徵發跡的東西，一代一代傳下來，都稱之為『天外來物』的。」

我默默無語，井上次雄已甚麼都對我說了，但是我卻得不到甚麼。

井上次雄又道：「我發現了這張遺囑，便遵遺囑所示，先以石綿將那東西包了起來，再裹以鋁板，然後才以那種最新合成的硬金屬，包在最外層。」

我向那張遺囑指了指，道：「待原主取回是甚麼意思？」

井上次雄道：「我不知道。」

我道：「真的？」井上次雄道：「自然是，這件東西到如今為止，從未有人要索回它過，而已經一百八十多年，原主只怕也早死了。」

我在心中，將井上次雄所說過的所有話，又迅速地想過了一遍。我覺得井上次雄所說的全是實話。

我之所以作這樣判斷的原因有二：第一、井上次雄沒有理由在我的手槍指嚇下而說謊。第二、那「天外來物」對井上次雄來說，似乎並不重要，他絕無必要為了這樣一件他不重要的東西，而來冒生命之險的。

而且，那張古老的遺囑，也顯然不是偽造之物，他將那「天外來物」裝在那硬金屬之箱子中，也只不過為了完成先人的遺志而已。

我和井上次雄的談話，到如今為止，仍未能使我對那箱子中的東西，有進一步的了解。

如果我能見一見那「天外來物」，那我或許還可以對之說出一個概念來，但現在那東西，連箱子也不知道哪裏去了。

我沈默著，井上次雄望著我，約莫過了三分鐘，他略欠了欠身子，道：「你還有甚麼要問的麼？」

我道：「有，那麼，這天外來物，連那隻箱子，是怎樣失去的呢？」

井上次雄搓了搓手，道：「這件事說來更奇怪了，那隻硬金屬箱子的體積很大，我在那家儀器廠中見到過一次，便吩咐他們，運到機場，我有私人飛機，準備將箱子運到我們井上家族的祖陵去，將之埋在地下的。怎知在機場中，那箱子卻失蹤了！」

我道：「你沒有報警麼？」

井上次雄道：「自然有，警局山下局長，是我的好友。」他在講那句話的時候，特別加強語氣，像是在警告我，如果我得罪他的話，那是絕沒有好處的。

我笑了一笑，躍下了桌子，來回踱了兩步，道：「井上先生，這是最後一個問題了。」

井上次雄的面色，立即緊張起來，顯然他不知道我在問完最後一個問題之後，將準備如何對付他。他舐了舐舌頭，道：「請說。」

我道：「井上先生，我相信你對那『天外來物』究竟是甚麼，確不知道。但是你可曾想到過，那可能是十分重要的物事，重要到了使國際特務有出乎劫奪的必要？」

井上次雄呆了幾秒鐘，才道：「我不明白你這樣說法，是甚麼意思。」

我沈聲道：「我曾經見過那隻硬金屬箱子在某國大使館中，但是如今，卻已不知落在甚麼人手中了。」

井上次雄搖了搖頭道：「那『天外來物』究竟是甚麼，沒有人說得出來，那的確是一件十分神秘的事情，但是我卻不以爲它是那樣有價值的東西。」

我緊盯著問道：「爲甚麼？」

井上次雄道：「或許，那是我從小便見到這東西的緣故吧！」

我嘆了一口氣，道：「我真恨不得能看到那『天外來物』一眼。」井上次雄道：「我曾經將這東西，拍成過照片，你可要看一看？」

我大喜道：「好！好！好極！快拿來看看。」

井上次雄道：「那我就要站起來走動一下。」我向後退出了一步，道：「只管請，但是請你不要驚動別人，那對你沒有好處。」

井上次雄突然笑了起來，道：「你以爲我是小孩子，脫離了人家的保護，便不能過日子了麼？」他一面說，一面站了起來，走到了一隻文件櫃前，翻了一陣，取出了兩張相當大的相片來，道：「這就是了。」

我接了過來，一揚手槍，道：「請你仍回到座位上去。」那時，我對井上次雄的戒備，已不如一上來時那樣緊張了，因爲我相信井上次雄是聰明人，他也看出我此來的目的，只不過爲了弄淸有關「天外來物」的一些事，並無意加害於他。

所以，我一面令他回到座位上，一面便去看那兩張照片，我只看了一眼，全副注意力，便都被照片上的東西所吸引了。

井上次雄的概括能力很強，他對那「天外來物」的形容，雖然很簡單，但是卻很正確。那是一個六角形的立力體，有十二個平面。從照片上看來，那東西是銀灰色的，像是一種十分高級的合金。

有兩個平面，是翠綠色的粒狀凸起，看來有些像攝影機上的「電眼」。而更多的平面，看來十足是儀表，有著細如蛛絲也似的許多刻度。

而更令得我震驚不已的，是在一個平面上，還有著文字，我之所以受震，只因爲那種文字，我沒有一個字認識，但是我卻曾經看到過，便是在方天的日記簿中！那種莫名其妙的扭曲，有著許多相同的地方，顯然那是同一的文字。

我全副精神，都被那兩張照片所吸引。方天的那本日記簿，還在我的身邊，我正想取出來，和照片上那「天外來物」之上的文字對照一下之際，我猛地覺得，氣氛彷彿有所不同了。

這純粹是多年冒險生活所養成的一種直覺。我猛地抬起頭來，只見那張華貴之極的寫字檯之後，並沒有井上次雄在。

也就在這時候，井上次雄的聲音，在我的身後，響了起來，我的腰眼中，也覺出有硬物一頂，井上次雄道：「放下你的手槍，舉起手來。」

在那瞬間，我的心中，實是沮喪之極！

我只得將手槍拋開，舉起手來。

我心中暗吸了一口氣，我費了那麼多的精神，冒著那麼大的險，剛得到一點點的結果，那就是根據「天外來物」上的文字，和方天日記簿上的文字相同這一點來看，那「天外來物」和方天，的確是有關係的。

但也正由於我發現了這一點，心情興奮，注意力全部爲之吸引過去之際，井上次雄卻已到了我的背後！

我竟沒有想到，像井上次雄這樣成功的人，是絕不容許失敗的，他是可以有成功，成功對他來說，便是樂趣，他一直想反抗我，不管我的目的何在，他絕不能居於人下，聽人發號施令！

而我竟忽略了他性格上這樣重要的一面！以致被他完全扭轉了局面！

我心中苦笑著，在那一瞬間，我實是一點辦法也想不出來。我更不敢亂動，因爲我如果死在井上次雄的槍下，井上次雄毫無疑問是「自衛殺人」，他是一點罪名也沒有的！

也正因爲他殺了我可以絕無罪名，他也可以隨時殺我，所以我更要戰戰兢兢，使他不下手！

我舉著手，竭力使自己的聲音，聽來鎭定，道：「井上先生，局面變得好快啊！」

井上次雄大聲縱笑了起來，道：「向前走，站到牆角前去，舉高手！」

在那樣的情形下，我除了聽他的話之外，絕無辦法可想。等我到了牆角上，井上次雄又道：「你可曾想到我這時如果將你殺了，一點罪名也沒有的麼？」

我心中不禁感到了一股寒意，想了一想，道：「自然想到過，但是我卻一點也不怕。」井上次雄道：「你不怕死？」

我聳了聳肩，道：「不怕死的人是沒有的，我是說，你絕不會向我動手的。」

井上次雄道：「你竟敢這樣輕信？」

我道：「我深信你已經知我來見你，絕沒有惡意，只不過是想弄清楚一些疑問而已，你可知道，我如果不用這個法子，可能一年半載，也難以見得到你？而你如果將我殺了，在法律上固然一點責任也沒有，但是在良心上，你能安寧麼？」

井上次雄半晌不語，道：「看來你不是普通的歹徒。」我立即道：「我根本不是歹徒！」

井上次雄道：「好，你轉過身來。」

我不明白他叫我轉過身來，是甚麼意思，但也只得依命而為，我一轉過身來時，他便攤了攤手，在那一瞬間，我不禁啼笑皆非。

原來，井上次雄手中所握的，並不是手槍，而是一隻煙斗！剛才，我竟是被一隻煙斗制服了，這實在令我啼笑皆非的事。

井上次雄看到我定住了不動，他又得意地大笑了起來。我放下了手，道：「井上先生，雖然是戲劇性的失敗，但這可以說是我一生中唯一的失敗。」

當然，我一生中失敗的事極多，絕對不止這一件。但是我這種說法，卻送了一頂「高帽子」給井上次雄，使得他覺得驕傲。

果然，井上次雄又得意地笑了起來，道：「你是甚麼人？」

在這樣的情形下，我實是沒有再隱瞞身份的必要，我一伸手，拉下了蒙在面上的面具，道：「我叫衛斯理，是中國人。」

我想不到自己居然是「名頭響亮」的人物，我那句話才一出口，井上次雄的手一震，手中的煙斗，竟落到了地上，他「啊」地一聲，道：「衛斯理！如果早知是你的話，我一定不敢對你玩這個把戲了！」

我笑了一笑，道：「爲甚麼？」

他攤了一攤手，道：「不爲甚麼，但是我很知道你的一些事跡，怎敢班門弄斧？」

這時，我已看出井上次雄成功的原因了，他的成功，不但是由家族的餘蔭，更由於他本身爲人的成功。我伸出手去，他和我握了一握，我立即又道：「對於剛才的事，我願意道歉。」

井上次雄道：「不必了，你是爲『天外來物』而來，這對我們井上家的興旺之謎，或則大有幫助，可是你怎會對這件事有興趣的？」

我道：「這件事，說來話長了，如果你有興趣的話，那可以原原本本地講給你聽，但是請你首先命人，去釋放你的司機，我也願向他道歉。」

井上次雄呵呵笑著，按鈴命人進來，去放開那司機，又令人煮上兩杯咖啡，在他的書房中，我便將事情的始末，詳細地向他講了出來。

這時，我自然也取出了方天的日記簿，和照片上「天外來物」上的文字對照了一下，果然，那兩種奇形扭曲的文字，顯然是同一範疇的。

井上次雄聽我講完，站了起來，不住地踱步，道：「佐佐木博士被暗殺的新聞，已轟動全國了，本來，佐佐木博士和井上家族是可以聯姻的，但是我們卻獲知他的女兒，行爲十分不檢。」

我爲季子辯護，道：「她不是行爲不檢，而是她愛方天！」

井上次雄「哼」地一聲，忽然間緊鎖雙眉，想了片刻，道：「你可曾想到這一點麼？」

我不禁摸著頭腦，道：「哪一點？」

井上次雄又想了片刻，才道：「我們家中祖傳的東西，是『天外來物』，我覺得方天似乎就是遺囑上的『天外來人』！」

我不禁笑了起來，道：「那麼，你說方天已經有一百八十多歲了？」

井上次雄也不禁笑了起來，可是，在井上次雄笑的時候，我又覺得井上次雄的話，不是全無道理的！井上次雄在聽了我的敘述之後，認爲方天就是他祖先遺囑上的「天外來人」，當然不是全無根據的。

他所根據的，就是方天的那本日記簿中，有著和在「天外來物」上相同的文字。

然而，就是這一點，卻也不能證明方天就是「天外來人」。

而且，井上四郎的遺囑，到如今已有將近兩百年了，這不是太不可思議了一些麼？

所以，我和井上次雄倆人，對於這個揣測，都一笑置之，沒有再深究下去。井上次雄道：「你下一步準備怎麼樣？」

我苦笑了一下，道：「月神會誤會我是會飛的人，某國大使館又認爲我是欺騙了他們，看來，我是走投無路的了。」井上次雄向我打氣，道：「你會走投無路？絕對不會的！」

我道：「如今，我想去見一見那家精密儀器工廠的總工程師。」

井上次雄笑了起來，道：「怎麼，你也以爲那天外來物，可能是一具精密儀器麼？」

我聳了聳肩道：「到目前爲止，我還只是在照片上見過那物事，難以下斷論，我想聽一聽他的意見。」

井上次雄道：「那也好，我先和他聯絡一下，說有人要去見他，他對這件東西，也有著異常的興趣，我相信他一定會向你詳細談一談的。」

他拿起了電話，撥通了號碼，和那位工程師交談著。我則在軟綿綿的地氈上踱來踱去。半小時之前，這間華美的書房中，劍拔弩張，氣氛何等緊張！但如今，卻一點也沒有這種感覺，我自己也不禁好笑，想不到會由這種方式，而認識了日本第一富翁，井上次雄。

沒有多久，井上次雄便放下了電話，道：「我已經替你約好了，今天晚上十點鐘，在他的家中，我派車送你到東京去可好？」

我笑道：「不必了，你的司機，不將我棄在荒郊上洩恨才怪，剛才我在你的車房中，看到一輛摩托車，能借我一用就十分感謝了。」

井上次雄道：「當然可以，當然可以。」

我向他伸出手來，道：「那麼，我告辭了！」

井上次雄和我緊緊地握了握手，忽然之間，他道：「還有一件事，我經過考慮，還是和你說的好，但是卻要請你嚴守秘密。」

井上次雄在說那兩句話的時候，神色十分嚴肅。我不禁愕然，道：「你只管說好了。」

井上次雄壓低了聲音，在這裏，顯然是不怕有人偷聽的，但井上次雄卻壓低了聲音，那自然說明瞭他要說的話，對他來講，十分重要之故。

只聽得他道：「剛才，你說起你和月神會的接觸，我實有必要告訴你一個外人所不知道的秘密，那便是月神會和井上家族，有著十分奇怪的關係。」

我一聽了井上次雄的話，也不禁聳然動容。

井上家族中的人物，不是顯貴，便是豪富，實是難以想像，何以會和月神會這樣惡行多端的邪教，有著聯繫！

我並不出言，井上次雄又道：「在月神會的三個長老之中，有一個是姓井上的，這個井上，和我們是十分近的近支。」

我遲疑道：「我仍不明自你的話。」

井上次雄道：「事情要上溯到遠親，我的直系祖先，是井上四郎，但井上四郎有一個弟弟五郎，卻是月神會的最早創立人之一，他的後裔，一直在月神會中，居於領導地位。」

事情乍一聽像是十分複雜，但仔細一想，卻十分簡單。

井上四郎和井上五郎兩兄弟，哥哥發了財，他的後代，便是至今人人皆知的井上家族，但弟弟走的是另一條路，創立了月神會，他的子孫便世代為月神會的長老，這並沒有甚麼值得奇怪之處。

井上次雄的態度之所以那麼秘密，當然是因為月神會的名聲太壞，這個秘密，如果公開了的話，那麼，對於井上家族的聲譽，自然有所損害。

我一面想著，一面點著頭，表示已經明白了井上次雄的意思。

可是，我的心中，又立即生出了一個疑問來：井上次雄對我講這番話，是甚麼意思呢？他爲甚麼要將兩支井上家族之間的關係對我說呢？

我抬起頭來，正想向井上次雄發問。

但我才一抬起頭來，我便明白了。

月神會的信徒，傳誦著月神會創立人的話，說是因爲他們看到有人從月亮上下來，所以才深信人在月亮上生活的話，將更其幸福，更其美滿，是以才創立月神會的。我們假定「看到有人從月亮來」一事是真的，那麼，「看到有人從月亮來」的人中，便有井上五郎在內。

然而，無獨有偶，井上四郎的遺囑中，也有「天外來人」之語！

我和井上次雄兩人互望著，誰也不說話，顯然我們兩人的心中，都爲一個同樣荒謬和不可思議的念頭盤踞著。因爲看來，似乎在井上四郎和井上五郎活著的時代中，真的有人從天外來過！

當然，我和井上次雄，都無法相信那是事實。那是因爲事情太離奇了，離奇到了超越了我們的想像力之外的地步！

我向井上次雄苦笑了一下，道：「我明白你的意思了。這件事，我只要一有了眉目，就會向你報告結果的。」井上次雄也不再多說甚麼，只是道：「認識了你，我很高興，我還有點事待辦，不送你了。」

他陪我出了書房門，令那個對我怒目而視的司機，陪我到車房去。我騎上了那輛性能極佳的摩托車，開足了馬力，風馳電掣而去。

等我回到東京，已經是萬家燈火了。

我看了看時間，離我和那位總工程師約會的時間，還有一個小時。我先打電話到醫院去，設法和納爾遜先生聯絡。

可是醫院方面的回答卻說，納爾遜先生已經出院了，去處不明。我又和東京警方聯絡，但警方卻推說根本不知道有這個人。

當然，納爾遜的身份是異常秘密的，警方不可能隨便在電話中向別人透露他的行蹤。我決定等和那工程師會面之後，再設法和他聯絡。

我騎著車，到了那家工廠附近，在一家小飯店中，先吃了一個飽。

在我到了東京之後，我便恢復了警惕，但到目前爲止，還未曾發現有人跟蹤我。

我感到這這幾天來，固然我每一刻都在十分緊張之中渡過，那種滋味並不十分好受，但是當我想到，在跟蹤我的人中，有國際上第一流的特務，和勢力範圍如此之廣的月神會，而我竟然能夠擺脫他們，我便感到十分自豪了，那種心情，絕不是過慣了平淡生活的人，所能領略得到的。

我在那家小飯店中吃飽了肚子，走了出來，步行到了那家工廠之前，那家工廠是日夜開工的，燈火通明，我在廠門口的傳達室中，一道明了來意，就有人很客氣地來陪我進廠去了。那自然是總工程師早已吩咐過了的緣故。

那工廠是鑄造精密儀器的，是以絕聽不到機器的轟隆之聲。

第十三部：科學權威的見解

而且，整個地看來，那也不像是一家工廠，路是平坦而潔淨的柏油路，路旁植滿了鮮花，倒像是一家醫院一樣。我跟著那引路的人，走到了工廠辦工大樓的門前，在踏上石級，推開玻璃門的時候，那人突然問我：「你就是衛斯理先生麼？」我正想隨口答應他，我是衛斯理，但是我的驚覺性，卻立即提醒了我，不可以隨便出聲。

同時，我的心中，也感到了十分奇怪。

因爲，我記得十分清楚，當井上次雄和工程師聯絡之際，並沒有講出要來看他的是甚麼人，更不曾道及過我的名字。

而剛才，在傳達室中，我也只不過說要來見總工程師而已，也未曾道出自己的姓名。這人的口中，何以說出「衛斯理」三個字來？

那人推開了玻璃門，我跟在他的後面，走了進去，那人並不轉過身來，只是道：「我是駐這工廠的保安人員，由於這裏生產一些十分精密儀器的緣故，所以有保安人員之設，在你之前，納爾遜先生已經來過了，他料定你不久就會來的。」

那人說出了納爾遜先生的名字，卻是令我不能不信他了。我「唔」地一聲，既不肯定，也不否定。他仍然不回過頭來，在前面走著，跨進了電梯，我也跟了進去，道：「納爾遜先生在甚麼地方？」

那人笑道：「他麼？到了他最想去的地方去了。」

我心中陡地起疑：「你這是甚麼意思？」

那人道：「我只是隨便說說而已，事實上，我根本不知道他到了甚麼地方。」

我心中暗暗責怪納爾遜，不應該隨便向一個工廠的保安人員，講上那麼多不必要的話。可是我隨即發覺那人的話，十分可疑。

納爾遜先生是一個精細能幹，遠在我之上的人。連我都認爲是不應該做的事，他怎麼會做？我對那人陡地起了疑心，然而我又想不出甚麼法子去盤詰他。而正在我動著腦筋的時候，電梯停了，那人已經跨出了電梯，在走廊的一扇門前，停了下來，敲了兩下，道：「木村先生，你的客人來了。」

裏面傳來一個雄壯的聲音，道：「請進來。」

那人一側身，讓我去推門進去。

在傳達室中的時候，我因爲未對此人起疑，自然也未曾注意他，在我對他起疑之後，他又一直背對著我，直到這時，我才迅速地轉過頭去，向他看上一眼。

那一看之下，我心中便陡地一跳！

那人的面上，戴著一張極其精細的面具！而如果不是我自己也有這樣面具的話，我是絕對看不出這一點來的！

在那一瞬間，我心頭怦地一跳，雖然我不知道究竟發生了甚麼事，但是我卻可以知道，事情大是不對頭了，我沈聲道：「你不進去麼？」

那人已轉過身去，道：「我不——」

他一句話未曾講完，我已經以迅雷不及掩耳的手法，將他的後頸捏住，他一仰首，我左手又加在他的前頸之上，令得他出不了聲。

那人瞪大了眼轉著我，喉間發出「咯咯」的聲響。這時，我仍不知道究竟是發生了甚麼變故，我只是知道要迅速地解決這個人。

我用膝蓋在那人的後腰上一頂，手在那人的後腦上一敲，那人便軟了下來。

我在他的上衣袋中，摸出了一柄套有滅聲器的手槍，俯身在鎖匙孔中，向房內張望了一下。

一看之下，我不禁暗叫了一聲「好險！」

我輕輕地扶起了那已被我打昏了過去的人，伸手去旋轉門柄。

剛才，我在鎖匙孔中張望了一下，由於鎖匙孔小，我不可能看到整間房間中的情形，但我所看到的，已經夠了。我看到一個滿面怒容的中年人，被人以手槍指在椅子上不准他動彈。

持手槍的是甚麼人我看不到，但是我卻認出那滿面怒容的人，是日本有名的科學家木村信。原來他就是這家精密儀器製造廠的總工程師。

我轉動了門柄，推開了門。

當我將門推開了一尺光景的時候，我猛地將那已昏了過去的人一推，那人的身子，向前直跌了出去，看來就像是有一個人疾撲進了房間一樣。

那人才一被我推進去，我便聽到了「撲」地一聲，那是裝有滅聲器手槍發射的聲音，而藉著那扇門的掩護，也已看清了屋內，共有三個人，都是持有武器的，我即連發三槍。

絕不是我在自己稱讚自己，那三槍，當真是「帥」到了極點！

隨著「撲撲撲」三聲響，便是「拍拍拍」三聲。

前三聲自然是我所發的槍聲，那三槍，各射在那三個持槍的人的右小臂上，他們在右小臂血流如注之際，自然五指一移，後三下，便是他們手槍落地聲音，直到最後，才是「碰」地一聲響，那個被我推進去的人，跌倒在地。

那人本來只不過是被我打昏而已，但如今，他卻被他的同伴，射了一槍，死於非命了。

木村信立即站起來，我一揚手中的槍，向那三個人道：「後退，站到牆角去！」

那三個人面色煞白，望著我手中的手槍，其中一個，似乎還想以左手去拾落在地上的手槍，但是我的槍咀向前略伸了一伸，他便立即放棄了那意圖。

他們三人一齊退到了牆角，木村信已抓起了電話，道：「你是新來的保安人員麼？是你報警，還是我來？」我連忙走過去，將他手上的話筒，奪了下來，道：「不必忙於報警。」

木村信以十分訝異的目光望著我，我笑道：「我不是工廠的保安人員，我是你的客人。」

木村信「啊」地一聲，道：「你就是井上先生電話中所說的那人。」我道：「不錯，我就是那人，這四個人來了多久了？」

木村信恨恨地道：「他們制住我已有半小時之久了，他們說要等一個叫衛斯理的人，誰知道那衛斯理是一個甚麼樣的傢伙。」

我臉上保持著微笑，道：「那衛斯理不是甚麼傢伙，就是我。」

木村信「啊」地一聲，面上的神色，尷尬到了極點。我向那三人道：「你們是哪一方面的人？」

那三人沒有一個人開口。

我冷笑一聲道：「好，那我就通知警方了。」

那三人中一個忙道：「衛斯理，我們之間的事，還是私下了結的好。」我將手放在電話上，道：「好，但是我要知道你們是哪一方面的人馬，你們是怎樣知道我會到這裏來的。」

那人道：「你一落到月神會的手中，我們就知道了，你離開井上次雄家後，我們的人，便一直跟在你的背後，如果不是上峰命令，要將你活捉回去的話，你早已死了多次了。」

我一聽得那人這樣說法，心中不禁生出了一股寒意來，剛才，我在小飯館吃飯之際，還在慶欣已擺脫了各方面的追蹤，怎知人家先我一著，已在等我了，若不是我還算機靈的話，這時當然又已落人他們的手中了！

我勉強笑了笑，道：「那多謝你們手下留情了，你們可是要向我追回那隻箱子麼？」

我已經斷定了他們是某國大使館僱用的特務，才以直截了當地如此說法的。那三人面上神色一變，仍由那人回答我，道：「是。」

我嘆了一口氣，道：「你們神通如此廣大，應該知道那隻箱子，現在在甚麼地方的！」

那人道：「我們只知奉命行事，不知其他。」

我道：「好，我可以放你們回去，你們見到了上峰，不妨轉告他，我如今，也正在努力找尋那隻箱子的下落，不論是他將我活捉，還是將我暗殺，都是一點好處也沒有的事情。」

那人道：「我們一定照說。」

我向地上那死人指了指，道：「你們能夠將他帶出工廠去，而不被人發覺麼？」

那人連忙道：「能！能！」

我一揮手，道：「槍留在這裏，你們走吧。」

那三人顯然地鬆了一大口氣，其中一個，扶起了死者，我仍然嚴密地監視著他們，直到他們出了房門，進了升降機。

至於他們三個人，用甚麼法子掩飾他們受了傷的手臂，和如何不讓人發現那個死人，這不關我的事，他們既然是特務，自然會有辦法的。

我轉過身來，木村信似乎十分不滿意，道：「為甚麼不通知警方？」

我道：「木村先生，事情和國際糾紛有關，通知警方，會使日本政府為難的。」

木村信「噢」地一聲，道：「究竟是為了甚麼？」

我道：「事情十分複雜，但是歸根結蒂，都是為了井上家族的那個『天外來物』。」木村信望了我半晌，道：「我和井上先生的交情十分好，他在電話中告訴我，我可以完全相信你。」

我點頭道：「可以這樣說。」

木村信來回踱了幾步，從他的神情上來看，他心中像是有甚麼重要的隱秘，想對我說，而又不對我說的模樣。他踱了好一會，才道：「你想知道甚麼？」

我可以肯定，這句話一定不是他真正想對我說的話。他真正想對我說的話，還未曾說出來。這是可以從他的神色中看出來的。

我當時，自然不知道他的心中有甚麼隱秘，便道：「我想知道，那『天外來物』究竟是甚麼東西？」

木村信道：「你為甚麼要知道？」

我將納爾遜給我的身份證明，取了出來，讓木村信過目，道：「我是受了國際警方的委託，不但要弄明白那是甚麼，而且要將已失去的那『天外來物』找回來。」

木村信聽了我最後的一句話，面色突然一變，雙手也不由自主地震了一震。

那一震，使得他將我交給他的證件，也跌到了地上。他一面連聲「對不起」，一面將我的證件拾了起來，交還給我。

在那片刻之間，我的心中，起了極大的疑惑！

為甚麼木村信一聽到我說，國際警方要找回失去的「天外來物」，便這樣吃驚呢？

當然，要我立即回答出來，是不可能的事。

我假裝絕未發現他的神態有異，續道：「原因是一個秘密，請你原諒，因為井上先生說起你對天外來物的特殊意見，所以我才來向你作更進一步的瞭解，要請你合作。」

木村信仰頭想了片刻，道：「嚴格地說，那『天外來物』究竟是甚麼，我也還不知道。但是經過我多方面的試驗——」

我聽到了這裏，立即打斷了他的話頭，覆述他的話，道：「多方面的試驗？」

木村信「噢」地一聲，道：「是……是……在未曾裝入箱子之際，我曾經研究了很久。」

我覺得木村信的態度，仍有可疑之處，但我仍隱忍著不出聲。只是問道：「那麼，你初步的結論，那是甚麼東西呢？」

木村信道：「我已經向井上先生說過了，那是一座十分精密的導向儀，是應用於太空飛行方面的，至於如何用法，我也不知道，我承認自己的知識太貧乏。」

我側著頭望著他，那件「天外來物」，從照片上看來，也的確像是一座精密的儀器，但是，它卻已存在近二百年之久了，那怎麼可能？

我問道：「木村先生，你難道沒有留意到「天外來物」在井上家族傳下來，已有一百八十年之久的這個事實麼？」

木村信大聲道：「當然我知道。」

我又道：「那麼，你是說，在一百八十年之前，已經有這樣的科學水準，去製造這樣的精密儀器，並應用於太空航行方面？」

木村信道：「當然不能，不要說一百八十年，便是如今，也是不能。」

我越來越聽不懂他的話了，道：「你這是甚麼意思？」木村信霍地站了起來：「地球上的高級生物不能造這樣的精密儀器，難道別的星球上的高級生物，也不能夠麼？」

我一聽得木村信這樣說法，聳然動容，也不禁站了起來：「木村先生，你是說——」我本來是不想講到一半便停住的。

可是如果我向下講去，那一定是「你是說那東西是從別的星球來的麼」，這樣的話，實在是太荒唐和不可思議了，所以我才突然住口的。

木村信卻毫不猶豫地接上了口，道：「是的，我是說，這東西根本不是地球人所造的，它來自別的星球，是別的星球人科學的結晶。」

我呆了半晌，講不出話來。

聽到了一個權威科學家，工程師，發出了這樣驚人的結論，我還有甚麼話可以說呢？當然我不能驟而相信他這個驚人的結論的。

好一會，我才道：「你深信如此麼？」

木村信道：「我不得不信。」

我道：「這又是甚麼意思？」

木村信道：「我曾經以高速切削刀，將『天外來物』上的金屬，切下一點來，那種金屬，地球上是沒有的——或者是有而未曾為人類所發現的。」

我吸了一口氣，道：「真是有這個可能麼？別的星球上的人，真的到過地球麼？」

木村信道：「最有可能的『天外來物』是一個證明。還有，長岡博士的故事，你可知道？」

我搖了搖頭，道：「不知道，長岡博士是甚麼人？」

木村信道：「長岡博士是日本傑出的物理科學家、化學家，他在一九二四年十月，作了一個成功的試驗——」

他才講到這裏，我便笑起來了。我在學校中所學過的東西，究竟未曾完全還給書本，我道：「這個試驗十分有名，長岡博士發現水銀的原子中，有著和黃金的原子相同的地方，於是，他便利用高壓電，使水銀的原子分裂，而令得水銀變成了金，可是麼？」

木村信點頭道：「不錯，這個試驗，是世界科學界公認的重大成功，他證明了金屬在某一種場合之下，是可以轉變的，你要知道，今日科學能有這樣的成就，有一些完全是基於這個原理而來的！」

我道：「自然，我絕沒有要推翻長岡博士實驗的重大意義，但是我記得我們剛才的話題，是別的星球的人，曾經到過地球——」

我有禮貌地提醒他，但是我心中卻暗暗好笑，心想木村信一定是難以自圓其說，所以才岔開話題了。怎知木村信卻一本正經，道：「不錯，我仍未離開話題。你可知道，長岡博士為甚麼會集中力量去研究，而想到改變分子排列而使水銀變成金麼？」

我尷尬地笑了一笑，道：「那誰知道。」

木村信的身子，向我俯了過來，道：「長岡博士的最初動機，只是好奇。他奇怪為甚麼在古羅馬，在中國，不論中西，所有的煉丹家，都以水銀——汞作為煉金術的原料，而孜孜不倦地研究著，雖然一無結果，卻仍是堅信不移。」

我是對一切不可解釋的事情，卻有著極其濃烈的興趣的人。

木村信在才一提起長岡博士的時候，我幾乎忍不住要打呵欠。

但如今，我在心中自己問自己：為甚麼古代不論中外研究煉金術的人，總是將水銀和黃金聯繫在一起，頑固地相信水銀可以變成黃金呢？

在水銀和黃金之間，是沒有任何聯繫的，這是兩種色澤、形狀，完全不同的金屬。

我瞪著眼睛，望著木村信。

木村信續道：「當時，長岡博士覺得奇怪，他知道其中一定是有原因的，於是，他也集中力量，來研究水銀，終於發現了水銀和黃金的原子成份相同之處，而使他的實驗成功了。」

木村信講到這裏，又向我望了一眼，發現我正在用心地聽他講話，他滿意地點了點頭，續道：「他的實驗成功，古代煉金家的想法，也被證明是正確的，但是，他最初懷疑的謎，仍未曾得到解答，那就是：為甚麼古代的人，會將水銀和黃金聯繫在一起，因為在一九二四年之前，絕沒有人發現兩者原子有相同之處，和水銀原子中含有金成份這一點——」

他重重地將拳頭敲在桌上，道：「而且，以古代的科學水平而論，也絕不可能發現這一點的，但是中國和羅馬的煉金家，都頑固地相信水銀能變成黃金！」

他結束了講話，又望定了我。

我深深地吸了一口氣，道：「你的解釋怎麼樣呢？木村信先生。」

木村信道：「不是我的解釋，是先父的見解。先父是長岡博士的摯友。他說，一定在古時，有別的星球的人，到過地球。羅馬和中國，那時文化最發達的國家，但別的星球的科學更是發達無比，他們早已知道了用一種十分簡單的辦法，可以使水銀和別的物質，變成黃金，並且試驗過給地球上的人看，所以地球上的人，便頑固地記住這一點！」

木村信的話，是充滿了想像力的。

同時，他的話，也充滿了說服力。

我不由主地跟著他道：「所以，地球人也想從這個方法生產黃金，但是由於科學家水平的關係，便一直沒有法子成功。」

木村信道：「是的，直到長岡博士，才第一次得到了成功。」

我道：「那麼——」

我只講了兩個字，便停了下來，我竭力使我的頭確保持冷靜，因為我發現我已被木村信的話，引進了一個狂熱的境地之中去了。

木村信顯然已看出了我的心意，他吸了一口氣，道：「你不相信麼？我不要你相信，我只問你，是不是有這個可能？」

我由衷地點了點頭，道：「當然是有這個可能的。」

木村信道：「那就好了，我們可以繼續談下去。」

我道：「我有幾個問題，不知是不是可以請你進一步地解釋一下？」

木村信道：「我還不是這方面研究的專家，但是我可以盡我所能來告訴你。」

我道：「別的星球人，為甚麼來了地球一次，便不來了呢？」

木村信想了一想，道：「這有三個可能。其一、並不是不來了，而是我們不知道；二、來而未能到達，太空船就失事了。如今，已有越來越多的科學家，相信十九世紀西伯利亞通古斯上空莫名其妙的大爆炸，是別的星球的太空船失事的結果！」

我點了點頭，木村信續道：「還有第三點，我們不知道傳授煉金術的那個星球人，是來自甚麼星球的，可能他來自極遠極遠的星球，此刻，還在歸程中！」

我笑了起來，道：「他有那麼長命麼？」

木村信以奇怪的眼光望著我，道：「我不信你對『相對論』的最淺顯常識也不知道，在高速不斷的運行中，時間幾乎是不存在的！」

我默然不語。

木村信又道：「而且，別的星球上的人，時間觀念，也和我們絕不一樣。我們生活在地球上，以地球繞日一周為一年。我們的生命有六十年。別的星球的人，也可能以他們的星球繞日一周為一年，他們的生命也有六十年，但其中差別卻大了，你知道麼？」

我表示不懂，因為問題似乎越來越多了。

木村信道：「你不懂？海王星繞日一周的時間，是地球繞日一周的一百六十五倍，那麼，同是六十年，海王星的人實際壽命，也比地球人長了一百六十五倍！」

木村信的話，聽來十分駭人聽聞，但是想來卻也不無道理。

我呆了半晌，木村信又道：「由於遺傳的影響，別的星球上的人，如果生活在地球上的話，他們的壽命，也是以他們原來星球上的時間為準的。衛先生，我懷疑你們中國傳說中，活了八百歲的彭祖，和吃過數次三千年一熟桃子的東方朔，都是自別的星球來的！」

木村信的話，越來越荒誕了，我正想大笑而起之際，卻陡然想起一件事來，心口猶如被人重重地撞擊了一下一樣。

在那一剎間，我想起了方天來！

從方天身上的日記本，和「天外來物」上的文字相對照，肯定方天和「天外來物」有著聯繫。井上次雄，曾說及方天就是「天外來人」，但因為年齡的問題不能解決，而井上次雄在講這話時，卻是當作開玩笑來說的。

但是木村信的話，卻使我大為震驚。

木村信說，其他星球來的人，其生命的時間，必以其他的星球為準，如果也來自海王星，那麼就可以比地球上的人，長命一六五倍，那是因為海王星繞日的時間，長過地球一六五倍之故。

木村信的話，自然只是一種假設。

他的假設，是沒法子證明的，因為誰也未曾將一個來自其他星球的人，來作這個試驗。但是他的話，卻也不能完全視著是荒謬無際的話，這個可能性是存在的。

那麼，方天真的可能是「天外來人」了！

只要方天不是來自水星和金星，他的生命，便可以比地球人長許多，長的數字，是倍數，而不是延長幾年，如果他是來自海王星的話，那麼，地球上過了一百六十五年，在他來說，只不過過了一年而已！霎時之間，我發現木村信的假設，似乎可以解盡我心中有關方天的疑心。

我和方天分手了多年，他的樣子，一點也沒有變過；方天的血液是藍色的——這是地球人所絕不可能的事情；方天有著超人的腦電波，甚至可以令人生出自殺的念頭；方天有一種小巧的，可在一秒鐘內制人於死的怪武器；方天在科學方面的知識，使得最優秀的科學家，也瞠目結舌……

方天的怪事，實在太多了，多而且沒有一樣是可以以常理解釋的。

但是，當明白了他是來自另外一個星球，根本不是地球上的人之際，一切的疑問，不是都迎刃而解了麼？

本來，我只當木村信是一個想像力十分豐富的人，對他所講的話，我根本不打算作任何反駁。

但是，當我一想到了方天這個人的時候，我幾乎肯定木村信的推論是正確的了。

我坐在椅上，好一會講不出話來，只覺得臉頰發熱，身子熱烘烘地，腦中亂成一片，不知道在想些甚麼。人以地球為中心，已有許多許多代了，陡然之間，知道了在別的星球上的人看來，我們地球上的人實在比畜牲聰明不了多少之際，那種感覺，實在不是文字所能夠形容得出來的。我呆了多久，連我自己也不知道。

（一九八六年按：這是衛斯理故事中，衛斯理第一次遇到外星人，所以反應十分驚異，以後，見得多了，倒也見怪不怪之感了。）

木村信也和我一樣，保持著靜止的姿勢。他自己對於自己的推斷，自然是深信不疑的，他的感覺，自然也和我相同。

好一會，我才站了起來：「木村先生，多謝你的幫助。」木村笑了一笑：「那不算甚麼。」我本來想將有關方天的一切，講給木村信聽的，但是我立即想起，這樣的事，還是少一些人知道的好。所以我改口道：「木村先生，可惜井上氏固執地要將那天外來物，埋到地中去，不肯給你們進一步的研究，要不然，你一定可以有更新的發現了。」

第十四部：某國大使親自出馬

在我講這幾句話的時候，我心中又不禁起疑。

因為木村信一直是望著我的，然而一聽到我提起了那「天外來物」，他卻又轉過了身子，不和我正面相對，而且，面上的神色，也十分難以形容，就像上兩次我提到「天外來物」之時一樣！

我心中又動了一動，但是我仍然不知道那是甚麼原因。

我站起身來，道：「我可能還要來請教的。」

木村信恢復了常態：「歡迎，歡迎。」

他送了我出來，我心中暗忖，頗有通知東京警局，注意木村信安全的必要。我不用升降機下樓，而由樓梯走了下去。

不一會，我便出了工廠的大門，回頭望去，工廠辦公大樓木村信的辦公室，燈光仍亮著，想起木村信剛才的話，我又有身在夢中之感！

我低頭向前緩緩地走著，心想事情已有了完全出乎意料之外的發展，我應該向納爾遜先生聯絡才是。我加快了腳步。

但是走不多遠，我已經覺出有人迅速地接近了我。

我立即轉過身來，那人已站在我的面前，就著街燈，向那人一望，我也不禁一呆，那人竟是某國大使館本人！那著實是使我吃驚不已的事情。

要知道，在東京，某國大使是一位十分重要的人物，因為他代表著一個大國，甚至可以說代表著一個龐大的集團。

這樣一個重要的人物，如今竟在夜晚的街頭，跟在我的後面，事情的嚴重，實是可想而知！

所以，當我一看清楚站在我面前的，竟是某國大使本人之後，足足有一分鐘之久，我一點聲音也發不出來。大使的面上，帶著一個十分殘忍的笑容，像是我是他的獵物一樣，一眨也不眨地望著我。

我好不容易，才勉強地浮上了一個笑容。

我一見某國大使，便已料到，連大使也親自出馬了，那麼，包圍在工廠之外的特務，只怕足夠對付一大群人，如今，他們的目標只有我一個人，自然是綽有餘力的了。我並沒有打算反抗。

果然，就在我發呆的那一分鐘內，四面八方，都有腳步聲傳了過來。

我四面看去，只見有的勾肩搭背，像是下了班喝醉了的工人。有的歪戴帽子，叨著香煙，擺出一副浪人的姿態。

那些人，有的離我遠，有的離我近，但顯然全是為了對付我而來的。我心中不禁十分後悔，後悔在木村信的辦公室中，輕易地放走了那兩個特務，如今這些人來到此處，當然是由於那兩個人的報告了。

我審度著四周圍的形勢，迅速地轉著念頭，我立刻得出一個結論，我要脫出重圍的話，必須將某國大使本人制住。

我立即伸出手去，但我的手才伸到一半，便僵住了不能再動彈了。

因為，大使也在這時，揚起了手來，他手中，握著一柄烏油錚亮的手槍。那種小手槍的射程不會太遠，但如今他和我之間的距離來說，已足可以取我的性命了。我不由自主地舉起手來。

大使沈聲喝道：「放下手來，你想故意引人注意麼？」我竭力保持鎮定，道：「大使先生，你想要作甚麼？」

我在「大使先生」這一個稱呼上，特別加重語氣，那是在提醒他，如果被人知道了如今的事，那麼對他的地位，將是一項重大的打擊。

大使咬牙切齒，將聲音壓得十分低，道：「我要親自來執行你的死刑！」

我聽了這話，身子不由得一震。

尚未及等我想出任何應變之法，大使已經喝道：「走！」我吸了一口氣，道：「到甚麼地方去？」大使厲聲道：「走！」

我沒有別的辦法可想，只好向前走去，不一會，就有一輛大搬運卡車，駛到了我和大使的身邊，停了下來。大使繼續命令，道：「上車去。」

我連忙道：「如果你是為了那隻金屬箱子的話——」可是不等我講完，大使又已喝道：「上車去！」

我知道事情十分嚴重。他們叫我上車，自然是等到將我載到了荒僻的地方之後，將我一槍打死。他們可能將我身上的衣服，全部剝去，可能以子彈將我的頭部，射至稀爛，使得沒有一個人，認得出我來。這樣的案子，當然是永遠沒有法子破案的了。

我心中急速地轉念著念頭，跨上了卡車的車廂，掀開了帆布，我便發現那車廂是經過改裝的。外面看來，那只是一輛殘舊的搬運貨車，車廂了覆著發白的帆布。但是一掀開帆布，我發現了一道鋼門。

而且那道鋼門，立即自動打了開來，從裏面傳來一聲斷喝，道：「將手放在頭上，走進來。」

單憑那句話，是不能使我服從的，但隨著那句話，有一根套著滅音器的槍嘴，幾乎伸到我的鼻端，使我不能不聽他的話。

我跨進了車廂，車廂之中一片漆黑，甚麼也看不到，我只覺得腳踏下去，十分柔軟，像是鋪著十分厚的地氈一樣。那聲音又道：「站著別動。」

我才一站定，只覺得後心有人摸了一把，緊接著，前心也被一隻手碰了一下。我正不知是甚麼用意間，突然看到我的胸前，亮起了一片青光，那一定是剛才，有人在我的前後心，抹上了燐粉之故。

在我的前後心都有著發光的燐粉，但是燐粉所發出的光芒，卻又絕不能使我看清車廂中其他的情形，我感到我的心，劇烈地跳動起來。

就在這時，我聽得大使的笑聲，如同夜梟一樣響了起來，道：「聰明能幹，無所不能的衛斯理先生，你可以坐下來。」

我又驚又怒，道：「椅子在哪裏？」

大使沈聲道：「著燈。」

他兩個字才一出口，車廂之中，大放光明，但是只不過半秒鐘的時間，燈火重又熄滅，眼前又是一片漆黑，只是我胸前的青光，卻更明亮了一些，那是因為燐粉在剛才吸收了光線之故。

剛才，燈光亮得時間雖短，但是我已可以看到車廂中的情形了。整個車廂，像是一間小房間，有桌有椅，在我的身旁有就有一張椅子。

當然，車廂中不止是我和大使兩人，另外還有四個人，都持著槍，望著我。

我頹然地在身旁的椅子上坐了下來，道：「我可以抽一支煙麼？」大使的聲音，冷酷無情，道：「不能，你不但不能吸煙，而且不能有任何動作。剛才你已經看清楚四周的情形了！」

這時，我感到車身在震動，顯然卡車已經在開動了，至於開到甚麼地方，我自然不知道。

我默不作聲，大使續道：「有四個可以參加世界射擊比賽的神槍手監視著你，衛先生，你完全看不見他們，他們也看不見你，但是他們的眼前，有著兩個目標，那便是你胸前背後的燐光。」

他講到這裏，又桀桀怪笑起來，道：「所以，你試圖反抗吧，我敢和你打賭，四顆子彈，絕不會射在燐粉所塗的範圍之外的！」

這的確是我以前所未曾遇到過的情形。

被人以手槍，甚或至於手提機槍對住，這對我來說，絕不是陌生的事了。但是，像如今這樣的情形，卻還是第一次。

在完全的黑暗之中，我的前後心卻有著光亮，這是最好的靶子，即使是一個極拙劣的槍手，也可以以輕而易舉地射中我的。

而在我的眼前，則是一片漆黑，敵人在甚麼地方，是靜止不動，還是正在移動，如今離我有多遠，我一點也不知道。

我就像是一個瞎子一樣，完全喪失了戰鬥的能力！

我發覺自己的聲音發澀，道：「我的處境，你不必再多加描述了。」大使冷冷地道：「好，那麼我要問你正事了，那箱子呢？你已經交到了甚麼人的手中了，我限你十秒鐘說出來。」

我急忙地道：「我已向井上次雄報告過，箱子在你們處，我一死，井上次雄自然會找你算賬的！」大使給我的十秒鐘，我只來得及說以上的幾句話。我講完之後，等待著那四槍齊發的響聲，來送我歸西。但是，卻並沒有槍聲。

我心頭不禁狂跳，我的話生效了！

我假設，在井上私人飛機場中，盜去那箱子的正是某國大使館的人員。那麼，由於井上次雄是一個在朝野間，都具有極高威信的人物，某國大使館竟然竊取井上家族的傳家之寶，這件事傳出來，一定舉國沸騰，對大使的地位，有極大的影響。

而如果我的假設不成立的話，我那兩句話，自然也起不了恐嚇的作用了。

大使的不出聲，證明我的假設不錯。我立即又道：「大使先生，為你自己著想，你還是對我客氣點好，我是存心幫助你的，只不過遭到了意外！」

大使厲聲道：「甚麼意外？」

我道：「那箱子被一個不明來歷的集團搶去了，你可有線索麼？」大使冷冷地道：「我的線索，就在你的身上！」

我突然轉變話題，疾聲問道：「你的上峰，給你幾天限期？」大使脫口道：「十天——」他只講了兩個字，便怒道：「甚麼，你在說甚麼？」

我嘆了一口氣，道：「大使先生，只有十天限期，你在我的身上，已經浪費掉幾天了？」

大使果然是色厲內荏，他的聲音，立即變得沮喪之極，道：「已經三天了，已經三天了！」

我笑了一下。這一下笑聲我一點也不勉強，因為形勢已經在漸漸地轉變了。

我沈聲道：「大使先生，你如何利用這剩下來的七天呢？七天之中，你實在不應該浪費每一分鐘的，而我，如果在午夜之前，不和井上次雄聯絡的話，那麼，他就要通知警方尋找我的下落，同時公佈他傳家之寶失蹤的詳細經過了！」

大使的聲音在微微發顫，道：「胡說。」

我冷笑道：「信不信由你，你的命運，本來就掌握在你自己的手中！」

大使急速地道：「我怎能相信你？」

我道：「你必須相信我。」

大使道：「我已經相信過你一次了，一切麻煩，全因為相信你而生！」

我鬆了一口氣，因為大使的口氣，又已經軟了許多，我道：「對於這件事，我表示抱歉，因為那完全是意外，你因為我而遭到了麻煩，但你要袪除這些麻煩的話，還少不了要我幫忙。」

大使半晌不語，才道：「著燈。」

剎那之間，我眼前又大放光明，只見大使就坐在我的對面。

那四個持槍的人，也仍然在監視著我，燈火乍明，他們的眼睛，瞇成了一線，這是我要改變處境的一個絕佳機會。但是我卻並沒有動手。

因為我已經不必要動手了，大使面上的神色，已表示他不但不會為難我，而且還要求我的幫助！

我舒服地伸了伸腿，向那四個持槍的人一指，道：「這四位朋友手上的武器，似乎也應該收起來了？」大使無可奈何地點了點頭，揮了揮手。

那四人蹲了下來，將手中的槍挾在脅下。那顯然是他們仍然不肯完全放鬆對我的監視。

不過我也不放在心上了，因為如今我大是有利，我抽著煙，大使焦急地等待我講話，我卻好整以暇。

好一會，我才道：「大使先生，這件事，要我們雙方合作才好。」

大使以疑惑的眼光望著我。

我道：「那隻箱子，被人奪了去。但是搶奪那隻箱子的人，是哪一方面的方量，我卻不知道。」

大使皺了皺眉頭，道：「難道一點線索也沒有麼？」我道：「有，我相信這是一個十分有勢力的集團，但不是月神會。這個集團甚至收買了國際警方的工作人員，他們行動之際，是以一輛美國製的汽車作交通工具的，他們所用的武器，是手提機槍，當他們搶奪那隻箱子之際，出動了二三十人之多。」

我一口氣講到這裏，大使緊皺著他的眉頭，仍然沒有舒展開來。

我知道大使對這件事，也是沒有頭緒。

我笑了一笑，道：「你們的特務工作做得十分好，比國際警方和日本警方要出色，我想，你應該知道，那隻箱子究竟是落到了甚麼人的手中的。」

大使微微地頷首，道：「我去努力。」

我伸出了三個手指，道：「我給你三天的時間。」

大使幾乎跳了起來，叫道：「三天！東京有一千多萬人口，你只給我三天的時間！」

我聳聳肩道：「這是很公平的了。三天只要查出那是一些甚麼人，是甚麼樣的集團而已。你要想想，我要從人家手中奪回箱子來，也是不過三天的時間而已，那樣，你就可以在你上峰給你的限期之前，再找回那隻箱子來了！」

大使望了我半晌，道：「你有把握？」

我也回望著他，道：「只要你有把握，我就有。」

大使伸出手來，道：「我有。」我也伸出手來，與之一握，道：「好，那我們就一言為定了。」大使站了起來，車身顛簸，使他站立不穩，他道：「或者我又做了一次笨伯。」

我知道他這樣說法是甚麼意思，他是指又相信了我一次而言的。

我笑了一笑，道：「你必須再做一次，不然，你即使調查到了箱子在何處，你也沒有人手去取它回來的，是麼？」

大使以十分尷尬的神色望著我，道：「這……也不致於。」我笑道：「大使先生，你們在東京收買了許多人，但全是笨蛋，並沒有真正的人才在內——好了，我該下車了！」

大使伸手在鋼壁上敲了幾下，卡車立即停了下來。有兩個人為我打開了門，我一躍而下，卡車立即向前飛駛而去。

我給迎面而來的寒風一吹，打了一個寒顫，定睛看時，只見仍然在東京市區之中。我忽然想起，我忘了和大使約定再晤面的辦法。

我轉過身去，想去招呼卡車，但是我立即看到，前面的街角處，有人影一閃。

我心中不禁好笑，因為如果我要和大使聯絡的話，那太容易了，大使仍然派人在跟蹤著我，我聳了聳肩，向前走去。

某國大使館這一方面的事總算解決了，雖然是暫時的，但在這幾天中，我總可以不必提心吊膽會突然有子彈自腦後飛來了。

但是，擺在我眼前的事情，仍然實在太多了。

首先，我要和納爾遜先生聯絡，其次，我仍舊要見方天。我更要找到佐佐木季子的下落，和找出殺佐佐木博士的兇手。

我相信某國大使一定可以在三天之內，找出那隻硬金屬箱子下落何方的。那也就是說，當三天之後，除了月神會之外，我還要和另一個有組織有勢力的集團，進行鬥爭！

在卡車上，我曾經十分爽氣地答應某國大使，只要他得到了那硬金屬箱子的去向，我就可以將它找回來。但是如今我想一想，那實在一點把握也沒有！

因為那隻箱子，並不是體積小，如果不是硬搶的話，是幾乎沒有法子可以取巧得到的！

我慢慢地踱著，只覺得每一件事，都困難到了極點。連和納爾遜先生聯絡這一點，在我來說，也是無從著手的事情。

因為在納爾遜先生離開了醫院之後，我便和他失去了聯絡，醫院方面也不知道他去了何處。

我心中暗忖，我只有到東京警局去查詢他的下落了，普通警務人員，自然不會知道有納爾遜先生其人的，但是高級的警務人員，則可以知道他的資訊的。

我決定在一間小旅館中，渡過這半夜。

在東京，這一類的小旅館，是三教九流人物的好去處，也是穢汙藏垢的所在。我才走進門，便有三四個被白粉腐蝕了青春的女人，向我作著令人噁心的媚笑，有一個，甚至還擠上身來。

我伸手推開了她們，要了一間比較乾淨的房間，在咯吱咯吱著的床上，倒了下來。正當我要朦朧睡去的時候，忽然有人敲起門來。

我本能地一躍而起，幸而我本來就只是打算胡亂地睡上一晚的，連衣服也沒有脫。我一躍而起之後，立即來到門旁。

我一到門旁，便伸手拉開了門，而人則一躍，躍到了門後。

門打開了，並沒有人進來。那可能是一個老手，準備在我出現之後，向我偷襲的。好在那扇門上，早就有著裂縫，走廊上也有著昏暗的燈光。我向外看去，心中幾乎笑了出來。

站在門外的，是一個警務人員，制服煌然！

我走了出來，那警務人員立即向我行了一個禮道：「是衛斯理先生麼？」他講的是日本腔的英語。我心中十分奇怪，一時之間，也不說甚麼。

他踏前一步，低聲道：「納爾遜先生正在到處找你。」

納爾遜先生正在到處找我，這是完全可能的事。

但問題就是在於，那警官怎知道我在這裏？我以這個問題問他，他笑道：「全東京的機密人員，為了找尋你的下落，幾乎全都出動了！」

我「噢」地一聲，道：「納爾遜先生現在甚麼地方？」他道：「在總局，請你立即和我一起去。」我點了點頭，跟著那警官，向外走去。

出了小旅館，我看到一輛轎車停在旅館門口狹窄的路上，司機也穿著警官的制服。那警官打開車門，讓我先上車。

我這時候，心中總覺得有一點彆扭，覺得那警官能夠找到我一事，大有可疑之處。然而，我向車廂中一看，看到車座上，放著一隻文件夾，文件夾上，還燙著值日警官的名字，那自然是警局中的東西，我心中也不再去懷疑，一腳踏進了車廂。

那警官跟著走了進來，坐在我的身邊，笑道：「納爾遜先生唯恐你遭到了甚麼意外，找得你十分著急，一直不肯休息。」

我笑道：「那是他太過慮了，我又不是小孩，怎會失蹤？」那警官道：「自然是，衛先生的機智勇敢，是全世界警務人員的楷模。」

人誰不喜歡恭維？我自問絕不喜歡聽人向我戴高帽子的人，可是在聽了那警官的話，也不免有點飄飄然的感覺。

回歸悲劇

序言

「藍血人」分成上下兩集，而把下集定名為「回歸悲劇」，自然是指方天千方百計回歸土星之後的悲劇而言。方天用盡方法回歸的時候，並不知道他的星球已然發生了悲劇。但，如果他知道，他會怎樣呢？當然，他一樣會選擇回去，他是無法在地球上生活下去的，原因十分簡單，他不是地球人！

這又不單是方天的悲劇了，幾乎是所有生物的悲劇了。魚離不開水，樹獺離不了樹，地球人離不了地球，土星人也離不開土星。生物的生活，有著遺傳的對環境的侷限，無法突破。

很奇怪的是在「回歸悲劇」中提到了太平天國的翼王石達開，而近日在寫的衛斯理故事第六十幾個，正準備以這個人為題材，而在「回」中所述的那一段，不是重新校刪增補，是根本忘記了的！

倪匡

第十五部：七君子黨

那警官取出煙盒來，先讓我取煙，我順手取了一支煙，但是在那一剎間，我想起，像我那樣，過著冒險生活的人，是不論在甚麼樣的情形下，都不能接受別人的香煙的。因為，在香煙中放上麻醉劑的話，吸上一口，便足以令人昏過去了。

所以，我將已經取了起來的香煙，又放回了煙盒，道：「是英國煙麼？我喜歡抽美國煙。」剛好，我身上的是美國煙，所以我才這樣說法。

那警官十分諒解地向我一笑，自己取了一支。待我取出了煙後，他便取出打火機來。打著了火，湊了上來。我客氣了一句，便就著他打火機上的火，深深地吸了幾口，在那一剎間，我只覺得那警官面上的笑容，顯得十分古怪。

我的警覺馬上提高，推開了他的打火機。

但也就是在那個時候，我只覺得一陣頭昏！

我已經小心了，然而，還不夠小心！

我沒有抽他的煙，可是卻用了他的打火機。他只要在打火機蕊上，放上烈性迷藥的話，我一樣是會吸進去的。我想撐起身子來，但已經不能了。在那一瞬間，我只覺得眼前一陣陣發黑，在黑暗中，似乎有許多發自打火機的火燄，在我面前晃來晃去。

總共只不過是一秒鐘的時間，只覺得車子猛地向旁轉去，我已失去了知覺。

在日本，幾天之間，這我已是第三次失去知覺了。這真是我從來也未曾有過的恥辱，當我又漸漸有了知覺之際，我就有了極其不祥的感覺。我甚至不想睜開眼來，只想繼續維持昏迷。

我沒有聽到任何聲音，閉著眼睛，也沒有眼前有光線的感覺。

我睜開眼來，只見眼前一片漆黑，我自己則像是坐在一隻十分舒適的沙發上。我略事挪動一下身子，眼前陡地大放光明。

我知道，一定是在沙發中有著甚麼裝置，我一動，就有人知道我醒來了。

我打量了一下，那是一間十分舒服的起居室，沒有甚麼出奇的地方。我冷笑了一聲道：「好了，還在做戲麼？該有人出來了。」

我的話剛一講完，就有人旋動門柄，走了進來。

我仍坐著不動，向那人望去。

只見進來的是一個中年人，那中年人的衣著，十分貼身而整潔。他並不是日本人，照我的觀察，他像是巴爾幹半島的人。

這時，我的心中，倒是高興多於沮喪了。

我又不自由主來到了一個我所不知底細的地方，這自然不是好現象，這又何值得高興之有？

但是，我卻知道：這裏絕不是「月神會」的勢力範圍，也不是某國大使館，那麼，便極有可能是搶走了那隻硬金屬箱子的那方面人物了。

我仍是坐著不動，以十分冷靜、鎮定的眼光望著那中年人。那中年人也是一聲不出，直到他在我的面前坐了下來，才向我作了一個禮貌上的微笑，道：「先生，我願意我們都以斯文人的姿態談上幾句。」我冷笑地道：「好，雖然你們將我弄到這裏來的方法，十分不斯文。」那中年人抱歉地笑了笑，道：「我們不希望你知道我們是甚麼人，也不希望你向人提起到過這裏，你的安全，絕無問題。」

在那中年人講話的時候，我心中暗暗地思索著。

那中年人的話，顯然不是故作神秘，但是他究竟屬於甚麼勢力，甚麼集團的人物呢？旁的不說，單說那假冒警官的人，便是不可多得的人才。

我只是點了點頭，並不說話。

那中年人又笑了笑。道：「要你相信這件事實，無疑是十分困難的，但是我卻不能不說。」我冷笑了一聲道：「你只管說好了。」

那中年人道：「我，和我的朋友們，是不可抗拒的，你不必試圖反抗我們，以及想和我們作對，你必須明白這一點。」

我大聲笑了起來，道：「是啊，你們是不可抗拒的，所以我才被超級的迷藥，弄到了這裏來了。」

那中年人沈聲道：「我並不是在說笑！」

我欠了欠身，道：「我知道不是說笑，國際警方的工作人員被收買，手提機槍，數十人的出動，難道是說笑麼？」

那中年人的鎮定功夫，當真是我生平所僅見。

我突然之間講出了幾句話，等於是說我已經知道了他的來歷。我是只不過冒他一冒而已，但是卻給我冒中了。

照理說來，那中年人應該震驚才是，但是他卻只是淡然一笑，道：「衛先生，你真了不起，你應該是我們之中的一員。」

我不禁被他的話，逗得笑了起來，巧妙地道：「先生，不要忘記你們是甚麼人，我一無所知，你何以便能斷定我可以成爲你們之中的一員？」

那中年人攤開了雙手，道：「我們幾個人，只想以巧妙的方法弄些錢，只此而已。」

我又笑道：「譬如甚麼巧妙的方法？」

那中年人哈哈笑了起來，道：「譬如不合理的關稅制度，那是我們所堅決反對的，又譬如，有甚麼人遭到無法解決的困難之際，只要給我們以合適的代價，我們也可以爲他做到。」

那中年人的話，猛地觸動了我心中已久的一件事。

我早已聽得人家說起過，世上有一個十分嚴密，十分秘密的集團，那集團的核心人物只有七個，他們自稱「七君子」（SEVEN GENTLEMEN）那七個人的國籍不同，但是卻有一個共同之處，那便是在第二次世界大戰中，他們都曾在地下或在戰場上和敵人鬥爭過。

這七個人的機智、勇敢，和他們的教養、學識，都是第一流的。

也正因爲如此，所以這個集團的行蹤飄忽，不可捉摸。但是有一些大走私案，大失竊案，甚至國際上重大的情報買賣，都可以肯定是他們所做的。

那是因爲他們每做一件事後，都將事情的詳細經過告訴事主之故。而他們的對象，大都也是些爲富不仁的傢伙。

這七個人是公認神秘的厲害的人物，如今在我面前的那個中年人，無論是體態、言語，都曾受過高度的教育，他自然毫無疑問，是「七君子黨」中的一員了。

我想了一想，並不指穿他的身份。而我的心中，則更放心了許多。因爲這七個人，倒也是出名地君子，他們若要殺人，那你絕不易躲避，他們若說不殺人，那麼你的安全也沒有問題。

如今，我的心中只有一個疑問，便是：他們將我弄到這裏來，是爲了甚麼？

那中年人望著我，房間中十分靜。

好一會，那中年人才道：「你明白了麼？」

我微笑著道：「有些明白了。」

那中年人站了起來，道：「你一定要問我，為甚麼將你請到這裏來的了？」

我道：「我沒有問，是你在等待我的發問。」

那中年人伸出手來，道：「我們之間，應該消除敵意才是。我叫梅希達。」我仍然不站起來，只是坐著和他握握手，道：「我知道，你是希臘抗納粹的地下英雄，你是一個親王，是不是？」

這「七君子黨」七個人的履歷，不但掌握在警方的手中，許多報紙也曾報導過，是以我一聽他講出了名字，便知道他是出名的希臘貴族，梅希達親王了。

梅希達道：「想不到我還是個成名人物！」他又坐了下來，道：「我們受了一個人的委託，這個人是肩負著人類一項極其神聖的任務的，我們必須幫助他，以完成他的理想。」

我立即反問道：「這和我又有甚麼關係呢？」

梅希達道：「有，因為你在不斷地麻煩他，而且，做著許多對他不利的事情。我們請你放棄對他的糾纏，別再碰他。」

梅希達的語言，聽來仍是十分有教養，十分柔和，但是他的口氣，卻已十分強硬。

如今，我正在人家的掌握之中，自然談不上反對梅希達的話，而且，我根本不知道他所說的是甚麼人，我的確想不起我曾經麻煩過一個「負著人類偉大的任務」的人來。我望著他，道：「你或者有些誤會了。」

梅希達道：「並不，你以不十分高明的手段，偷去了他身上的物事，而其中有些，是有關一個大國的高度機密的！」

我「哦」地一聲，叫了出來。

我已經知道他所指的是甚麼人了。他說的那人，正是方天！不錯，我曾給方天以極度的麻煩。

但，方天也幾乎令我死去兩次！

我還要找方天，因爲佐佐木博士之死，和季子的失縱，他也脫不了干係！

當我和方天最後一次會面，分手之際，我曾要方天來找我，卻不料方天並不來找我，而不知以甚麼方法，和出名的「七君子黨」取得了聯繫！

我笑了一笑，道：「我想起你的委託人是甚麼人來了。」梅希達道：「我……那麼我們可不可以訂立一個君子協定呢？」

我搖了搖頭，道：「不能。」

梅希達嘆了一口氣，道：「對於你，我們早就十分注意了，我們還十分佩服你，但你硬要將自己放在和我們敵對的地位上……」

他講到這裏，無限惋惜地搖了搖頭。

我聳了聳肩，道：「如果必須要和你們處在敵對的地位，我也感到十分遺憾，但是我首先要請問一句，你們對你們的委託人，知道多少？」

梅希達的神態，十分激動，道：「他的身份，絕不容懷疑，他是當代最偉大的科學家，也是某一大國征服土星計劃，實際上的主持人。」

我追問道：「你們還知道些甚麼？」

梅希達道：「這還不夠麼？這樣的人物，來委託我們做事，我們感到十分光榮，一定要盡一切可能，將事情做到。」

我聽到這裏，心中猛地一動，立即問道：「那麼，搶奪那隻硬金屬箱子，也是出於他的委託了？」梅希達道：「是的。」

我道：「他編造了一個甚麼故事呢？」

梅希達道：「故事，甚麼意思？」

我道：「例如說，箱子中的是甚麼，他爲甚麼要取回它。先生，我希望你和我說實話。」

梅希達的面上，開始露出了懷疑之色，道：「他說那是一件機密儀器，被他所服務的機構中的叛徒偷出去，賣給另一個敵對的國家的。」

我好半晌沒有說話，腦中只覺得烘烘作響。

納爾遜先生的推斷證實了，方天和那隻硬金屬箱子，的確是有關係的。

而我自己的推斷，也快要證實了：方天既然和「天外來物」有著那樣密切的關係，那麼他當真是「天外來人」了？

梅希達還在等著我的回答。我呆了好一會：「我要和你們的委託人，作直接的談判，而且，絕不能有第三者在場！」

梅希達道：「可以，但是我們絕不輕易向人發出請求，發出請求之後，也絕不收回的，希望你明白這一點。」我只是道：「你快請他來。」

梅希達以十分優雅的步伐，向外走了出去。

我在屋中，緊張地等待著。想著我即將和一個可能是來自其他星球的人會面時，我實在是抑制不住那股奇異的感覺。

大約過了五分鐘左右，門被緩緩地推了開來，方天出現了，站在門口。

他的面色，仍然是那種異樣的蒼白。

我望著他，他也望著我，我們兩人，對望了有一分鐘之久，他才將門關上，向前慢慢地走了過來，在我的對面坐下。

我們又對望了片刻，還是我先開口，道：「方天，想不到你這樣卑鄙。」方天震動了一下，我立即道：「季子在哪裏？」

方天蒼白的面色，變得更青，道：「我爲甚麼要見你？我就是要向你問她的下落！」

我不禁呆了半晌，我一直以爲害死佐佐木博士，帶走季子的是方天。但如今從他的情形看來，那顯然不是他了。如果不是他的話，嫌疑便轉移到了月神會的身上。因爲我從博士家中出來不久，便爲月神會的人所伏擊了。

我呆了半晌之後，揮了揮手，道：「這個問題，暫時不去討論它了。」方天像是想提反對，但我已經壓低了聲音：「方天，你是從哪一個星球上來的？」

我從來也未曾想到過，一句話給一個人的震動竟可以達到這一地步！

方天先是猛地一呆，接著，他的面色，竟變成了青藍色。然而，他像是離了水的魚兒一樣，急促地喘著氣，跳了起來，又坐了下去，雙眼凸出地望著我，使我感到我如同對著一個將死的人。

而這時，我看到了方天對我的這句話，震驚到這一地步，也知道我所料斷的事，雖不中亦不遠：他當真是從另一個星球來的！

這樣怪誕的事，猜想是一回事，獲得了證實，又是另一回事。

我的心中，也十分震駭，我相信我的面色也不會好看，我們兩人誰都不說話。

約莫過了一兩分鐘，我聽得方天發出一陣急促的呼聲，他在叫些甚麼，我也聽不懂，只見他突然狠狠地向我撲了過來。

我身子一側，避了開去，他撲到了我所坐的那隻沙發之上，連人帶沙發，一起跌倒在地上，我向前躍出了一步，方天並不躍起身來，在地上一個翻身，他已經取出了一支小手槍指著我。

我吃了一驚，連忙道：「方天，別蠢，別——」

然而，我下面的話還未曾出口，身子便疾伏了下來。在我猛地住口，伏下身子之際，方天其實還未曾開槍，只是我從他的面上神情，肯定他會開槍，所以我才連忙伏了下來。

果然，我才伏下，一顆子彈，便呼嘯著在我的頭上掠過。我連忙著地向前滾去，滾到了一張沙發的後面，用力將那張沙發，推向前去。

在那張沙發向前拋出之際，又是兩下槍聲。

在斗室之中，槍聲聽來，格外驚心動魄，我還未曾去察看我拋出的沙發，是不是將方天砸中，已聽得「砰」地一聲響，門被撞了開來。兩個手持機槍的人，衝了進來，大聲喝道：「甚麼事？」

我站了起來，首先看到，方天正好被我拋出的沙發拋中，已經跌倒在地，倚著牆在喘氣，他手中的手槍，也跌到了地上。

我沈聲道：「你們來作甚麼？梅希達先生不是答應我和方先生單獨相處的麼？」

那兩人道：「可是這裏有槍聲，那是爲了甚麼？」

我向方天望了一眼，只見方天在微微地發抖，我道：「我和方先生發生了一些衝突，手槍走火，這不關你們的事情，你們出去吧。」

那兩人互望了一眼，退了開去，我走到門旁，將門關上又望向方天，道：「你受傷了麼？」

方天掙扎著站了起來，又去拾那手槍，但是我的動作卻比他快，我中指一彈，彈出一枚硬幣，「錚」地一聲，彈在那支小手槍上，就在方天快要拾到那支小手槍之際，小手槍彈了開去。

方天身子彎著，並不立即站起身來，晃了兩晃，我連忙過去，將他扶住。

只見他的面色，更青，更藍了。他抬起頭來望了我一眼，又立即轉過頭去，雙手掩住了臉，退後一步，坐倒在地上，喃喃地道：「完了！完了。」

我在他的身邊，來回踱了幾步，道：「方天，你以爲我要害你麼？還是以爲我要找你報仇呢？」

方天只是不斷地搖頭，不斷地道：「完了！完了！」我發現他的精神，處在一種極度激昂，近乎崩潰的情形之下，我知道一時之間，也難以勸得他聽的，我只好笑了笑，道：「我走了。」

方天一聽，又直跳了起來，道：「別走。」

我嘆了一口氣，道：「方天我知道你的心情，你在我們這裏，一定感到所有的人都是敵人，沒有一個人可以做你的朋友，是不是？」

方天並不出聲，只是瞪著眼望著我。

我搖了搖頭，道：「你錯了，如果在大學時代，你便瞭解我的爲人的話，你早已有了一個朋友了。」或許是我的語音，十分誠懇，方天面上的青色，已漸漸褪去。

他以十分遲疑的眼光望著我，道：「你？你願意做我的朋友？」

我道：「你應該相信我，至今爲止，知道你真正身份的，還只有我一人，如果你願意的話，這個秘密，我可以永遠保持下去。」

方天雙手緊張地搓動著，道：「你……究竟知道了一些甚麼？」

我笑道：「我知道你是來自別的星球，不是地球上高級生物——人！」

方天的身子又發起抖來，道：「你……是怎麼知道的？」我道：「早在大學中，你血液的奇異顏色，便已經引起我的疑心了。」

方天沮喪地坐了下來。我又道：「你不知道，在日本，我是受了人家的委託來調查你的。」

方天的神情更其吃驚，道：「受甚麼人的委託，調查些甚麼？」

我道：「受你工作單位的委託，調查你何以在準備發射到土星去的強大火箭之中，裝置了一個單人艙——」我講到這裏，不禁猛地拍了一下自己的額角。

我其實不該問他是從哪一個星球來的。從他在準備射向土星的火箭中，裝置一個單人艙這一點看來，他毫無疑問是來自土星的了！

我抬起頭來，向方天望去，方天也正向我望來，道：「他……他們已經知道我的一切了？」

我道：「我相信不知道，他們只是奇怪，你爲甚麼不公開你的行動。」

方天突然趨前了一步，緊緊地握著我的手，道：「衛斯理，你要幫我的忙，你一定要幫我的忙。」我在他的手臂上拍了拍，道：「我當然會幫你忙的，但是我首先要知道你的一切。」

方天呆了片刻，道：「我們不妨先離開這裏，你要知道，我的事……我絕不想被人知道，爲了掩護我的身份，我已經……盡我所能了。」

我點頭道：「不錯，你曾經幾次想殺我。」

方天的臉上，現出了一個奇怪的神情，道：「你們以爲殺人是極大的罪惡，但我卻沒有那麼重的犯罪感，因爲你們的壽命如此之短，早死幾年，也沒有甚麼損失。」

我聽得方天這樣說法，心中不禁陡地一呆，立即想起木村信工程師的話來。

木村工程師曾說，從別的星球來的人，對時間的觀念，是以他所出生的星球，繞日一週作爲一年的，方天極可能來自土星。而土星繞日的時間是地球的二十倍，那也就是說，地球上一個八十歲的老人，在他看來，只不過是四歲的小孩而已。

那麼，方天在地球上，究竟已過了多少次「地球年」了呢？我腦中又開始烘烘亂想起來，心中又生出了那股奇幻之極的感覺。

方天道：「你在這裏等我一等，我和你一齊離開這裏再說。」

我答應了一聲，方天便走了出去。

我呆呆地想了片刻，便見方天推開了門，道：「我們可以走了。」我和他一起出了那幢屋了，並沒有撞到任何人。

出了屋子一看，我仍然是在東京的市區之內。

我想起一連串奇幻的遭遇，一連串不可思議的事，總算有了眉目，心中自然不免十分高興，我相信納爾遜先生一定做夢也想不到，事情的發展結果，竟會是這樣子的。

但同時，我的心中，也十分紊亂，因爲方天是從別的星球來的人，這不可能相信的事，竟是事實。這一點，實是沒有法子令得人心中不亂。

我們默默地走著，方天先開口，道：「衛斯理，我要回家去，我太想家了。一個極想回家的人，就算有時候行爲過份些，也是應該被原諒的，你說是不是？」

我嘆了一口氣，道：「當然，我諒解你，你是要回到——」

我講到這裏，故意停頓了一下，好讓他接上去。

方天道：「郭克夢勒司。意思是永恆的存在，也就是你們稱之爲土星的那個星球。」

我吸了一口氣，道：「我早已料到了。」

方天道：「你是與眾不同的。我一到地球就發現地球人的腦電波十分弱，十分容易控制，你是例外。」我道：「幸而我是例外。」

方天突然又握住了我的手，神經質地道：「你不會將我的事情講出去吧。」

我故意道：「就算講出去，又怕甚麼？」

方天的面色，又發起青來，道：「不！不！那太可怕了，如果地球人知道我是從土星來的，那麼我非但不能回土星去，而且想充一個正常的地球人也不可能了。地球人正處在瘋狂地渴求探索太空秘密的時代中，我將不是人，而是一個供研究用的東西了。」

我拍了拍他的肩頭，道：「你放心，我不是已經答應過你，不將秘密洩露出去的麼？」

方天嘆了一口氣，我們又默默地向前，走了一段路，已來到了一座公園的門口。公園中的人並不多，我向內一指，道：「我們進去談談可好？」

第十六部：土星人的來歷大明

方天點了點頭，我們一齊走進公園，在一張長凳上坐了下來。

在這裏談話，是最不怕被人偷聽的了。我先將那本記事簿，和方天稱之爲「錄音機」的，那排筆也似的東西，還了給他。

方天在那一排管子上，略按一按，那奇怪的調子，響了起來，他面上現出了十分迷惘的神色。我想要在他身上知道的事實太多了，以致一時之間，我竟想不起要怎樣問他才好。

又呆了片刻，我才打開了話題，道：「你來了有多久了？」方天道：「二十多年了。」

我提醒他道：「是地球年麼？」

方天搖了搖頭，道：「不，是土星年。」

我又不由自主吸了一口氣，方天，這個土星人，他在地球上，已經生活了兩百多年了！在他剛到地球的時候，美國還沒有開國，中國還在乾隆皇帝的時代，這實是不可想像的事情。

我覺得我實在難以向他發問下去了。讀者諸君不妨想一想，我該問他甚麼好呢？難道我問他，乾隆皇帝下江南時，是不是曾幾次遇難？難道我問他，華盛頓是不是真的砍斷過一株櫻桃樹？

如果我真的這樣問出口的話，我自己也會感到自己是一個瘋子了。

但是，眼前的事實確是：這種瘋子的問題，對方天來說，並不是發瘋，而是十分正常的，因爲他的確在地球上生活了二百多年！

我呆了好半晌，才勉強地笑了一笑，道：「你們那裏好麼？」

方天的神情，活躍了一些，道：「好，家鄉自然是好的，你說是麼？」

在方天提到「家鄉」之際，那種迫切的懷念的神情，令人十分同情，要知道，他口中的「家鄉」，和我們口中的「家鄉」，有著不同的意義。

當我們遠離家鄉的時候，不論離得多遠，始終還是在地球上。但是方天卻是從一個天體，到另一個天體！這種對家鄉懷念的強烈的情緒，我無法體驗得到，除非我身已不在地球上，而到了土星之上。

方天嘆了一口氣，道：「我離開自己的星球已經太久了，不知道那裏究竟發生了甚麼變化？」

我呆呆地望著他，他伸手放在我的手臂之上，十分懇切地道：「我到了地球之後，甚麼都不想，只想回去，我唯恐我終無機會回去，而老死在地球，你知道，當我剛來的時候，地球上的落後，曾使我絕望得幾乎自殺，當時，我的確未曾想到地球人的科學進步，如此神速，竟使我有可能回家了。」

我道：「你的意思是，你將乘坐那枚火箭到土星去麼？」方天道：「是的，我確信我可以到達土星，如果不是地球的自轉已經變慢的話。」

我愕然道：「地球的自轉變慢？」

方天道：「近十年來，地球的自轉，每一轉慢了零點零零八秒，也就是千分之八秒。這麼短的時間，對地球人來說，自然一點也不發生影響，但是這將使我的火箭，不能停留在土星的光環之上，而只能在土星之旁擦過，向不可測的外太空飛去！」

我聽得手心微微出汗，道：「那麼，你有法子使地球的自轉恢復正常麼？」

方天道：「我當然沒有那麼大的能力，但如果我能夠得回那具太陽系飛行導向儀的話，我就可以校正誤差，順利地回到土星去了。」

我伸了伸手臂，道：「這具導向儀，便是如今被裝在那硬金屬箱子的物事麼？」

方天道：「不錯，就是那東西。衛斯理，我就快成功了。但如果你將我的身份暴露出來，那麼，我一定成爲你們地球人研究的對象，說不定你們的醫生，會將我活生生地剖解，至少，這……便是我不斷以強烈的腦電波，去影響發現我血液秘密的人，使他們想自殺的緣故。」

我凝視著他，道：「佐佐木博士也在其列麼？」

方天大聲叫了起來，道：「佐佐木之死，和我完全無關。」我道：「季子呢？」

方天立即叫道：「剛才你說我沒有朋友，這也是不對的，季子便是我的好朋友，如果我不是確知她平安無事，我是不會回去的。」

我點頭道：「你放心，我必將努力查出殺害博士的兇手，和找出季子的下落，我相信事情，多半和月神會有關係。」

方天只是茫然地道：「她是一個好孩子，在土星也不易多見。」

我心中不知有多少話要問他，想了片刻，我又道：「那麼，你們究竟是怎麼來的？」

方天苦笑了一下，道：「我們的目的地，根本不是地球，而是太陽。」我吃了一驚，道：「太陽？」

方天道：「是的，我們的太空船，樣子像一隻大橄欖，在太空船外，包著厚厚的一層抗熱金屬，可以耐……一萬八千度以上的高溫，這就使我們可以在太陽的表面降落，通過一連串的雷達設備，直接觀察太陽表面的情形。」

我聽得如癡如呆。向太陽發射太空船，而且太空船中還有著人，這是地球人想都不敢想的事情！但土星人卻已在做了。

我立即道：「那你怎麼又來到了地球上的呢？」

方天苦笑道：「在地球上空，我們的太空船，受到了一枚大得出乎意料之外的隕星的撞擊，以致失靈，我和我的同伴，一齊降落下來，而太空船則在太空爆炸。」

我幾乎直跳起來，道：「你的同伴？你是說，還有一個土星人在地球上？」

方天道：「如果他還沒有死的話，我想應該是的。那太陽系太空飛行的導向儀，就是他帶著的，但是我一著陸便和他失去了聯絡，直到最近，我才知道那導向儀落在日本，成爲井上家族祖傳的遺物。」

我吸了一口氣，道：「你們能飛麼？」

方天道：「我們土星人，除了血液顏色和地球人不同之外，其餘完全一樣，當然不能飛，但是當我初降落地球之際，我們身上的飛行衣燃料，還沒有用完，卻可以使我們在空中任意飛翔。」

我「噢」地一聲，道：「我明白了。」

方天道：「你明白了甚麼？」

我苦笑了一下，道：「你那位同伴，帶著那具導向儀，是降落在日本北部一個沿海的漁村中。」

方天道：「我則降落在巴西的一個斷崖平原之上。你怎麼知道他是降落在日本的？」

我道：「我是在猜測。你的夥伴自天而降之際，一定已經受了甚麼傷害，他被幾個漁民發現了，在發現他的漁民之中，有井上兄弟在內。你的同伴大約自知不能和你聯絡了，於是他將那具導向儀交給井上兄弟中的一個人，囑他等候另一個『天外來人』來取。」

方天呆呆地望著我，顯然不知我是何所據而云然的。

我這時也不及向他作詳細的解釋，又繼續道：「他可能還教了他的委託人，一個簡易的致富之法——」

我講到這裏，方天便點了點頭，道：「不錯。」

這時，輪到我詫異了，我道：「你怎麼知道的？」方天笑道：「你們這裏認爲是最珍貴的金屬黃金，是可以和用曬鹽差不多的方法，從海水中直接取得的，只要用一種你們所不知的化合物作爲觸媒劑的話。」

我連忙搖手道：「你別向我說出那觸媒劑的化學成份來。」方天道：「在我臨走之前，我會寄給你一封信，將這個化學合成物的方式寫給你，你將可以成爲地球上擁有黃金最多的人。」

我搖著頭，續道：「但是其餘的幾個人，卻十分迷信，他們大約平常的生活很苦，便懇求你的伙伴將他們帶到天上去，當然你的伙伴沒有答應，但是我卻深信他自己則飛向天上去了。」

方天的神色，十分黯然，道：「正是如此，他一定自知活不長了，便利用飛行衣中的燃料，重又飛到太空中去了，他死在太空，屍體永遠繞著地球的軌跡而旋轉，也不會腐爛。可憐的別勒阿茲金，他一定希望我有朝一日，回到土星去的時候，將他的屍體，帶回土星去的！我一定要做到這一點。」

我沈聲續道：「你的伙伴，我相信他的名字是別勒阿茲金？」

方天點了點頭，道：「是。」

我又道：「那幾個漁民，目擊他飛向天空，和自天而來，他們深信他是從月亮來的，於是他們便創立了月神會。發展到如今，月神會已擁有數十萬會員，成爲日本最大的邪教了。」

方天呆呆地望著我。

我苦笑了一下，道：「不久之前，月神會還以爲我是你，是他們創立人所曾見到的自天而降的人的同伴，所以將我捉去了，要我在他們信徒的大集會中，表演一次飛行！」

方天的面色，不禁一變，道：「他們……如果真的找到了我，那……怎麼辦？我早已將那件飛行衣丟棄了，怎麼還能飛？」

我想了片刻，道：「你若是接受我的勸告的話，還是快些回到你工作的地方去吧。」

方天道：「我也早有這個打算了，只要尋出了那具導向儀，我立即就走。」

我道：「如果你真正的身份，可以讓更多一些人知道的話，那麼你可以更順利些。」方天雙手連搖，道：「不，不，只有你一個人可以知道，絕不能有第二個了。」

我聳了聳肩，道：「那你準備用甚麼方法，割開那隻硬金屬箱子呢？」

方天嘆了一口氣，道：「我就是因爲想不出來，所以才耽擱了下來。」

我緊皺著雙眉，想了片刻道：「我倒有一個辦法了。可以仍然委託那家焊接硬金屬箱的工廠，將之切割開來。箱子中的導向儀你拿去，那隻箱子，照樣焊接起來，我還有用。」

方天道：「行麼？」

我拍了拍他的肩頭，道：「你盡可放心，將這件事交給我來辦。」方天道：「那隻箱子在梅希達處，我立時去提出來。」

我道：「好，事不宜遲了。」

方天站了起來，我們兩人，一齊向公園外走去。我一面走，一面仔細地望著方天，從外形來看，除了面色帶青之外，他實在和我們地球上的人，絕無分別。

我又好奇地問道：「土星上還有國家麼？」方天道：「自然有的，一共有七個國家，而且情形比地球上還要複雜，七個國家之間，都存在著敵對的態度，誰都想消滅誰。但也正因爲如此，反倒一直沒有戰爭。」

方天道：「因爲哪兩個國家一發生戰爭，其餘五國，一定聯手來瓜分這兩個國家了！沒有戰爭，所以我們的科學家，才遠遠地走在你們的前頭。」

我嘆了一口氣，道：「你在地球上，是不是看到太多的戰爭了？」

方天點頭道：「自然，因爲我的外形像中國人，所以我一直停留在中國。也因爲我未曾見過戰爭，我總是盡可能地接近戰場，我見過的戰爭，實在太多了。」

這時，我們已走出了公園，我聽得方天如此說法，忍不住停了下來，聲音也幾乎在發顫，道：「你可知道，你所見過的那些……戰爭，大都已是記載在歷史教科書中的了？」

方天道：「自然知道，如果一個研究近代中國戰爭史的人和我詳談，我相信他一定會發現他所研究的全是一些虛假的記載。」

我對他的話，感到了極大的興趣，道：「你能舉個例麼？」

方天笑道：「你們的歷史學家，對於太平天國名將，翼王石達開的下落，便語焉不詳，但石達開臨死之際，卻是握著我的手，講出了他最後的遺言的。」

我心中在叫道：「瘋子，你這癲人。」然而我卻不得不問道：「石達開，他……向你說了甚麼？」方天道：「他說，那是一場夢，夢做完，就醒了，他說，許多人都做了一場夢。他又說，他是怎樣進入那一場夢的都不知道，一切都太不可測了……我相信他這樣說，另有用意，可是我卻並沒有深究，一場夢，這種形容詞，不是很特別麼？」

我吞了一口口水道：「那是在甚麼地方？」

方天道：「在四川油江口的一座廟中。」

我呆了半晌，道：「你能將你在地球上那麼多年的所見所聞，全都講給我聽聽麼？」

方天道：「要講只怕沒有時間了，我一直記載著地球所發生的事，準備回去時，向我的星球上的人民發表的，我可以留給你一本副本。但是我用的卻是我們的文字——那是一種很簡易易懂的文字，我相信你在極短的時間中，就可以看懂的。」

我連忙道：「好，我十分謝謝你。」

方天道：「在我離開地球之前，我一定連同我們文字的構成，學習的方法，一齊寄給你，還有海水化黃金的那種觸媒劑的化學合成法，我也一齊給你，作爲我一個小小的禮物。」

我笑了笑，道：「那倒不必了，一個人黃金太多了，結果黃金便成了他的棺材和墳墓，這是屢見不鮮的事情了。」

方天沒有再表示甚麼，又繼續向前走去，過了一會，才道：「你真的不講給人聽？」我道：「自然是，你大可不必耽心。」

方天嘆了一口氣，道：「我耽心了二十年了！」

我糾正他，道：「在這裏，你該說一百八十年了——」我望著他，道：「你可知道，木村信工程師曾向我說及他的理論，想不到他是正確的，他說你雖然在地球上，但仍以土星的時間而生活著。」

方天面色一變，道：「這……這是甚麼意思，他……他也知道我麼？」

我忙解釋道：「不是，他只不過是解釋這一種時間的觀念而已。」

方天皺起了眉頭，道：「這是甚麼樣的一個人？」

我道：「就是我們去要他剖開那金屬箱子的人。」

方天道：「不，不要他幫忙，我生命所繫的太陽系導向儀不能給他看到。要知道那儀器許多部份，都不是地球上所能製造的。」

我笑道：「你根本沒有法子懷疑木村信的，因爲井上次雄就是將這具導向儀交給他，而放入那硬金屬箱子中的。」

方天聽了我的話，突然一呆。

我本來是和他一起，在急步向前走去的，他突然一停，我便向前多衝出了兩步。等我轉過身來之際，方天仍然站著不動，雙眉緊鎖，不知在想些甚麼。

我走到了他的身邊，道：「你怎麼了？你怎麼了？」

可是方天卻並不回答我，而他的面色，則在漸漸發青，我感到事情有甚麼不對頭的地方，伸手在他的肩頭上拍了拍。

可是，他卻不等我開口，便一反手，將我的手緊緊的抓住。他抓得我如此之緊，像是一個在大海波濤翻滾中，將要溺死的人抓住了救生圈一樣，我連忙道：「甚麼事？」

他講了一句我聽不懂的話。

我跺著腳道：「喂，你別講土星話好麼？」

方天喘著氣，道：「木村信在哪裏？快，我們快去見他。」我道：「他的工廠是開夜工的，我們現在去，就可以見到他的。」

方天鬆開了我的手，急得團團亂轉，道：「快！快！可有甚麼法子麼？」

我心知他突然之際，焦急成這副模樣，一定是有道理的，我問他道：「究竟是爲了甚麼？」方天卻又重覆地講了兩遍我聽不懂的那句話。

我氣起來，幾乎想打他兩巴掌，但他卻急得面色發青得近乎藍色了。

我搖了搖頭，道：「你要快些到他的工廠去麼？」方天連忙道：「是！是！」

老實說，如果我不是聽到有一陣摩托車聲，向我們所在的方向駛來的話，我也想不到有甚麼主意，可以立即趕到木村信的工廠去的。

那一陣摩托車聲，一聽便知道是一輛品質低劣的摩托車，而在開足了馬力行駛，那一定是一個阿飛在騎著車子。

各地的阿飛都是差不多的，他們不學無術，自然不會有錢買好車子，於是就只好騎著劣等車子，放屁似地招搖過市，還自以爲榮。

我閃身站在馬路中心，這條公園旁邊的路，十分僻靜，並沒有行人，我才一站在路中，摩托車車頭的燈光，便已向前射了過來。方天吃驚地叫道：「你想作甚麼？」我也叫道：「用這輛車子到木村信的工廠去！」

我才講了一句話，那輛摩托車已疾衝到了我面前的不遠處，顯然絕無停車之意。

我的估計沒有錯，車上是一個奇裝異服的阿飛，但在尾座上還有一個，一共是兩個。我在車子向我疾衝而來之際，向旁一閃。

接著，那輛摩托車便已在我的身旁擦過，我雙臂一振，一齊向前抓出，已將那兩個阿飛抓了起來，那輛車子還在向前衝去，我急叫道：「快扶住車子！」

方天向前奔去，將車子扶住，我雙手一併，向那個阿飛的頭「砰」地碰在一起，他們連罵人的話都未曾出口，便被我撞昏了過去。

我將他們拋到了路邊，方天已坐在車上，道：「快，坐在我的後面。」

我忙道：「由我來駕車。」方天道：「不，我來。」我一把按住了他的肩頭道：「不，你的情緒不正常，在路上會出事的！」

方天急道：「要快，要快，你不知道事情糟到了甚麼地步。」

我一面跨上車子，一面又問道：「究竟是甚麼事？」

方天給了我回答，可是仍然是那句聽不懂的話，七八個莫名其妙的字音，實不能使我瞭解發生的事。方天坐到了我的後面，又道：「一時間也說不清，你快去吧。」

我腳一縮，車子如箭也似向前飛了開去。我盡我所知，揀交通不擁擠的地方駛去，但仍然化了大半個小時，才到了工廠門口。

方天在一路上，急得幾乎發瘋了，我好幾次向他探詢，究竟是在突然之間，他想到了甚麼事情，才這樣發急起來的。

而方天則已近乎語無倫次，我一點也得不到正確的回答，而我則想來想去，不得要領，因爲木村信實在是沒有可以懷疑的地方。

好不容易車子到了工廠面前，方天躍下車來，拉著我的手就向廠中跑，工廠傳達室的人曾經見過我一次的，所以並不阻攔我們，倒省去了不少麻煩。我們來到了工廠辦公室大廈的門口，方天才喘了一口氣，道：「衛斯理，小心些。」

我仍是不明白他所指何事，道：「小心甚麼？木村信不是一個危險人物啊？」

方天的回答，使得我以爲他是在發夢囈，他道：「木村信本人當然不是危險人物，他早已死了，如今極其危險的是他腦中思想！」

這是甚麼話？方天的神經一定大不正常了。

我還想進一步地向他問一些甚麼，但是他卻又喘起氣來，道：「我又感到了，我又感到了，可怕！可怕！」

我知道方天的腦電波比較地球人的腦電波強烈得多，他可以自己的思想，去影響別人的思想，那當然也可以多少知道一些人家的思想，看他那樣的情形，一定事出有因的。

我向他望了一眼，他也向我望了一眼，喃喃道：「想不到，真想不到！」

他的語音之沮喪，當真使人有世界末日之感，不禁令我毛髮直豎。

我不知道他在忽然之間想到了一些甚麼，但事情的焦點則在木村信的身上，因爲是我提到了木村信對不同天體的不同時間觀念之後，方天才突然發狂來的。

所以我想，只要方天見到了木村信，那麼，他的神經激動的現象，應該可以平復下來了。

我不再向他多說甚麼，只是拉著他的手，向升降機走去，上了升降機，不一會，我們便已在「總工程師室」門口，停了下來。

我向方天看去，只見方天的面色，更是發青。他突然從身上取出兩張十分薄，幾乎看不見有甚麼東西似的網來，交了一張給我，道：「罩在頭上。」

我奇道：「這是甚麼玩意兒？」

方天道：「別管，這是土星人類百年來拼命研究才發明的東西，我想不到地球上也會用到它！」

他一面說，一面自己罩上了那張網，那張網一罩到他的頭上，立即將他的頭的上半部，緊緊地罩住，鼻孔之下，則還露在外面，網本是透明的，一貼緊了皮膚，甚麼也看不出來。我也如法而爲，只覺得那張網箍在我的頭上，緊得出奇。而且那張網，像是通上了電流一樣，使我頭上，有微微發麻的感覺。方天又道：「你盡量不要出聲，由我來應付他。」

第十七部：地球人的大危機

我舉手敲門，木村信的聲音，傳了出來，道：「誰啊？」我道：「我，衛斯理。」

我一面和木村信隔門對答，一面向方天望去，只見方天的面色，像是一個蹩腳偵探，將要衝進賊巢一樣，又緊張，又可笑。

木村通道：「請進來。」

我一旋門柄，推開了門，只見木村信坐在桌旁，正在翻閱文件，我道：「木村先生，我帶了一個朋友來見你。」木村信抬起頭來，道：「是麼——」

他才講了兩個字，我便覺出方天在我背後，突然跨前了一步，並且，粗暴地將我推開。我向他看去，只見他面色藍得像原子筆筆油一樣，望著木村信。

而木村信也呆若木雞地望著他。

他們兩人，以這樣的神態對望著，使我覺得事情大是有異，如果不是兩個事先相識的人，是絕不會第一次見面時，便這樣對望著。

我忍不住道：「你們——」

可是，我只講了兩個字，方天便已經向木村信講了一連串的話來。

那一連串的話，全是我聽不懂的，那時候，我心中真正地駭然了！方天向木村信講土星的語言，那麼，難道他也是土星上來的麼？這的確令人驚異之極。但木村信的臉色，卻並不發藍，和方天又不一樣。

那麼，木村信究竟是甚麼「東西」呢？

我的心中，充滿了疑惑，望了望木村信，又望了望方天。只見方天不斷地大聲責罵著，他在講些甚麼，我一點也聽不懂。

但是我從方天的神態中，可以看出方天正是毫不留情，以十分激烈的言語，在痛罵著木村信。

我不知事實的真相究竟如何，但是我卻怕方天再這樣罵下去，得罪了木村信，事情總是十分不妙。

因此，我踏前一步，想勸勸方天，不要再這樣對待木村信。

然而，我才向前踏出了一步，便看出木村信的情形，大是不對，只見他身子搖搖欲墜，像是要向下倒去，終於坐倒在椅子上，接著，只見他面上陡地變色。

就在剎間，我覺出似乎有甚麼東西在我的額上，連撞了幾下。

那是一種十分玄妙的感覺，事實上我的額角上既不痛，也不癢，可以說是一點感覺也沒有，但是我卻覺得似乎有甚麼東西，想鑽進我的腦子來，那情形和我在北海道，和方天在大雪之中，面對面地僵持著，方天竭力地要以他強烈的腦電波，侵入我的腦中之際，差不許多。

只見方天立即轉過身，向我望來。

而我的那種感覺，也立即消失，方天又轉向窗外，嘆了一口氣，道：「他走了！他走了！我必須先對付他，必須先對付他！」

方天將每一句話都重覆地說上兩遍，可見他的心中，實在是緊張到了極點。

我嘆了一口氣，方天一定是在發神經病了，想不到土星上的高級生物，也會發神經病的。這間房間中，一共只有三個人，他、我、和木村信，如今三個人都在，他卻怪叫「他走了」，走的是誰？

我正想責斥地，可是我一眼向木村信望去，卻不禁吃了一驚，只見木村信臉色發青，看那情形分明已經死去了，我連忙向前走去，一探他的鼻息，果然氣息全無，而且身子也發冷了。

我立即轉過頭來，向方天望去，我心知其中定有我所不知道的古怪在，我的目光十分淩厲，但方天的神色，卻十分沮喪。

只見他攤了攤手，向木村信指了指，道：「他早已死了。」我不禁勃然大怒，厲聲道：「你這魔鬼，你以甚麼方法弄死了他？你有甚麼權利，可以在地球上隨便殺人？」

我一面怒吼，一面向他逼近了過去。

方天連連後退，直到背靠住了牆壁，退無可退之際，才叫道：「他早已死了，他是早已死了的！」

我一伸手，抓住了他胸口的衣服，幾乎將他整個人都提了起來，喝道：「他死了，那麼，剛才和你講話的人是誰？」

方天的面色，藍得可怕，道：「那不是他，是——」他在「是」字之下，是那句我聽了許多遍的話，音語詰屈聱牙，硬要寫成五個字音，乃是「獲殼依毒間」。那究竟是甚麼玩意兒，除了方天之外，怕只有天才曉得了。我又問道：「那是甚麼？」

方天道：「那……不是甚麼。」

我越來越怒，道：「你究竟在搗甚麼鬼？我告訴你，若是你不好好地講了出來，你所犯的罪行，我一定要你補償的！」

方天的面上，頓時如同潑瀉了藍墨水一樣！

他幾乎是在嗚咽著道：「你……不能怪我的，地球上的語音，不能表達『獲殼依毒間』究竟是甚麼？」

我看他的神情，絕不像是在裝瘋作癲，而且，看這情形，他自己也像是受了極大的打擊。

我呆望了他半分鐘，道：「你總得和我詳細的解釋一下。」

他點了點頭，道：「在這裏？」

我向已死了的木村信看上了一眼，也覺得再在這個工廠中耽下去，十分不妥，因爲只要一有人發現了木村信的死亡，我和方天兩人，都脫不了關係。

而眼前發生的事，實在如同夢境一樣，幾乎令人懷疑那不是事實，如果我和方天兩人，落在日本警方手中，謀殺木村信的罪名，是一定難以逃得脫的了。

我退到門旁，拉開門一看，走廊上並沒有人，我向方天招了招手，我們兩人一齊豎起了大衣領子，向升降機走去。

我們剛一到升降機門口，便看到升降機中，走出一個拿著一大疊文件的女職員，向木村信的辦公室走去。那女職員還十分奇怪地向我和方天兩人，望了一眼，那大致是我們兩人是陌生人，而方天的面上，又泛著出奇的藍色的緣故。

我知道事情不妙了，連忙拉著方天，踏進了升降機。升降機向下落去之際，我和方天兩人，都清晰地聽到了那位女士的尖叫之聲。

方天的面色更藍了，我則安慰他，道：「不怕，我們可以及時脫身的。」

方天嘆著氣，並不出聲，要命的升降機，好像特別慢，好不容易到了樓下，爲了避免人起疑，我們又不能快步地跑出，只能盡快地走著，幸而出了工廠的大門，那輛摩托車還在。

我們兩人一齊上了車，我打著了火，車子向外衝了出去，衝過了幾條街，已經聽得警車的「嗚嗚」聲，向工廠方面傳了過去。

我鬆了一口氣，如今，我只能求暫時的脫身了。至於傳達室的工作人員和那女職員，可能認出我們，這件事，我們已沒有耽心的餘地了！

車子一直向前駛著，方天的聲音中仍含有十分恐怖的意味，道：「我們到哪裏去？」

我反問道：「你說呢？」方天喘了一口氣，道：「佐佐木博士，你說佐佐木博士是怎麼死的，他身上有沒有傷痕？」

我道：「有，佐佐木博士是被兇徒殺死的。」

方天「噢」地一聲，道：「那和『獲殼依毒間』無關。」我緊盯著問道：「你那句話，究竟是甚麼意思？」

方天道：「我們能找一個靜一些的地方，仔細地向你談一談麼？」

我想了一想，道：「佐佐木博士死了，他的女兒失蹤了，他家空著，我們上他家去吧。」

方天窒了半晌，才嘆了一口氣，道：「也好。」

我將摩托車轉了一個彎，向佐佐木博士的家中，直駛而去，不到半小時，已經到了他家的門口，我想及上一次來的時候，佐佐木博士因為季子和方天之間的事，求助於我。

然而，事情未及等我插手，便已經急轉直下，佐佐木博士為人所殺，季子失了蹤，我在博士生前，有負他所托，他不幸死了，季子的安全，是我一定要負責偵查的。我在博士的住宅門口，一面跨下車來，一面暗暗地下定了決心。

花園的鐵門鎖著，還有警方的封條，顯然警方曾檢查過的現象。

我探頭向園子內望了一望，一片漆黑，絕不像還有警員在留駐的模樣。

我躍進了圍牆，又將方天拉了進來。

我們並不向正屋走去，而來到了我作「園丁」時所住的那間小石屋。爲了怕引人注目，我弄開了鎖後，和方天兩人走了進去，並不著燈。

石屋內一片漆黑，我摸到了一張椅子，給方天坐，自己則在床沿坐了下來。我鬆了一口氣，道：「你可以詳細說一說。」

可是方天卻並不出聲，我又催了一遍，他仍是不出聲。在黑暗中，我看不出他在作甚麼，但我卻隱隱聽到了他的抽噎聲。

我沈聲道：「我不知道你爲甚麼哭，但是在地球上，不論發生了甚麼事，男子漢大丈夫，是不作興哭的。」方天又沈默了半晌，道：「就是在這裏，季子曾經吻過我。」我呆了一呆，道：「你不必難過，我相信擄走季子的人，一定是懷有某一種目的，他們一定不會怎樣難爲季子的。」

事實上，擄走季子的人，是不是會難爲季子，連我也沒有把握。但是在如今這樣的情形下，我卻不能不這樣勸方天。

方天嘆了一口氣，道：「衛斯理，地球人的心目中，來自其他星球的人，一定是科學怪人，神通廣大，法力無邊，但事實上，我卻比你們軟弱得多。」

我忙道：「你不必再說這些了，且說說那句話，究竟是甚麼意思？」

我和方天，是以純正的中國國語交談的，正當我講完那句話之際，忽然，在屋角，最黑暗的地方，傳來了一個生硬的國語口音，道：「你那麼多日不見我，又是甚麼意思？」

我一聽那句話，便知道是納爾遜先生所發出來的，因此並不吃驚。

可是方天一聽得屋中發出了第三者的聲音，卻疾跳了起來，向外便逃，我疾欠身，伸手將他拉住，道：「別走，自己人。」

我的話才說完，「拍」的一聲，電燈已著了。

納爾遜先生正笑嘻嘻地站在我的面前，我一面拉著方天，不讓他掙扎著逃走，一面道：「你出了醫院之後，到哪裏去了？」

納爾遜伸了伸雙臂，道：「活動，我一直在活動著！這位先生，大約便是著名的太空科學家海文・方先生了。」

方天十分勉強地點了點頭，卻望著我，我腦中感到了他在向我不斷地發問，那是誰？那是誰？

我並沒有開口，但是卻想著回答他：「那是我最好的朋友，國際警察的高級幹員，雖然如此，我也絕不會向他透露你的秘密的。」

方天的臉色，突然緩和了下來。

天曉得，我絕未開口，但方天卻顯然已經知道我的思想了，由此可見，土星人不但有著比地球人強烈許多倍的腦電波，而且還能截取地球人的腦電波，不必交談，就可以明白地球人的思想！

我向納爾遜先生笑了笑，道：「你自然是在活動，但你的成績是甚麼？」

納爾遜先生笑道：「你這樣問我，那麼，你幾天來一定是大有收穫了？」我道：「不錯，抱歉得很，有許多事，我不能向你說。」

納爾遜先生攤了攤手，作出了一個十分遺憾的姿態來，道：「我的卻可以毫無保留地向你說，我已經知道在我們手中搶走箱子的是甚麼人了。」

我道：「我也知道了。」我一面說，一面心中對納爾遜先生十分佩服。

他是用甚麼方法知道的，我不知道。但是「七君子黨」行事何等縝密，他能夠在那座短的時間中偵知，自然是了不起的本領。他向我笑了一笑，道：「七。」我接上去道：「君子。」

納爾遜的大手在我肩上拍了一拍，道：「搶回去的東西，也取回來了。」

我幾乎不能相信，只是以懷疑的目光望著地。方天也已經聽我說起那隻硬金屬箱子曾到過我和納爾遜先生手中一事。他連忙焦急地問：「在哪裏？在哪裏？」

納爾遜先生道：「保管得很好，大約再也沒有甚麼人可以搶去的。」

方天欲言又止，面上的神情，十分惶急。我試探著納爾遜先生的口氣，道：「那你準備怎樣處理這隻箱子呢？」

納爾遜先生的態度，忽然變得十分嚴峻，道：「這是國際警方的東西，你爲甚麼要過問？」我一聽得納爾遜先生的語氣，嚴厲到這種地步，心中不禁一呆。但是我立即就知道他的意思了。

我回過頭去，向納爾遜先生作了一個鬼臉，又轉頭向方天，向他攤了攤手，表示無可奈何。

我是猜到了納爾遜的心意，他不滿意方天有事在瞞著他，所以才特意這樣激他一激的。我也感到，如果不讓納爾遜先生知道所有事情的真相的話，對於以後事情的進行，一定會有許多阻難。

所以，我也向方天施加「壓力」。

方天抹著額上的汗，道：「這……這是非要不可的……應該給回我的。」

納爾遜先生的語音，更其嚴厲，道：「方先生，你和國際警方的敵人，七君子黨合作，我們看在你科學的成就份上，可以不加追問，但是你想硬要國際警方的東西，那就——」

他講到這裏，並沒有再講下去，表示一點商量的餘地也沒有。

方天更加焦急了，他求助地望著我，我嘆了一口氣，道：「方天，我老實和你說，納爾遜是我的最好的朋友，如果你想向他保持秘密的話，那是最吃虧的事情，你看，你要的東西，就取不到了。」

方天哀求道：「你不能設法麼？」

我道：「如果是在七君子黨的手中，我自然可以取得回來的。但是在國際警方的手中，你說叫我用甚麼方法取回來？」

方天急得團團亂轉，道：「你的意思是——」

我斬釘截鐵地道：「將甚麼都講給他聽。」

方天失聲道：「不能！」

我道：「我曾經答應過幫助你，但是你不肯聽我的話，我有甚麼法子？」

方天呆了一呆，突然「哈哈」大笑起來。他在這種時候發出了大笑，當然是十分反常的，但是他為甚麼笑，我卻莫名其妙。

我和納爾遜先生互望了一眼，我暗示他不要出聲，由我來向方天繼續施加壓力，我想了一想，道：「方天，這是唯一的辦法了。」

方天停住了笑聲，道：「不！不！你覺得他是絕對可靠的人，將秘密講給他聽，是不要緊的，他又會覺得另外有人是可靠的，這樣下去，我的秘密，又何成其為秘密呢？」

方天的話，不能說沒有道理，我一時之間也想不出話去回答他。

方天又笑了起來，一面笑，一面道：「你們和我為難，絕沒有好處。」

我聽出方天的話中有因，忙追問道：「為甚麼？」

方天向納爾遜先生一指，道：「剛才若不是這個人出現，我已經向你說明了，地球上的人類已經面臨了一個空前的危機，你們不知道，除了我一個人之外，沒有人知道這個危機，更沒有人知道如何應付這個危機的方法！」

我心中迅速地想著。方天剛才在說的，一定是那句古怪的話所代表的事了。那究竟是甚麼事呢？方天是在虛言恫嚇麼？看來並不像。我一時之間，更是無話可說。

方天續道：「我會遇到甚麼損失，你是知道的，就算我一輩子回不了家，也沒有甚麼大不了，但是你們，哈哈，木村信將成為你們的榜樣！」

他提到了木村信，那更使我吃了一驚。

木村信死得那樣離奇，方天對木村信的態度，又是那樣地奇幻。這一切，全都不能不使我心驚，不能不使我相信方天必有所指！

我向前走出了一步，拍了拍方天的肩頭，道：「你放心，我為你設法。」

方天道：「如果你幫我的話，我也幫你，幫你們。」我點了點頭，回過頭來，道：「納爾遜先生，你是不是能一切都相信我？」

我本來是和納爾遜先生合作向方天施加「壓力」的，但忽然之間，我卻改變了態度，納爾遜先生是何等機靈的人。他立即知道一定事出有因，他向我眨了眨眼睛。那顯然是在問我：有這個必要麼？

我點了點頭，點得很沈重，以表示我的意見的堅決。納爾遜先生道：「我要怎樣信你呢？」

我道：「你一切都不要過問，而我要你做的事，你都要答應。」

納爾遜先生嘆了一口氣，道：「這是一個很苛刻的要求，你爲甚麼這樣呢？我們不是已經合作了很多年了麼？」

我也苦笑了一下，道：「我不得不如此，因爲我已經先你而答應了一個最需要幫助的人了。」

納爾遜先生踱來踱去，並不出聲。

方天站在一旁，焦急地搓著手，納爾遜先生考慮了大約十分鐘之久，才抬起頭來，道：「好！」

他這一個「好」字出口，不但方天舒了一口氣，連我也大大地舒了一口氣。

納爾遜先生的態度，立即又活躍了起來，道：「那麼，你先要我做甚麼呢？」

我道：「很簡單，將那隻硬金屬箱子交給我們，箱中的東西方天要，箱子照原樣焊接起來，我要向某國大使館作交代。」

納爾遜先生說：「可以的，你們跟我來。」

他一面說，一面向外跨了出去。我和方天，跟在他的後面，方天向我點了點頭，他面上的神色，向我表示了極度的信任和感激。

我們出了那小屋子，納爾遜先生打了一個呼哨，黑暗之中，立時有七八個人竄了出來。

我心中不禁暗叫慚愧，這七八個人，自然是早已埋伏了的。而我剛才，和方天兩人進來的時候，還以爲一個人也沒有哩！

我們跟著納爾遜先生，來到了門口，一輛汽車早已駛了過來。我在踏上汽車之際，道：「你對佐佐木博士之死，和他女兒的失蹤，可有發現麼？」

納爾遜先生的濃眉，突然一皺道：「有一點。」

我連忙道：「是哪一方面下手的？」

納爾遜先生四面一看，道：「上了車再說。」

納爾遜先生絕不是大驚小怪的人，他這樣子緊張，自然必有原因。我不再出聲，上了車之後，納爾遜先生才道：「我疑心是月神會所幹的事。」

我連忙道：「我也疑心是。」

納爾遜先生連忙轉過頭來，道：「爲甚麼你也會以爲是？」我將我在室外遇伏，被弄到月神會的總部，又冒險逃了出來的經過，向納爾遜說了一遍。

納爾遜先生嘆了一口氣，道：「如果我們要和月神會作對的話，衛斯理，那我們的力量，實在是太單薄了。」我道：「日本警方呢？」

納爾遜嘆了一口氣，道：「月神會對日本警方的控制，比日本政府更來得有效！」

這是我早已料到的事，月神會能夠這樣橫行無忌，這難道是偶然的事麼？我向方天望了一眼，道：「但是季子必須要救出來。」納爾遜先生道：「自然！自然！」

他一面說，一面陷入了沈思之中。

車子在寂靜的馬路上駛著，不一會，便在一所普通的平房面前，停了下來。

納爾遜先生向那座房子一指，道：「這是國際警方的另一個站，房子下面有著完善的地窖設備，負責人十分忠貞，絕不會再給七君子收買的。」說著，我們走了進去，納爾遜帶著我直走向地窖，才一進去，我和他都呆住了，地窖裏至少有六個人，但全是死人，全是納爾遜的部下！這是誰幹的？七君子黨？

納爾遜當時首先想到七君子黨，因爲他從七君子黨那裏，奪回了那隻箱子。但是，他聽我一說之後，立即想到自己直覺的想法，並不正確。

他呆了一呆，道：「不對，我和梅希達是在和平的情形下分手的，他還答應將這件事移給我辦，而他則離開日本的。」

我點了點頭，道：「我和梅希達不熟，但是我想，他既答應離開日本，這事就絕不會是他做的了。」納爾遜自言自語道：「那是誰呢？」

方天直到此際，才插言道：「那……硬金屬箱子呢？還在麼？」

納爾遜先生向那扇門一指，道：「人也死光了，箱子那還會在？」方天雙手捧住了頭，頹然地在一張已打側的沙發了坐了下來。

我拍了拍納爾遜先生的肩頭，道：「老友，別喪氣，我們來找尋線索，我相信這樣大規模的行動，絕不是一般普通人所能做得出的。」

納爾遜先生來回走了幾步，道：「當然，死人被拖到地窖，他們自己受傷的人，則運走了，我看不會有甚麼線索留下來，但是我們可以想得到，這是甚麼人幹的事情！」

我抬起頭來，道：「你的意思是說某國大使館？」

納爾遜先生搖了搖頭，突然，他的眼光停在一堆碎玻璃之中的一隻打火機上。在那瞬間，我也看到了那隻打火機。

打火機上，有著月神會的會徽！

納爾遜先生苦笑了一下，道：「我猜中了！」

本來，我心中也已猜到，極可能那是月神會惡棍的罪行，如今，自然更無疑問了！我的聲音十分低沈，道：「月神會。」

納爾遜的聲音也一樣低沈，他重複著那三個字，道：「月神會！」

我們兩人，也和方天一樣，頹然地在翻倒了的椅子上坐下來。如果是七君子黨，那事情還簡單得多，因爲七君子黨的七個領袖，雖然機智絕倫，而且黨羽也多，但是，和月神會之擁有數十萬信徒來，總是如小巫之見大巫了。

而且，月神會在日本的勢力，不止是在下層，而且是在上層，月神會像是一個千手百爪的魔鬼，要和這個魔鬼作對，日本警方，是無能爲力的！

我們三個人，呆呆地坐了半晌，方天首先開口，他茫然地道：「月神會，他們搶了那隻硬金屬箱子去，有甚麼用處？」

我苦笑了一下，道：「或者他知道箱子中所放的是井上家族祖傳的『天外來物』，所以才動手搶去的。」納爾遜霍地站了起來，道：「月神會的存在，日本人能安之若素，我們也無權干涉，但是這隻箱子，卻非要設法搶回來不可。」

我點了點頭，道：「而且要在六天之內，不然，我便沒有法子向某國大使交代了。」

納爾遜來回踱了幾步，道：「我們是分頭進行，還是一起進行？」

我向方天望去，只見方天的面上，有著一種十分異特的神色。我當然知道，和納爾遜在一起，事情進行起來，要方便得多。

但是如果和納爾遜在一起，勢必要和方天分手了，因爲方天不准我向任何人講出他的秘密，而他和我們在一起的話，我只怕總要露出馬腳來。而且，這時我看方天的神色，他對於追回那隻箱子，像是已有了把握一樣，所以道：「我們還是分頭進行的好。」

納爾遜先生望了我一眼，道：「你和方先生一起麼？」我點頭道：「是。」納爾遜先生大踏步向外走去，道：「祝你先成功。」

我覺出他有點不很高興，但這也是沒有辦法的事情。納爾遜先生才一走出去，方天便一躍而起，道：「衛斯理，我們快走！」

我愕然道：「上哪兒去？」

方天道：「去找那箱子。」我立即道：「你知道那箱子在甚麼地方麼？」

方天道：「詳細的情形我不知道，但是我卻有一個模糊的概念。」我嘆了一口氣，道：「事情絕不簡單，你不要對我玄之又玄可好？」方天急道：「我不是玄之又玄，如今我所想到的，我所知道的那種感覺，你們地球人是根本沒有的，你叫我怎麼說？」

我知道方天所說的是實情，因為他是從土星上來的。從外表看來，他和我們——地球上的人，似乎一點分別也沒有，但實際上，卻是截然不同的兩種生物。他——土星人因為腦電波特別強烈的緣故，是可以對許多事情，有著強烈的預知能力的。

我略想了一想，道：「好，那你說，那箱子在甚麼地方？」方天道：「在我的感覺中，那箱子像是在這裏的附近。」

我呆了一呆，反問道：「就在這兒的附近？」方天道：「是的。」他一面說，一面便向門外，奔了出去，我跟在他的後面，出了門，外面又靜又黑，納爾遜已不知去了何處。

而發生在那屋子中的打鬥，雙方所使用的，無疑都是裝了滅音器的手槍，是以四鄰沒有被吵醒，每一所房子都是黑沈沈的。

我們出了門口，方天站著不動，我只見他向四面望著，好一會不出聲。我等得不耐煩了，問道：「究竟是在哪裏？」

方天給我一問，他面上的神情，立即比我更焦急，道：「我只知道就在附近，但是在甚麼地方，我卻不知道。」我道：「近到甚麼程度，可有一個範圍麼？」

方天團團地轉了一轉，道：「大約在三萬平方公尺之內。」我聽了之後，不禁苦笑了一下。

三萬平方公尺並不是很大的一個區域。如果是在空地上，那要找這隻箱子，實是容易之極。但是這樣乃是人口密集的住宅區，在那範圍之內，有多少房子？

我並無意打擊方天，但是我卻不得不道：「方天，你雖然是外星怪人，但是卻一點用處也沒有！」

方天面上，泛起了藍色，道：「不錯，我反倒不如你！」我吸了一口氣道：「但是你知道那箱子還在附近，我們卻可以通知納爾遜先生，他或者有辦法的。你在這裏等著我，我去打電話。」

我一面說，一面便向不遠處一個可以看到的公用電話亭走去。

我還沒有走到電話亭，便聽到有汽車聲傳了過來。我立即停步，只見一輛黑色的轎車，在我的身邊，疾駛而過，我向那車子望了一眼，只見車子的窗上，全都裝著布簾。

我一看到車窗上裝著布簾，已經感到事情有異，而就在我一瞥之間，車子突然向行人道上，衝了上去，我大叫一聲，道：「方天，小心！」因爲那輛發了瘋也似的車子，正是向方天衝去的。

方天的身子，猛地向旁一躍，那輛車子的司機，一定是具有第一流駕駛技術的司機，方天才向旁一躍，車頭也跟著一轉，接著，便是一下難聽之極的煞車聲，車頭將方天頂在牆壁上，而車中立即有三個人，疾竄了出來。

綁架！是白癡也可以知道那是綁架！

我向前疾衝了過去，但是我只衝了幾步，「撲」地一聲，車子中已有了子彈，向我飛射而至，我連忙伏了下來，只聽得方天絕望地叫道：「衛斯理！」

我一伏下之後，再躍向前，但是迎面而來的子彈，便我不得不躲到一個郵筒的後面。

而自車中躍出來的人，動作極其迅速，我剛躲到了郵筒後面，便聽到了車門的關閉之聲，和那車子疾衝向前的聲音。

我不顧一切地躍了出來，當著我的面，方天竟被人綁架而去，這實在太以難堪，我飛撲向前，在地上一個打滾，子彈在我的身後，將柏油馬路開出了一個一個的洞。

我自然是追不上汽車的，但是我卻有法子使汽車不能再前進，至少也要使它慢下來。我一面在地上滾著，一面向汽車的輪胎，射出了兩枚尖釘。

只聽得「嗤嗤」之聲不絕，車身顛簸了起來，至少已有兩隻輪胎漏氣了。

第十八部：直闖虎穴

我再度躍起，只見車子停了下來，兩條大漢，疾向我衝了過來。

那兩人一面向我衝來，一面手中的手槍，向我發之不已。有一顆子彈，在我的腰際擦過，使我的腰部，感到一陣灼痛。

我全憑著不斷的閃動，使那兩名大漢，失去射擊的目標，所以才能保住性命。我躲進了空屋，那兩名大漢，竟然追了進來。

再要去追那輛將方天架走的汽車，是沒有希望的了。如今，我自然只有先對付那兩個大漢再說。那兩個大漢是甚麼來歷，我已經可猜出一大半，他們一定是月神會的人馬。

我一直向空屋子退去，退到了那扇通向地窖的壁櫥門旁。

室中的電燈早已熄了，十分黑暗，我躲在門旁，準備那兩個大漢再進來的時候，我便躲到地窖中去。地窖中有許多死人，我只要躺在地上，他們便分辨不出死人或活人，非下來查看不可，那我就有機可乘了。

我屏氣靜息地等著，只聽得那兩個大漢的腳步聲，越來越近。

突然間，兩人停了下來，一個道：「別追了，我們快回去吧。」另一個道：「那怎麼行？

長老吩咐過，這種事是不准外洩的，怎可以留活口？」

那另一個大漢，講出了「長老吩咐過」這樣的話來，那更使我肯定，這是月神會的歹徒了。月神會竟然如此之倡狂！

只聽得一個又道：「那我們分頭去找一找。」

另一個道：「小心些，那人身手十分矯捷，可能就是上次弄錯了，被他在總部逃走的那個中國人衛斯理。」那一個像是吃了一驚，道：「大郎，如果是他，我們還是快些走吧。」

另一個卻「哼」地一聲，道：「若是殺了衛斯理，那我們都可以晉級了！」那一個無可奈何地答應了一聲，腳步聲又響了起來。聽了這兩人的對答，那已經略略明白我離開月神會總部之後，月神會總部之中，所發生的事情了。月神會一定已經知道他們弄錯了人，我並不是他們心目中的「會飛」的「天外來人」。

而且，我的身份，他們一定也已查明了。而他們終於找到了方天，並將他綁走了。照這樣的情形看來，方天的安危，倒是不值得怎樣擔心的，因爲月神會要他在信徒的大集會上「飛行」，自然不會害他的性命的。

我感到事情對我，雖是仍然十分不利，但事情總算已漸漸明朗化了。我已弄明白了方天的來歷，而一度曾與我們作對的七君子黨，也已經退出了鬥爭。

如今，我們競爭的對手，只是月神會了。

和月神會鬥爭，當然不是簡單的事，但比起和自己作對的是甚麼人，都不知道來，那卻好得多了。

我想到了這裏，忽然又想起木村信來，我的心中，又不禁罩上了一層陰影。

因爲，無論如何，木村信之死，是和月神會沒有關係的。照方天的說法，那是甚麼「獲殼依毒間」。然而那五個字是甚麼意思，我卻不知道，方天是準備向我解說的，但他卻沒有機會。

我一想到了這件事，隱隱感到，那似乎比月神會更其難以對付。但那既然還不可知，我也犯不上多費腦筋了。

我一面想著，一面留意著那兩個大漢的動靜。

只聽得兩個大漢中，有一個已經漸漸地接近了我藏身的房間，終於，「砰」地一聲，他踢開了門。我就在他的面前，不到三步，但只因爲房間中十分黑暗，所以他未曾看到我。

但是我卻可以看到他了，我看到他一步一步地向前跨了過來。

當他跨出了三步之後，他也似乎知道了面前有人，猛地停住，揚起手中的槍來，但在這時候，我早已像一頭豹子一樣，了無聲息地撲了上去，緊緊地握住了他的喉嚨，他手中的槍，落在地上，十指拚命想拉開我的手，眼睛睜得滾圓地望著我。

我知道，月神會的勢力，能如此之大，這些爲虎作倀的打手，要負一半責任，因此我下手絕不留情，十隻手指，拚命收攏，直到他喉間的軟骨，發出了「咯」地一聲，被我抓斷，他頭也向後垂去爲止。

我將他的屍體，放了下來，一伸手，拾起了手槍，一腳將那人的屍體，踢下地窖去，發出了「砰」地一聲。只聽得立即有人問道：「大郎，甚麼事？」

我才知道剛死在我手中的人，就是想殺我立功的大郎。我啞著聲音，含糊地叫了一句：「快來。」一陣急驟的腳步聲傳了過來，我站在門口，一條大漢撲進門來，我膝頭向上一抬，正頂在他的尾尻骨上，那一頂，使那人整個身子，向上反彎了起來，我一伸手臂，便已勾住了他的頭頸，以槍口對準了他兩眼的中心，道：「你想去見大郎麼？」

那人舌頭打結，道：「不……不……不……」

他一連講了三個「不」字，身子發顫，幾乎倒下地來。我一把搶了他手中，即將跌落地上的手槍，將他鬆了開來，道：「坐下！」

那人是跌倒在地上的，我冷笑道：「你可知道我是甚麼人？」

那人道：「你……你是衛斯理？」

我道：「不錯，我就是衛斯理。」那人身子一抖，突然間，長長地吁了一口氣，閉上了眼睛。我厲聲道：「作甚麼？你以爲我會殺你麼？」

那人又睜開眼，露出不可相信的神色來，道：「你……你……可以不殺我麼？」

我拋了拋手中的手槍，道：「你們準備將方天綁架到甚麼地方去？」那人道：「海邊……的總部。」我道：「就是我到過的地方麼？」

那人道：「是。」我又問道：「你們在這裏搶去的那個硬金屬箱子呢？」那人忽然閉住了咀。我冷笑道：「你一定不想接受我的寬恕了。」

那人嘆了一口氣，道：「就在剛才那輛汽車的後面行李箱中，如今，也要到海邊的總部去了。」

我明白了何以方天的腦電波，既然可以探測到那金屬箱就在附近，但是卻又沒有法子說出確定的地點來的原因。車子是在動的，當然他沒有辦法確定。我向那人提出了最後一個問題道：「佐佐木季子呢？」那人搖搖頭道：「我不知道。」我「哼」地一聲，那人連忙道：「我只是一名打手，會中機密的事情，我是不知道的。」

我望著那人，心中暗忖，那人既然向我說了實話，我是應該放了他的。但是，我一放了他，月神會總部，立即便可以知道他們的機密已經外洩。如果他們只是加倍防守總部的話，事情還好辦，而如果他們改變藏匿那硬金屬箱子和方天的地方，那可麻煩了。我是不是應該將他殺掉呢？

我心中十分猶豫，那人也像是待決的死囚一樣，面色灰白地望著我，好一會，他先開口，道：「我……決不將和你在一起的事說出去。」

我道：「我怎樣可以相信你呢？」

那人道：「你是可以相信我，因爲我洩露了會中的機密，是要被活活燒死的。」

我聽了之後，打了一個寒噤，將他手槍中的子彈，褪了出來，槍丟還給他。而另一柄手槍，我則留了下來。本來，我身上是絕對不帶現代武器的。但如今情形，實在太兇險了，我感到若是我再不帶槍的話，簡直隨時都有喪生的可能！

我沈聲道：「你先走。」

那人如獲大赦，急忙一躍而起，向外奔去，我聽得他的腳步聲，已出了屋子，便由屋後翻窗而出，屋後是一條小巷。

我穿了那條小巷，奔到了最近的一個警崗中，兩個值班的警員，以奇怪的眼光望著我，我告訴他們，我是國際警察部隊的人員，要借用警崗的電話。納爾遜給我的那份證件，發生了極大的作用，那兩個警員，立即應我所謂。

我撥了納爾遜先生和我分手時給我的那個電話號碼，我不知道那是甚麼地方，只知道這個號碼，可以找到納爾遜。

電話鈴響了並沒有多久，納爾遜先生的話，已經傳了過來，道：「喂？」

我立即道：「老友，你不必再調兵遣將，我已經有了頭緒。」

納爾遜先生的聲音，顯得極其興奮，道：「是麼？」我道：「你在甚麼地方？你趕快通知準備一艘快艇，一輛高速的汽車，和兩個能攜帶的最強有力的武器，我來和你會面。」

納爾遜先生道：「是月神會麼？」

我道：「是，連方天也給他們綁去了，詳細情形，我和你見了面之後再說。」納爾遜先生略一沈吟，道：「好，我在警察第七宿舍門口等你，你到時，一切將都準備妥當了。」

我掛上了電話，不用費甚麼唇舌，便借到了警員的摩托車，向前疾馳而去，八分鐘後，我趕到了目的地，納爾遜已站在一輛看來十分舊的汽車之前搓手。

那輛汽車，看外表簡直已是廢物，但是有經驗的人，只要一看它的形狀，便可以知道那是經過專家裝配的快車。

我並不說甚麼，打開車門，上了駕駛位，納爾遜先生也上了車子，道：「不用多帶人麼？」

我苦笑道：「人再多，也多不過月神會，反倒是少些的好。」納爾遜先生道：「你準備如何行事？」

我道：「一輛車子，綁走了方天，那硬金屬箱子，也就在車尾——」

在我講這面句話的時候，我們的車子，早已如箭也似，向前射去。我續道：「我現在希望，可以追上那輛車子，便可以省事不少了。」

納爾遜問道：「追不到車子呢？」我道：「追不到車子，我們便只有從海面上，到月神會的總部去了。」納爾遜先生默言不語，我又將方天被綁的經過，講了一遍。納爾遜先生從車座的墊子之下，取出了兩柄槍來。那兩柄槍的形狀，十分奇特，槍身幾乎是正方形的，長、寬各十公分，槍咀很短，槍柄也很短。我騰出左手，取過一柄這樣的槍來，只覺得拿在手中，十分沈重。

納爾遜先生道：「每一柄槍中，有一百二十發子彈，子彈雖少，但是射中目的物之後，會發生輕度爆炸，殺傷力十分大。」

我吃了一驚，道：「可以連發的麼？」

納爾遜先生道：「是，你可以在一分鐘之內，將一百二十發子彈，全部射出去！」

我不禁嘆了一口氣。武器的進步，越來越甚，單是個人所能隨身攜帶的武器，已經達到了具有這樣威力的地步，難怪中國武術，要漸趨沒落了。一個在中國武術上有著再高造詣的人，遇上了這種一百二十發連發的新型手槍，有甚麼辦法？

（一九八六年按：這種武器，當時只是作者的幻想，但外形、性能，居然和如今的M15、M16自動步槍極其相似，也算有趣。）

納爾遜先生道：「但是這種槍，還有缺點，那便是上子彈的手續，十分複雜。不易在極短的時間內完成。」

我聳了聳肩，道：「有一百二十發子彈，難道還不夠麼？」

納爾遜先生補充道：「別忘記，每一發子彈都會發生爆炸，絕不至殺傷一個人！」

我不再多說甚麼，納爾遜先生究竟是西方人，對於武器的進步，有一種喜悅。但我是東方人，我只覺得心中有一種說不出來的不快！尤其當我想及，我將不得不使用這種新式武器時，心中的不快更甚。

我將車子駛得飛快，在經過一條岔路的時候，有兩輛摩托車自岔路口轉了出來，緊緊地跟在我們車子的後面，那是警方的巡邏車。

但是我們如今駕駛的車子，是特殊裝配的，具有賽車的性能，我很快地便將那兩輛警方的巡邏車，拋得老遠，再也追不到我們了。

不用多久，我們便已出了東京市區。

上次，我從月神會總部逃脫的時候，已經辨明了月神會總部的所在地，所以，一出了市區，我便能在公路上疾駛。我走的是通過海邊的路了，因爲我相信，綁架了方天，載走了那金屬箱子的車子，也是走這條路的。

因爲月神會的勢力雖然龐大，但許多事，也不得不掩人耳目，而自海邊到月神會的總部，非但快捷，而且隱蔽得多。

當然，我也知道，要在路上追上那輛汽車的希望是很少的了。因爲時間隔得太久，月神會的車子，超越我們之前許多，但我卻希望能在海面上，追到月神會派出來接應的快艇。

如果這一個希望也不能達到的話，那我們只有涉險去探月神會的總部了。

公路上的汽車並不多，而天忽然下起雨夾雪來，使得公路的路面，變得十分滑。我們的車子由於速度太高的緣故，在路面上幾乎是飛了過去一樣。輪胎和路面摩擦，發出驚心動魄的「滋滋」之聲。

納爾遜先生好整以暇地掏出了煙斗來，點著了火，吸了幾口，又點著了一支香煙，遞了給我，道：「或許我不該問，但是我仍然要問。」

他一面說，一面望著我，我不等他講完，便接了下去，道：「方天是怎麼樣的人？」

納爾遜先生笑了笑，道：「正是這個問題。」

我嘆了一口氣，道：「你要知道，你是我最好的朋友，唯其如此，我既答應了人家不洩露人家的秘密，你也就不應該逼我了。」

納爾遜先生點頭道：「不錯，只是可惜我的好奇心永遠不能得到滿足了。」我道：「那倒不至於，過一段時間之後，我便可以將一切向你詳細說明了。」

納爾遜先生意似不信，道：「是麼？」

我不由自主，抬頭向上，我是想看看天上，當方天回到土星去之後，我自然可以將一切都向納爾遜先生說明了。但是我抬起頭來，車頂擋住了我的視線，也由於我的這一抬頭，車子倏地向旁滑了開去，若不是納爾遜先生在一旁，立即扭轉了駕駛盤的話，我們的車子，非撞到路邊的廣告牌上不可了！

我慢慢地降低了速度，車子停了下來，我吁了一口氣，納爾遜先生道：「由我駕駛如何？」

我笑了一笑，道：「那倒不必了，我答應滿足你的好奇心，一定不會食言的，只不過是時間問題而已。」納爾遜先生道：「我自然相信你。」

我重又踏下油門，車子再度向前疾駛而出，越向海邊去，公路上的車子越是少，雨雪越來越緊密了，我不得不將車速漸漸放慢。

漸漸地，由雨夾雪而變成了大雪，前面的視線，已經十分模糊，納爾遜先生不住地吩咐我小心駕駛，我盡量地保持著車子的平穩，將速率限制在僅僅不會翻車這一點上。

大約又過了半小時，我極目向前望去，依稀看到前面，像是也有一輛在飛快地駛著的汽車。但是因爲雪越下越濃了，我不能確定前面是不是究竟有著車子。

我向納爾遜先生道：「前面好像有一輛車子。」

納爾遜先生伸手按了駕駛板上的一個掣，我看到在普通汽車裝置收音機天線的地方，豎起了一個碟子大的圓盤。

接著，駕駛板上的一個圓盤子，出現了螢光的閃耀。那輛車子上，竟裝置有雷達探索器，這倒的確是出於我意料之外的事情。

納爾遜先生注視著螢光板，道：「不錯，前面是有一輛車。」我在這樣惡劣的天氣之下，又要使車子駛得快，實在連側頭去看一看身旁的螢光板，都在所不能。只得問道：「那輛車子的速度怎麼樣？」

納爾遜道：「我們正在漸漸地接近它，但是它的速度不會比我們慢多少。」

我吸了一口氣，道：「你想想，在那樣地大雪中，以僅次於我們的速度，在這樣荒僻的公路上疾馳的，是甚麼車子？」

納爾遜道：「你的意思，那車子是我們所追蹤的那輛？」

我道：「我必須加快速度，追上去看。」納爾遜先生並不說甚麼，只是絞下了車窗，大雪立即從窗中撲了進來。

我還來不及問他作甚麼，只見他右手持著槍，已伸出了車窗之外。我道：「你想逼使那輛車子停下來麼？」納爾遜道：「如果可能的話，我想射中前面那輛車的後胎。」我慢慢地增加著車速，車子在路面上，猶如小船在怒濤之中一樣，顛簸不已，隨時都可以翻了轉來。

我們這樣冒險，是有價值的，在雷達探索器的螢光板上，我看到我們離那輛車子，已漸漸地近了。

終於，不必靠雷達探索器，我也可以在大風雪中，看清那輛車子了。

當我未能看清那輛車子時，我多麼希望那就是將方天架走的那輛汽車啊！

但是當我模糊地可以看清前面那輛車子的外形之際，我卻失望了。那輛車子是綠色的，並不是將方天綁走的黑色房車。

正當我要出聲阻止納爾遜先生的時候，槍聲響了！

我心中猛地一驚，因爲前面的那輛車子，正以這樣的速度在行駛，如果納爾遜先生的子彈，射中了車子的後胎的話，那麼，這輛車子，一定要在路上，劇烈地翻滾，如果那不是月神會的車子，豈不是傷害了無辜。

可是，我的心中，才一起了這個念頭，只見前面的那輛綠色的車子，箭也似地向前射去。而我們的車子，卻突然像脫韁的野馬一樣，向上跳了起來。

在那一瞬間，我當真有騰雲駕霧的感覺！

也就在那一瞬間，我明白了，剛才那一聲槍響，並不是發自納爾遜先生的手槍，而是從前面那輛車子中射出來的，我們的車子，已經被射中了。

我們車子的四輪，已經離開了地面，在那樣的情形下，我除了保持鎮定之外，實在絕無他法了。使我不得不佩服納爾遜先生的是，他在車子騰空的情形之下，居然向前面連發了四槍！

他發的四槍，只不過是大半秒鐘的功夫。

但在這一秒鐘之內，發生的變化，卻是極大，我們的車子，在騰空而起之後，陡地翻側，我只覺得一陣劇烈的震蕩。

那一陣震蕩，並不是一下子就停止了的，而是連續了兩三下。可想而知，我們的車子，是在騰空之後落地，落地之後又彈了起來，達兩三次之多！在那瞬間，幾乎我身體中每一個細胞，都受到了震動，而耳際那轟隆巨響，更令人相信那是由於一輛汽車的翻側所引起的。

我總算還來得及一把將納爾遜先生拉了過來，以我的手臂，護住他的頭部，而我自己，則緊緊地縮著頭，將頭頂在車墊上。

在激烈的震蕩過去之後，我定了定神。

首先，我肯定自己並未曾死去，接著，我又肯定自己甚至僥倖地未曾受傷。他就在這時，我聽到了納爾遜先生的抗議：「喂，你將我挾得透不過氣來了！」

這使我知道納爾遜先生也僥倖未死，我們兩人跌在一起，在車頂上，因爲車子已四輪朝天，整個地翻了轉來。那輛汽車的機件，當眞堅固得驚人，車子已經四輪朝天了，但是我還可以聽得四隻輪轉動的「呼呼」聲。

納爾遜先生勉力站了起來，道：「謝謝你，我未曾受傷。」他外向張望著，道：「我想我應該擊中了那輛車子的。」

我也道：「是啊，剛才的那種巨響，不像是只有一輛車子翻身時所能發得出來的。」

我一面說，一面在那扇打開了車窗中，轉了出去。雪花迎面撲來，寒風徹骨，我們一出車子，立即便看到，在前面約莫二十公尺處，那輛綠色的汽車，正倒側在雪堆之上。

納爾遜先生大叫道：「我果然射中了它！」

他一面叫，一面向前飛奔而去，我趕過去，一把將他拉住，因爲我們能以翻車不死，也們自然也可能翻車不死，這樣奔向前去，無疑是一個活靶子。納爾遜先生經我一拉，立即伏了下來。

我也跟著伏下，我們兩人，便是向碉堡作進攻的戰士一樣，在地上俯伏前進，可是，等我們漸漸接近那輛車子的時候，我們便站了起來了。

那輛車子所受的損害程度，比我們想像的更重。納爾遜先生所發的四槍，顯然只有一槍中的。

但就是這一槍，已經使那輛車子的一隻後輪，整個地毀去了。在司機位上，一個人側頭而臥，駕駛盤的一半，插進了他的胸口，這人當然死了。

而除他之外，車中並沒有旁人。

納爾遜先生一躍向前，一腳踢開了已經裂開了行李箱蓋，那輛汽車的行李箱是特製的，容積很大，而在行李箱蓋被踢開之後，我們看到了那硬金屬箱子！

我和納爾遜兩人，同時發出了一聲歡呼！

那箱子的大小，和那種新合金特殊的銀白色光輝，都使我們肯定，這就是我們曾經得過手，但是兩次被人奪去的那隻硬金屬箱子，也就是那隻裝著「天外來物」——太陽系飛行導向儀的箱子！

我們兩人同時又想起一個問題來，方天呢？

納爾遜先生踏前一步，將那車子中的司機，提了出來，但是那司機早已死了，絕不能回答我們的問題。我們兩人互望了一眼，迅速地將剛才所發生的事情，回想了一遍。

我們都覺得，如果押解方天的人，夠機智而又未曾受傷的話，那麼，他是有足夠的時間，在我們還未從翻倒的汽車爬出來的之前，便帶著方天離去的。

當然，他縱使離去，也不會去得太遠的！

我和納爾遜先生兩人，幾乎沒有交談一句，但我們的動作卻是一致的，我們一齊將那隻硬金屬箱子，搬了下來，搬到了我們自己的車旁。

然後，我們兩人，又合力將那輛四輪朝天的汽車，推正過來。

納爾遜先生以極短的時間，作了一番檢查，道：「雷達追蹤器震壞了，但車子還是好的，連無線電話也還可以用。」

我只講了一句話，道：「快去追尋方天。」

納爾遜先生想了一想，道：「如果我們一直追不到方天，而必要到月神會的總部去，難道也帶著這隻箱子同行麼？」

在納爾遜講出這件事之前，我的確沒有想到這一點。

我呆了一呆，道：「你的意思是——」

納爾遜道：「我們要分工合作了，一個人去追蹤方天，一個人先帶著這隻箱子離開，回到東京市區去，以保安全。」

我立即道：「那麼，由我去追蹤方天。」

納爾遜先生面上現出了不放心的神色，像是一個長者看著即將遠行的子弟一樣。我笑了一笑，道：「你還不相信我的能力麼？」

納爾遜先生勉強笑了一下，道：「祝你好運。」

他又鑽進了車廂中，以無線電話，通知他的部下，立即派一輛車子來，接載那隻硬金屬箱子。

我對於納爾遜先生一人，在那麼荒僻的公路上，獨守那隻箱子一事，也不很放心，因此我不理會納爾遜先生的抗議，將箱子搬到了路邊一堆碎石之前，令納爾遜蹲在箱子後面。那樣，他身後有那堆碎石，前面有那隻硬的金屬箱子，手中再有著那麼厲害的新型槍，他的部下又立即可以趕到，就算有敵人來攻，也不必害怕了。

我奔到了車旁，鑽進了車廂，伸手向納爾遜先生揮了揮，大雪仍在紛紛下著，我看到他也在向我揮手，我踏下油門，車子又發出了一陣吼聲，向前面駛去。

我不便車子駛得太快，因爲那帶著方天逸去的人，可能是在步行的，我如果將車子開得太快了，反倒不易將他追上。我一面駛著車子，一面仔細地向四面打量著，公路的兩旁，雖然也有些房屋，但是都離路甚遠，聰明人是不會到那麼遠的地方去求避的。

雪時大時小，極目望去，一個人也沒有。

我看路牌，我已經駛出十五公里了，仍然沒有發現任何人。我心中只覺得事情十分怪異，或是方天根本不在那輛車上，或是將方天帶走的人，另有車子接應走了。可惜那兩點我都沒有法子肯定，因爲雪繼續在下著，就算有車痕的話，也被雪所掩蓋了。

我一面向前駛著，一面在迅速地轉念，可是我竟沒有法子判斷眼前不見方天，究竟是由於哪一種情形，我一咬牙，加大油門，車子的速度增快。我已決定，不論如何，先到了月神會的總部再說！

因爲方天總是要被解到月神會的總部去的，我又何必在半途上多傷腦筋呢？

不多久，車子駛進了一個小鎮，前面已無公路。

那是一個很小的鎮，鎮上若不是有一家規模很大的魚肉罐頭加工廠的話，那小鎮早已不存在了。我驅車進鎮，在公路盡頭的旁邊，停了下來。

當我打開車門的時候，有兩個日本男子，向我奔了過來。

納爾遜曾安排人員在來路接應，那自然是他的手下。

他們都能說十分流利的英語，道：「這輛車子我們認識的，可是一九四〇年的出品麼？」都是預定的暗號，我道：「不，是一九四六年的出品。」那兩人又道：「一九四六年九月？」我笑道：「又錯了，是十一月。」

那兩人將聲音壓低，道：「只有閣下一人麼？」

我點了點頭道：「是，納爾遜先生因為有事，所以不能來了。」

那兩個人道：「先去喝一杯酒怎麼樣？」

他們一面說，一面四面張望，我意識到在表面上如此平靜的小鎮上，似乎也不寧靜。我連忙道：「時間可夠麼？」那兩人一笑，一個年長的道：「我們準備的快艇，是特備的。」

我心中一動，跟著他們兩人，走進了一家小酒店，兩杯烈酒下肚，全身便有了暖烘烘的感覺，我見四面沒有人，又問道：「剛才，月神會有人過去麼？」

那年長的道：「是，一共是三個人，其中一個，像是受制於他們的。」

我心中大是高興，道：「他們是怎麼來的？」

那年紀較輕的一個道：「坐一輛跑車來的。」

這時，我已肯定那三人之中，有一個是方天了。至於他們何以在車毀人亡之後，又能得來一輛跑車，那想來是他們早有準備，有車子接應之故。

我一面高興，一面卻不禁發急，道：「他們已經走了，我們還在這裏喝酒麼？」

那兩人「哈哈」，各自又乾了一杯，才道：「你放心，他們的快艇，早就泊在海邊，我們兩人，曾做了一些手腳。」

我笑起來，道：「放了汽油？」那年長的道：「放了汽油可以再加，我是在他們快艇的油箱上，鑽了五個小洞，加了油就漏完，因此他們的快艇，必須駛駛停停！」我在他的肩頭上，大力拍了一下道：「好計，但我們還要快些，如果讓他們先到了月神會的總部，那事情可麻煩多了。」

那兩人站了起來，抓過帽子，一讓身，就出了小酒店，到了海邊，向一艘快艇走去。我跟在他們的後面，只見那艘快艇，在外表看來，也是殘舊不堪，就像是等待拆成廢鐵的一樣。我們一起上了艇，那兩人開動了引擎，原來那快艇的艇尾，裝置著四具引擎之多。

一陣軋軋聲過處，快艇已箭也似向前竄去。

我們之間並不說甚麼，我只是取過了望遠鏡，在海面上眺望著。

雪已停了，但天上仍是彤雲密佈。

我看了片刻，一無所得，不禁暗嘆了一口氣。

那年長的一個，向我走了過來，道：「衛先生，你是說在這樣的情形下，即使我們追上了對方，也是難以行動麼？」

我心中不免暗自一忖，心想這個人何以如此機智過人？可知人不可貌相，因爲從那人的外表看來，他完全像是個樸實的農民。

那人既是國際警方的工作人員，我自然沒有向他隱瞞心事的必要，因之立即道：「是。」

那年輕的一個，「哈」地笑了出來，道：「放心，我在那艘快艇的艇尾，塗上了許多發光漆，只要一追上，是絕無問題，便可以發現的。」

我忍不住豎起了大拇指，道：「想得周到！」

那年輕的一個，像是十分有興趣地看著我，道：「和你比起來，我們算甚麼？」

我不禁惶恐起來，他們兩人行事之機智，絕不在我之下，而且，他們也不知爲了維護正義和秩序，做了多少工作。

但是我卻浪得虛名，心中實不免慚愧，因之我忙道：「兩位千萬別那麼說，我只不過是運氣好而已。」那兩人還待再說話時，我向前一指，道：「看！」

這時，大海之上，一片漆黑。

朔風呼呼，海面不很平靜，我們的快艇，由於速度十分快，因此倒還平穩，而前面，在我手指處，有一團慘綠色的亮光。

那團亮光，隨著海水，在上下搖擺，我立即取過了望遠鏡來。

那一團綠光，在望遠鏡之內，看得更清楚了，是一隻快艇的尾部所發出來的，那也等於說，我們已追上了月神會綁架方天的那艘快艇了！

到了這時候，我倒反覺得事情成功得太容易了。

因為我和納爾遜先生，本來就沒有和月神會發生正面衝突的意思，因為月神會的勢力，實在太大了。要到月神會的總部去生事，乃是逼不得已之舉。

而如今，既然事情可以在海面上解決，那自然再好也沒有了。

第十九部：生命的同情

那兩人躍到艇尾，加快速度，向那團綠光追去。

那團綠光，在海面上上下浮沈，雖然也在緩緩前進，但只是在隨波逐流，怎及我們的快艇，有四具發動機之多的速度？

轉眼之間，我們的快艇，便已漸漸地接近那團綠光了。由於距離接近，我們不用借助望遠鏡，便可以看得十分清楚，那一團綠光，正是在一艘快艇的艇尾所發出來的。

那一個年紀較輕的日本人，向我望了一眼，面有得意之色。在敵人的艇尾塗上發光漆，有利於追蹤，這的確是十分好的辦法，那年輕人得意，也不無理由。

從我們發現那團綠光開始，到我們追上那艘快艇，只不過是幾分鐘的時間。那兩人拋出了繩子，將那艘快艇的艇尾鉤住。

然而在這時候，我卻覺得事情有不對頭之處。

不錯，那艘快艇只是在海面上隨波逐流，可以說是油箱漏油。但是也可以說是快艇上根本沒有人，而後者的可能性更來得大些！

剛才，我們三人，心中充滿了已追上敵人的喜悅，是以竟未曾想到這一點！

這時，看那兩人的情形，似乎仍未曾想到，但是我卻想到了，因爲我想到了一個最簡單的事情，如果對方的快艇上有人的話，那麼，對方在我們將要追近之際，爲甚麼不開槍射擊呢？

我一想到這一點，立即想要阻止那兩個人躍上那艘快艇上去。

但是當我想說話時，已經來不及了！

那兩人身手十分敏捷，早已一躍已上了對方那艘快艇，而幾乎在他們兩人的身子，才一落在那艘快艇上，使快艇發出一陣輕微的震蕩之際，便立即傳來「轟」地一聲巨響。

一切一切，只不過是千百分之一秒間所發生的事，我只覺得，黑夜突然變成了白天，在我的面前，出現了灼熱的，白色的光芒，那情形很有點像在北海道時，方天以他能放射奇熱射線的武器向我作攻擊之際一樣，但是聲勢卻要猛烈得不知多少倍。

刹那間，說我宛若置身在灼熱的地球中心，也不過份，我只覺得我的快艇帶著我，向海水之下沈去，而幾乎是沸騰的海水，形成千百條柱子，向我的身上，捲了過來，就像是有不知多少頭怪獸，以牠們的長舌，在向我舐來，準備將我吞噬一樣！

我絕不是應變遲緩的人，但是在那一瞬間，我卻呆言不知所措。

在我身子陡地下沈之後，我又立即覺得，被一股極大的大力，向上拋了起來。

那一拋，使我拋到了離海面數十公尺的高空！

也幸而是這一拋，才保住了我的性命，我身在半空，向下看去，只見我的快艇，已成了一團火球，而海面上，已根本沒有了我們剛才所追的那艘快艇的痕跡！

那艘快艇不會飛向天空，也不會在那麼短的時間內，便沈入海心的，那一定是剛才的那一下爆炸，將它徹底地炸毀了！

那兩個人……

當我想到那兩個人之際，我的身子，又重重地跌入了冰冷的海水之中。

我掙扎著浮了起來，只看到我們的快艇，已在向海中沈下丟，海水和烈火，似乎在搏鬥，發出「嗤嗤」的聲音，不到兩分鐘，海邊又恢復平靜了。

那兩個在五分鐘前，還生龍活虎的人，現在在哪裏呢？想起我自己，幾乎也和他們一齊躍上那艘快艇，我不禁一連打了七八個寒戰。

我浮在水面上，甚麼都不想，竟想起我自己「是不是還活著」這一問題來。

我顯然是活著，只不過額頭上受了些微傷，並不像那兩個人一樣，已經成爲飛灰了。我吸了一口氣，不禁苦笑了起來。

剛才，我們發現那團光之際，我還在想事情成功得太容易了！如今，當我孤零零地，浸在漆黑冰冷的海水之中的時候，再想起那四個字來之際，那是一個甚麼樣的諷刺？

我早就應該知道月神會不是容易對付的，觀乎他們在汽車遇襲之後，立即又有車子載他們到海邊的這種有準備的情形，焉有他們的快艇被做了手腳而不覺察之理？

他們自然是早已覺察了，所以才在快艇上放下了一受震蕩，便會爆炸的烈性炸藥，等候追上來的人來上鉤！

可恨我們竟會想不到這一點！

我狠狠地拉扯著被海水浸得濕透的頭髮，因爲事變在剎那間發生，而且事變的結果，又是那樣地驚人，因之我實在沒有辦法在短時間內，平復下來，考慮我自己如何脫身的問題。

直到過了許久，我才想到了這一個問題。

我還浸在海水中，雖然暫時不致於死，但是如果說要回到岸邊去，那又豈是容易之事？我將頭沒入海水中，又伸出海面，開始向我認爲是岸邊的方向游去。

一直游了很久，在我所能望得到的地方，仍然是茫茫大海，而我的四肢，則已漸漸地感到麻木了。我除了浮在海面上之外，連動一動手，踢一踢腳，都感到十分困難。

在那段時間中，我不但要和致命的寒冷，起伏的波濤作鬥爭，而且，要和自己心中，不如就此死去，何必爲生存而作如此痛苦的掙扎的想法而鬥爭。

我咬緊牙關，仰高著頭。

終於，我等到了東方發白，天色陰沈得可怕，但總算已是白天了，在白天，我生還的希望，是不是可以增加呢？

但看來，白天和黑夜是一樣的。

我盡量減少體力的消耗，因爲看來，要游到岸上，已是沒有可能的事。

我唯一遇救的可能，便是等到有船經過我的聲音能及的地方！

如果不是我受過嚴格的中國武術鍛煉的話，我相信這時，一定早已沈到海底去，和那兩個帶我出海的日本人爲伍了。

我一直支撐到中午，才看到遠遠地又有一艘快艇，駛了過來。

我揚起了右臂，高聲呼叫，我從來也未曾想到我自己的聲音，在海面聽來，竟會這樣低弱，我用力撕下了一隻衣袖，舉在手中揮揚，約莫過了五分鐘之久，那艘快艇竟向我駛來了！

當我看到那艘快艇向我駛來之際，我突然覺得，我所有的力氣，全都用盡了，我連再抬起手臂來的力道，都沒有了。

我只能浮在水面，不使自己沈下去，我閉著眼睛，直到我耳際聽得快艇的機器聲，漸漸接近。我心中暗忖，如果快艇上的，是月神會的人呢？那我毫無疑問地要成爲俘虜了。

可是我的不幸，幸而未到這一程度，我的耳際，突然響起一個人的聲音，那是納爾遜的聲音，他的聲音中，充滿了驚懼和意外，叫道：「衛！」

我睜開眼來，納爾遜站在艇首，兩眼睜得老大，我只能講出三個字來：「納爾遜。」

納爾遜先生立即拋下了繩子來，我麻木的五指，抓住了繩子，他將我拖上了快艇。我身子縮成一團，連站起來的力道都沒有，納爾遜先生屈一腿，跪了下來，扶起了我的頭，揚首叫道：「白蘭地，快！快上！」

一個壯漢從艙中鑽了出來，納爾遜先生自他的手中，接過了一瓶白蘭地，向我口中便灌，我喝了兩口，他還要抱我起來。

我心中對他的感激，當真是無以復加，我只是望著他，以我的眼色，表示感謝。

納爾遜先生用力一頓，將我抱了起來，我忙道：「我可以走。」他卻不睬我，那壯漢走過來，兩個人一齊將我抬進了船艙之中，爲我除下了所有的濕衣服，又以一條毛毯，裹住了我的身子，不住地擦著，直到我全身，都感到暖烘烘爲止。

我到那時，才握住了納爾遜先生的手。

納爾遜只是淡淡地一笑：「你在海中，飄流了多久？」

我道：「大約有十二個小時了。」

納爾遜先生「唉」地一聲，道：「那一聲爆炸——」我搖了搖頭：「我們中計了，那兩位朋友——唉！」我也不由自主地難過地嘆了一口氣。

站在納爾遜先生後面的那個壯漢，這時突然痛苦地叫了一聲。我向他看去，只見他面容痛苦地扭曲著，我這才注意到他的臉容，和那兩人中，那年輕的一個，看來十分相似。

納爾遜先生在拍著他的肩頭，道：「鈴木，你失去了一位弟弟，但是國際警察部隊，卻失去了兩名幹探，你應該相信，我的心情，比你更難過！」

那壯漢嗚咽道：「我知道，可憐的弟弟，他還……還只是一個孩子！」

我難過地道：「鈴木先生，你的弟弟已不是孩子了，他機智、勇敢，不愧是國際警察部隊中的英雄！」鈴木止住了哭聲，面上現出了一絲驕傲的神色來。我將事情的經過，向他們兩人，說了一遍。

納爾遜先生道：「我接到了海上發生爆炸的報告——那是一架夜航客機發現的，而且，我等著鈴木和春田兩人的彙報，又等不到，我知道出了事情，便趕了來。」我苦笑了一下，道：「每次歷險回來，我都覺得自己能以脫難，都是由於自己的努力，但這次——」

納爾遜先生不等我講完，便抓住了我的手：「我們別再想這件事了，好麼？」

我頓了一頓，道：「好。」

納爾遜先生又笑了起來，道：「那隻硬金屬箱子，這次，我已經放在一個穩妥到不能再穩妥的地方了，而且，有二十四名久經訓練的警方人員，奉到命令，每一分鐘，他們的視線，都不可以離開那隻箱子。等方天和我們一起的時候，我們才將它打開來。」

我在算算日子，某國大使大概這時，和熱鍋上的螞蟻，相差無幾了。雖然他上司給他的期限還沒有到，但在東京失去了我的蹤跡，相信也也夠急的了。

納爾遜提起了那家工廠，我便想到了那家工廠總工程師木村信之死，我忙道：「木村信工程師的死亡，是爲了甚麼原因？」

納爾遜先生濃眉一蹙：「我已要求醫官再詳細檢查了。」

我忙問道：「醫官初步的報告結果是甚麼？」

納爾遜先生攤開了手：「經過了據說是極詳細的檢查之後，醫官說木村信甚麼都好，完全是一個健康的人，絕無致死之理！」

我呆了半晌，想起了那天晚上，方天和木村信見面之際，以土星上的語言交談的情形，知道其中，必然有著極大的隱秘。

但如今，我卻也說不出所以然來。

納爾遜先生望著我：「衛斯理，我覺得我們爲了方天，還要去冒生命危險，但是他卻要對我保守他的秘密，這實在是十分不公平的事。」

我嘆了一口氣：「那你要原諒他，他的確說不出來的苦衷，如果他的身份暴露了，那他要遭受到極大的痛苦！」

我們一直以英語交談著的。但是納爾遜在聽到了我的這句話之後，忽然以他並不十分純正的中國國語道：「其實也沒有甚麼了不起，他不過是來自地球以外的星球而已！」

我本來是裹著毛毯，躺在一張躺椅上的，可是我一聽得這句話，連人帶毛毯，一齊跳了起來，道：「你——你——」

納爾遜伸手一按，重又將我按倒在那張躺椅之上，繼續以中國國語向我交談。

納爾遜道：「你大可以不必吃驚，這是我自己猜出來的，並不是你不守諾言，向我洩漏了他的秘密。」

我只呆呆地望著他，一言不發。

納爾遜聳了聳肩，道：「衛，這其實一點也不值得大驚小怪，無邊無際的太空之中，像地球這樣的星體，以億數計，自然別個星球上，也會有著高級生物。地球人拚命在作太空探索，其他星球上的『人類』，當然也一樣，有人從別的星球來，這件事，想通了之後，實在是不值得奇怪的！」

我仍是呆呆地望著他。

納爾遜先生得意地笑了一笑，道：「我向一個人種學權威請教過，他告訴我，在太陽系的行星上，除非沒有高級生物，如果有的話，其演變過程，其外形一定是和地球上的高級生物大同小異，因為太陽的輻射能操縱著生命，沒有太陽，便沒有生命，同一個太陽，便出現同一的生命！」

我苦笑了一下，道：「方天和我們的確是相同的，所不同的，是他的血液的顏色而已。」

納爾遜先生向我指了一指，道：「還有一點不同，那便是他的腦電波特別強烈。」

我不得不承認納爾遜先生的本領，在我之上，因為我對方天的身份，雖然起過種種的懷疑，但是我無論怎樣懷疑，都受到地球的局限，我絕未想到，他竟是地球以外的人！

而納爾遜先生卻突破了這種局限。

這證明他的推斷能力，想像能力都比我強得多。

納爾遜先生又道：「但是我卻不知道他來自哪一個星球。」

事情已到了這個地步，我也實在沒有再為方天保守秘密的必要了。我道：「他來自土星。」

納爾遜先生雙掌一擊，道：「問題迎刃而解了！」

我問道：「甚麼問題？」

納爾遜道：「他為甚麼在將要射向土星的火箭上，加上一個單人飛行的太空囊，這個謎已揭開了！」我點頭道：「是的，他是一個可憐蟲，他雖然來自土星，但是卻不是太空怪俠，而只是一個想家想得發瘋的可憐蟲，我想，我們應該幫助他回家去。」

納爾遜先生來回踱了幾步，道：「自然，但是我們對委託我們調查他來歷的國家，如何交代呢？」

我道：「那容易得很，我們教方天說，他在火箭上裝置的單人飛行太空囊，是用來發射太空猴的好了，火箭發射時，作最後檢查的是他自己，絕沒有人知道坐在那太空囊中的究竟是甚麼人的。」

納爾遜道：「這倒是一個辦法，但是我們首先要將他從月神會的手中救出來。」

我道：「月神會是不會害他的，月神會要他作一次飛向月球的表演，以鞏固信徒對他的信仰！」接著，我便將我所知，月神會創立的經過，以及方天和另一個土星人迫降地球的經過，向納爾遜先生詳細說了一遍。

納爾遜靜靜地聽著，只有當我說及木村信和方天見面時的情形時，他才不斷地發出問題來。

他問：他們兩人講的，當真是土星上的語言麼？

他又問：木村信臨死之前，難道連一句遺語也沒有麼？

因爲那是幾天之前的事情，我對每一個細節，都記得十分淸楚，所以，納爾遜先生的問題，我都可以作出正確的回答。

納爾遜先生想了半晌，也是一點頭緒也沒有。我們只是肯定「獲殼依毒間」這五字，是土星語中對某一件事，或某一種東西的稱謂。

但是那究竟是甚麼事，或是甚麼東西，我們卻不得而知。

我們並沒有去多想它，因爲方天說過，這件事即使由他來解釋，地球上的人類也是難以設想，難以瞭解的，那我們又何必多化腦筋去想它呢？

在我一被救上快艇之後，快艇便向前疾馳著，就在這時候，鈴木大郎走了進來，道：「在望遠鏡中，已經可以看到月神會的總部了，雷達探測器的反應，是九海浬。」

我再度躍了起來，我的衣服沒有乾，我穿了鈴木大郎的水手衣服，將我原來的袋中的東西，再放入袋中，那柄特製的連發槍，仍然可以使用，我將之挾在腰際，和納爾遜兩人，一齊出了艙。

雷達指示器的標誌指出，我們離開懸岩，已不過六浬了。從望遠鏡中望過去，可以看到那曾經囚禁我的，魔鬼也似的灰色古堡型的建築——月神會的總部。

那建築有幾個窗口，還亮著燈光。我相信其中有些窗口之中，是月神會的長老在討論如何奪回「天外來物」，有些窗子之內，則有人在威逼方天作飛行表演。

但是，是不是有的窗子之中，佐佐木季子也在受著威逼呢？我心中嘆了一口氣，我和納爾遜先生將要去涉險的，是一個有著千百條現代噴火恐龍的古堡！成功的希望，實在是不大的！

我抬頭向黑沈沈的天空看去，土星在甚麼地方呢？土星在我們肉眼所不能見的遠方，但我們卻要為一個土星上的人去涉險，這自然不是「人類的同情」，只可以稱之為「生命的同情」了。

我在呆呆地想著，快艇迅速地向月神會的總部接近。

當雷達探測器的表板上，指著我們離開前面的岩岸，只有兩海浬的時候，突然，我們聽到了「通通」兩聲響，接著，兩團帶著灼熱光亮的圓球，已向我們快艇的上空，飛了過來！

那兩團光球，到了我們快艇不遠的上空之上，便停留不動，而光亮更是白熱，照耀得海面之上，如同白晝一樣！

那是超級持久的照明彈！

而同時，我們聽到了不止一架水上飛機飛起的聲音。納爾遜先生立即下令：全速駛離照明彈的範圍！

在海面之上，我們的快艇，像顛馬一樣地轉了一個彎，倒退了回去。

三分鐘之後，我們駛出了照明彈的範圍，隱沒在黑暗之中，我們聽到了機槍的掃射聲，看到了海面上濺起了一連串濺起的水柱！

納爾遜先生叫我和鈴木大郎，都穿上了救生衣，他自己也不例外，我們的快艇，向外疾馳著，照明彈顯然是在岸上發出來的，已不能射到我們所退到的範圍之內，水上飛機在盤旋，鈴木大郎熄上引擎。

納爾遜先生嘆了口氣：「他們有雷達探測設備，有武裝的水上飛機，有超級的照明彈，結論是甚麼呢？」我接了上去：「結論是我們的快艇，根本是不能近岸！」

納爾遜先生托著下頦，蹲了下去。

鈴木大郎道：「我們可以潛水過去！」

納爾遜先生立即糾正他：「你應該說『你們』才對！」

鈴木大郎抗議道：「先生，我的弟弟——」納爾遜先生道：「是的，你的弟弟犧牲了，你要去殺敵人出氣，但是快艇不能沒有人留守，我們更不能沒有人接應，這是命令！」

鈴木大郎低下了頭，不再言語。

納爾遜先生在他的肩頭上拍了一拍：「好朋友，別再難過，別再難過了！」

他在勸鈴木大郎不要難過，但是他自己的言語，卻哽咽了起來，這實在是十分動人的場面，只可惜我沒有能力將當時的情景，以十分動人的筆觸，記述出來。

水上飛機的聲音，已靜了下來，而照明彈的光芒也熄滅了。

由於我們的快艇，已停了引擎，所以海面之上，顯得出奇的靜。

納爾遜先生的聲音又恢復堅毅鎮定：「他們的水上飛機，能在三分鐘內的時間起飛，我們剛才能夠走脫，實在非常幸運。不必再去冒險了，我接受鈴木潛水而去的計劃。」

我道：「我也接受，但是我認爲我一個人去就夠了。」

納爾遜先生笑道：「這算甚麼？被土星人以爲我們地球三十七億人口中，只有一個人是英雄麼？」

（一九八六年按：當時人口三十七億，二十多年後，已超過四十億了。）

我知道我是絕不能使納爾遜先生留在快艇上的，說也只不過是白說而已，是以我道：「你的體力，可以支持得住麼？」

納爾遜先生爽朗地笑了起來：「有一具海底潛水機，如今正燃料充足地在艇上。」

我聽了不禁大喜：「那我們還等甚麼？」

那海底潛水機，形狀如一塊長板，但是卻有推進器，可以伏在上面，在海水下潛航，速度雖然不十分快，但是卻可以節省體力，而且，我們也只要航行三海浬左右便夠了。

我們將一切應用的東西，放入絕對避水的膠袋之中，換上了潛水衣，負上了氧氣筒。

鈴木大郎默默地幫著我們，不到半小時，我和納爾遜，已並肩在海底了。我們著了燈，燈光可以及到二十公尺左右之處，我們的深度，也是二十公尺。

在海底中，要辨別方向，並不是容易的事，非要有豐富的潛水經驗不可，在這一點上，納爾遜先生便不如我了。

我們的心情都很緊張，因此我們雖然配備著在海底通話的儀器，但是卻誰也不出聲，直到燈光一映之下，前面出現了一排懸掛在空中的黑色圓球時，我們才各自低呼了一聲。

那一個排著一個黑色圓球，在碧綠的海水之中，浮懸不動，乍一看到，倒有點像懸掛在聖誕樹上彩色玻璃球。

但是我們卻都知道，那是一碰到了黑球兩端的細鐵線，便會引起致命爆炸的水雷！

那種水雷十分舊式，看來是第二次世界大戰時日本海軍的遺物，但是它的威力，自然仍是十分可觀的，我們轉向右，沿著密佈的水雷陣，向前潛進，可是那一排水雷陣，竟像是沒有盡頭一樣！

在我的估計之中，在我們轉右之後，已潛到了兩浬多了，但水雷仍然在。

我伸手打開了通話器的掣，道：「我們是不是應該冒險闖過去？」

納爾遜先生答道：「我看不必，再向前去，便應該是一個海灣了，月神會再放肆，也不敢將水雷佈在經常有船隻的海灣之中的。」

我依著納爾遜先生的話，向前繼續潛進，沒有多久，水雷果然到了盡頭，但卻並不是突然斷了，而是轉了一個彎罷了！

密密排排的水雷，成半圓形，將月神會總部的海面，完全守住！

我和納爾遜先生兩人，不禁面面相覷！

我們都知道，水雷既然將前進的去路，完全封住，那我們要再向前潛進，唯一可能，便是越過水雷。我呆了並沒有多久，便道：「你後退去，沒有必要我們兩個人一齊冒險的。」

納爾遜先生自然知道我的意思，我是要冒險去摘除水雷的信管，使我們可以順利通過去。

納爾遜立即道：「衛，別忘了在第二次世界大戰時期，我曾經領導過一個工兵營的。」

我立即道：「所以，事至今日，你是完全落伍了，這項工作，必須由我來做！」

納爾遜半晌不語，才道：「我們還未曾絕望，不必冒險去行那最後一步。」

我向前一指：「你沒有看到水雷網是如此之密麼？」納爾遜先生道：「我猜想，他們為了防止有人接近他們的總部，自然也防到人們會從深水潛來的這一層，然而，月神會究竟不是公開的武裝部隊，他們的勢力雖大，但如果佈置的水雷，在海面上被人家看了出來，那也可能招致麻煩的！」

我聽了之後，心中一動，道：「你的意思是，我們可以在水面上過去麼？」

納爾遜道：「不是水面，如果我們冒出了水面之上，那一定逃不過雷達網，而在水中，又越不過水雷網。」我點頭：「我明白了，你的意思是，我們要在水雷網和雷達網之間穿過去。」

納爾遜先生道：「照我的猜想，水雷的觸角，不可能直達海面，而只要離海面有半公尺的空間，我們的身子就可以穿過去了。」

我苦笑道：「就算你的想法不錯，我們也必須拋棄潛水用具，和海水潛水機，才能過去了。」

納爾遜先生道：「我以爲徒手游上幾浬，總比冒險去拆除水雷的信管好得多。工兵寧願拆除十個地雷，也不願意拆一個水雷，因爲人游近去，海水可能發生莫名其妙的震蕩，這種震蕩，有時便足以使得一枚水雷發生爆炸！」

我當然知道，要拆除水雷的信管，絕不容易的事情，因此，我首先拉動了潛水機上的操縱桿，潛水機緩緩地向上升去。

本來，我們的深度是二十公尺的，到了指示標上的指針，指著三公尺的時候，我們的眼前，仍可以看到魔鬼的罐子也似的水雷觸角。

我和納爾遜先生繼續向上浮去，直到我們的背脊，已經幾乎出了水面，我們才看到，果然，水雷的觸角，離開海面，有一個空隙。

但是那空隙卻只有一公尺半左右！

那也就是說，即使我們拋去一切裝備，也要極度小心，方能不露出水面，而又不碰到水雷的觸角，在那樣的空隙中通過去。

我們又向下沈下去，在十公尺深處，納爾遜先生伸手和我握了一下，道：「如果萬一身子可能碰到水雷的觸角，那我們還是讓身子浮上水面的好，因爲雷達網縱使發現了我們，我們還可以有逃避的機會！」

我一面解除身上的潛水衣，一面向納爾遜先生點著頭，表示我同意他的見解。

不一會，潛水機等東西，都沈入海底去了，我將那隻不透水的膠袋掛在頸上，開始向上浮去，到了將近到海面的時候，我以極慢的速度，向前游去。大海十分平靜，但是我卻覺得再大的驚濤駭浪，也不能使我的心跳得那樣厲害。

我緩緩地向前游著，究竟我是不是能否順利通過，連我自己也不知道。

我慢地游近水雷的觸角，那是手指粗細的長鐵棒，直上直下的豎在海水之中，下到海底，上到離海面只有半公尺之處！

而我就從那半公尺的空間越過去！

到我的身子，游到了那些觸角的上面之際，我全身的肌肉，都產生了僵硬的感覺，因爲我離死亡，實在是太近了！

那一瞬間，其實至多也不過是一分鐘，但是在我來說，卻像是一個世紀！

終於，我游過來了！

我大大地鬆了一口氣，身子不由自主，向前伸了一伸，雙臂也伸出了水面，像是一個被繩子綑綁了許多時候的人，一旦鬆了綁，便要舒一舒手腳一樣。

我才一伸開雙臂，發覺自己的身子還未曾下沈，雙臂竟已伸出了水面。

我連忙縮回手來，只見納爾遜先生也已經游過來了，他一把拉住我，便向海底下沈去，我們兩人誰也不說話，向前游去。

在我們向前游去之際，我們都看到了海水之上，傳來幾陣的灼亮。

那當然是在上空有照明彈的緣故。

我一面向前游去，一面心想，實不免駭然！

剛才，我雙手露出了海面，只不過是極短的時間，難道他們立即就發現了？我們已經拋棄了一切設備，因此我和納爾遜先生，也沒有法子在海底通話，我們只是不斷地向前游著。

約莫過了一個小時，我們已可以看到前面有著嵯峨的怪石，我們又向前游了丈許，伸手抓住了滑膩的石角，向上浮起來。

不一會，我們的頭已經探出了水面。

這時候，我們兩人，都已經筋疲力盡了，當我們的頭一探出水面之後，我們都大大地吐著氣，因為當我們在海底潛泳之際，我們只能將口唇貼著水面，匆匆忙忙地吸上一口氣。

我們都喘著氣，誰也不說話，過了片刻，納爾遜先生才道：「我們雖未被他們發現，但他們已發現有東西侵入了他們的水域了。」

我道：「他們可以肯定是人麼？海中的大魚難道不會游近來麼？」

納爾遜先生道：「魚？如果海中的生物會游近來的話，那麼水雷網早已炸完了，利用高頻率電波，可以將海中的所有生物，逐出老遠，這早已不是科學上的新發現了。」

我呆了半晌：「這樣說來，他們可以肯定侵入水域的是人了？」

納爾遜先生道：「那也不一定，譬如說，受傷的海鷗，落在海面之上，雷達網也可以立即感覺得到的，這要看他們的判斷能力如何了。」

我嘆了一口氣：「想不到我伸了一下手，卻又給前途帶來了許多困——」

我最後的一個「難」字，還未曾出口，納爾遜先生突然伸手按住了我的口，我也已聽到在我們上面的岩石上，有腳步聲傳了過來。

我不但立即住口，而且，身子伏在岩石上，一動不動。腳步聲越來越近，強力電筒的光芒，也在海面之上，掃來掃去。

但我們幸而未被發現。

第二十部：跳海逃生

等到腳步聲漸漸遠了開去之際，我和納爾遜兩人，不約而同，一齊向上竄去，顯然我們兩人打的是同樣的主意，我們要在巡邏者回來的時候，將之制住！

我們在岩石上迅速地攀援著，不一會間，便到了一條路上。我們兩人的身子在路面上滾了過去，到了路邊，躺著不動。

向前看去，龐然巨大的古堡，就在黑暗之中，有幾個窗口的燈火，依舊通明。

我們化了那麼多的時間，所能做到的，只不過是來到了月神會總部的附近而已，再下去，事情會怎樣發展，實是難以預料！

我低聲和納爾遜道：「我們是不是準備襲擊剛才過的巡邏者？」

納爾遜立即道：「如果可能的話，我們便扮他！」

我點了點頭，我們忍受著砭骨的寒風，屏氣靜息地等著。

不一會，只聽得腳步聲又傳了過來，遠遠地，我們看到兩條人影，向我們漸漸地接近，不一會，那兩人已在我們的身邊走過。

納爾遜先生雖然已是五十多歲的人，但是他身手之矯捷，比諸年輕小伙子，實是不遑多讓，我們兩人，像黑豹一樣地撲了出去，立即箍住了那兩個人的頭頸。

「拍拍」兩聲，那兩人手中的電筒，落在地上，他們連半聲也未及出，後腦便被我們重重地擊了一下，昏了過去。

我們兩人，絕不多廢話，將自己身上的濕衣服，迅速地脫了下來，換上了那兩人身上的衣服，然後，將他們兩人縛住了手腳，塞在岩石縫中。

然後，我們拾起了手電筒，向前走去。

我們剛一轉過了山角，便有人迎面而來，喝道：「有發現麼？」

我沈聲道：「沒有！」

那人道：「快到廣場集合！快去！」

他話一講完，便轉身走了開去，我和納爾遜兩人，都不知道廣場在甚麼地方，但在這樣的情形之下，當然不能向那人發問。

我們只得向前走去，轉了幾個彎，我們心中的疑問，便已有了解答。

廣場就在那古堡型建築的右側，是一塊廣約畝許的空地，在我們到時，空地上已有幾十人在了，我們站在一個黑暗的角落上，並不出聲。

而那幾十個人，有的雖在講話，聲音也是十分低微，約莫過了三分鐘，陸續又有些人來到，這才見到，正對著廣場的一個窗口，突然大放光明。

接著，窗子打開，窗口現出了一個人。

廣場之上的所有人，立即變得更寂靜。我和納爾遜先生互望了一眼，我們都不知道將發生甚麼。我們不敢將頭抬得太高，唯恐暴露了我們的真面目，偷眼向窗口望去，由於那人站在貼近窗子處，而光線則自他的身後射來，因此看不清他的臉面，只不過看到一個高大的黑影而已，看來十分神秘。

那人出現之後不久，便聽得他發出了低沈的聲音，道：「雷達控制的遠程紅外線攝影機，已經攝到了露出海面的東西，那是一雙人手！」

廣場上起了一陣騷動，但立即又靜了下來。

我和納爾遜的心中，都駭然之極！

因爲我們實在未曾想到，月神會總部中的設備，竟是如此之週密！

那人繼續道：「有人侵入了我們的海域，而你們的巡查，卻說並無發現！」

那人講到這裏，頓了一頓，廣場上大多數人，低下頭去，像是感到慚愧。我們也低下了頭，我想，那在窗口講話的人，只怕做夢也想不到他的訓詞，我們也會雜在其中偷聽！

那人略頓了一頓，道：「現在，你們向總務部去領放射線探測器，再去繼續搜尋那侵入海域中的人！」我和納爾遜兩人，都吃了一驚，因爲那人要這些爪牙，去領取放射線探測器，以便繼續搜尋我們，那是甚麼意思呢？

是不是他們在附近的海域中，放進了甚麼放射性特強的物質，而凡是在海中游上來的人，身上便沾到這種放射性的物質了呢？

我們看到，那人在講完之後，便退了回去，窗子隨即關上，燈火也自熄滅。而聚集在廣場上的人，也立即紛紛離去，納爾遜輕輕地碰了踫我，我們兩人，也向外走了開去。我們當然不知道甚麼「總務部」在何處，而且我們也無意於去領取甚麼放射性探測器。因爲在黑暗之中，我們還可以混瞞過去，而如果一到了燈光之下，那麼，我們兩人喬裝的面目，是非被識穿不可的。

我們離開了廣場，跟著眾人，向前走著，而一來到牆角處，便立即身子一閃，閃過了牆角，在牆的那邊，一個人也沒有。而且，也顯然沒有甚麼人發現我們兩個人，已過了牆角。

我是已經到過這裏一次的，地形較熟。所以，我們一轉過了牆角，便由我走在前面。我們盡量保持著快，保持著輕，不一會，便來到了一扇門的旁邊。

我推了推那扇門，門是鎖著的。我取出了百合鑰匙，同時回身向納爾遜先生，作了一個手式，請他爲我「望風」。納爾遜機警地四面望著。我只費了一分鐘的時間，便已經將那道門弄開了，我輕輕地推開門，和納爾遜先生一齊閃身走了進去。我們兩人才一進門，便不約而同，都將那柄連發的新型手槍，握在手中。

因爲我們進了門後，眼前一片漆黑，甚麼也看不到，我們當然不知道會有甚麼意外發生。直到過了半分鐘，黑暗之中，一點動靜也沒有，納爾遜才打亮了他隨身所帶的電筒。

電筒的光芒，照亮了眼前的情景，只見那是一間很大的房間，但是卻並沒有窗戶，房間中推滿了各式各樣的雜物，大都積塵甚厚。

那間房間，看來是一間儲物室。我們對望了一眼，又不約而同地伸出手來，重重地握了一下，來慶祝我們的好運氣。因爲我們在開門的時候，根本不知道那裏面是一間甚麼房間，如果那是一間衛士休息室的話，那我們的運氣就壞透了。

如今，那是一間沒有人的儲物室，我們的運氣之好，的確值得祝賀。

我們兩人，一齊來到了那房間的另一扇門前，側耳向外聽去。只聽得外面不斷地有腳步聲傳了過來，聽來那像是一條走廊。

我輕輕地旋動著門把，那門也是鎖著的，我又動用了百合鑰匙，鎖匙孔中，發出了「拍」地一聲響，我和納爾遜兩人，連忙退開了一步。

但是並沒有人發覺那「拍」地一聲響，我又轉動門把，將門打開了一道縫，向外看去。只見外面果然是一條走廊，不少人正在來來往往地走著，面上的神色，大都是十分緊張。

在這樣的情形下，我們當然不能貿貿然地出去，只好在這間滿是積塵的儲物室中等著。

約莫過了半個時辰，腳步聲已漸漸稀落了下來，我們正待開門出去，去尋找方天時，突然聽得一個沙嘎的聲音嚷了過來：「發現河野和上間兩人，他們被打昏了過去。」

我和納爾遜先生的心中，卻不禁一凜。

只聽得門外有人道：「侵入的敵人有多少？」

剛才那沙嘎的聲音叫道：「兩個，一老一少，一個是西方人。」

接著，一個十分莊嚴的聲音，傳了過來，道：「仔細搜尋，一捉到了他們，立即便將他們投入火爐之中，燒成飛灰！」

當那個聲音在講話的時候，其餘人的聲音，都靜了下來。

從那聲音的莊嚴程度聽來，那人可能是月神會的長老之一。

我幾乎忍不住想打開門來，看一個究竟，但是卻為持重的納爾遜先生所阻。

那聲音繼續道：「將那一男一女看得緊密些，不要誤了我們的大事！」有許多聲音答道：「是！」

納爾遜先生附耳道：「衛，聽到沒有，一男一女，女的是誰？」我也以極低的聲音道：「佐佐木季子。」納爾遜先生道：「可能是她，唉，我們如果知道他們在甚麼地方就好了！」

我道：「那是很容易的事情，你不要阻止我冒險進行了。」

納爾遜先生「哼」地一聲，似乎頗不以為然，我也不再和他爭辯，只是留心地聽著外面的動靜，只聽得腳步聲漸漸地散開去，我再度輕輕打開了門，從門縫中向外看去。

外面的情形果然和我所料的一樣，許多人都離去了，他們顯然是奉命去嚴密監守的「一男一女」了。而一個身材高壯的人，卻還站著。

那人背對我，我看不清他臉面，但只看他那披著大紅神袍的背影，也有一種令人肅然起敬的感覺，當然他是月神會長老之一了！

我迅速地將門拉了開來，同時身子一縮，躍到了門背後，伸指在門上「卜卜」地敲了兩下。納爾遜先生這時，顯然也已經知道了我的用意！

只見他將身子，隱在走廊的燈光照射不到的地方，同時伸出拳頭來，向門外裝了裝。我向他一笑，又立即轉過頭，從門縫中看門外那人的動靜。

只見那人一聽得伸指敲門聲，便立即轉過身來！

他一轉過身來，走廊上閃動的油燈火光，照在他的臉上，我幾乎吃驚得要高叫起來！那身披大紅神袍的人，分明是井上次雄！在那瞬間，我相信我的面上，一定充滿了驚訝，我幾乎忘記了自己定下的步驟！直到那人也是滿面驚訝的向前走了過來，我才從驚愕中醒過來。

我自己告訴自己：那人自然不可能是井上次雄，但他卻一定是井上家族中的人。一個家族中的成員，面貌相似，這並不是甚麼十分奇怪的事情，原不值得大驚小怪的。

等我明白了這一點之後，那人已來到了門口，只見他以十分熟練而迅速的手法，擎了一柄手槍在手，喝道：「誰在裏面？」

我和納爾遜先生兩人，都屏住了氣息，一聲不出。

那人既是井上家族中的人，那麼當然是月神會之大首腦之一，如果能將他制住的話，那實是太理想了，那人喝了一聲之後，一步便跨了進來。

我一見那人跨了進來，雙足一彈，身子已待向地疾撲而出！

但是，在我的身子，還未曾撲出之際，那人卻又立即向後退了開去，又喝道：「誰在裏面？」

我和納爾遜先生互望了一眼，都不出聲。

那人面上現出了猶豫之色，但他究竟是一個十分精明的人，竟不再走進來，只是欠身伸手，握住了門把，想將門關上。

我那時候，正在門後，心想如果給他們將門關上的話，那我們便再沒有機會擒住他了！因之，就在他握住了門把，將門拉上之際，我的身子一側，肩頭狠很地向那扇門撞去。

那一撞，發出了「砰」地一聲響，那扇門也以極快的速度，向外關去，幾乎是在同時，我又聽到了那扇門撞倒了那人的聲音！

我不等門關上，一伸手，便已拉開了門來。

那人倒在走廊上，正待爬起身來，但是我也已經趕了出來。

那人一見了我，一伸手，便去抓跌在地上的手槍，在他的五指，剛一觸及那柄小手槍之際，我的右腳，已及時趕到，重重地踏在他的手臂之上！

那人悶哼一聲，他的身子，突然出乎意料之外地翻了起來，兩腿一伸，已挾住了我的頭頸，我的身子被他兩腿之力一扳，不由自主，也跌倒在地。

我確是未曾料到對方的身手居然這樣矯捷，我一倒地之後，頭部仍被他雙腿緊緊地挾著，不能動彈，但我的雙手卻是可以活動的，我一掌切在他的小腹之上，那人又是悶哼了一聲，雙腿鬆了開來，我就勢一頂，又在他的小腹之上，撞了一下。

那一下，撞得那人的身子，猛地挺了一挺，怪叫了起來！

他的叫聲，在冷靜的走廊中聽來，極其響亮驚人，我吃了一驚，當胸將他提了起來，一拳將之擊昏。

這時，在走廊上的兩端，都可以聽到有腳步聲傳了過來，我拖了那人，回到儲物室中，才一進室，納爾遜先生便要向外衝去。

我忙道：「你做甚麼？」

納爾遜道：「你忘了拾起他的手槍。」

我將那昏了過去的人，向納爾遜一推，準備竄出去將那柄手槍拾了回來，但是已經來不及了，走廊的兩端，都已經有人出現了。

納爾遜先生忙將我拉住，輕輕地關上了門。

我湊在鎖匙孔中，向外看去，只見奔到門前，約有四五個人。他們的面上的神色，俱皆十分驚訝，一個道：「剛才好像是井上長老在叫。」

另一個道：「是啊，他何以突然不見了。」

又有的道：「難道井上長老德高，修煉成功，已經飛升到月亮上去，成了月神了麼？」

眾議紛紜間，又有人叫道：「看，這是井上長老的佩槍。」

眾人靜了片刻，有一個道：「井上長老已出了意外，我們快去報告！」

這時候，昏了過去的井上長老，也已醒了過來，但是他卻一聲也不敢出，因為，納爾遜的快槍，正對準了他的心窩。

我看到那些人匆匆離去，便來到了井上長老的面前，道：「井上先生，你應該知道你自己的處境了。」井上長老的面色如何，在黑暗中，看不真切，但他的聲音，卻還十分倨傲，道：「要明白自己的處境的，不是我，而是你們！」

我笑了起來，道：「不錯，我們是在虎穴之中，但是我們擒住了虎首，閣下以為是誰該考慮他的處境呢？」井上長老不再出聲。

我向外傾聽著，走廊外又有人聲和腳步聲傳了過來，那些人自然是來找井上長老的。或許是由於這間儲物室從來也沒有人來的緣故，竟沒有人想打開門來看一看，亂了片刻，人又慢慢地散了開去，我才道：「井上先生，你可以發問題了。」

我不先向他問問題，卻叫他先向我發問，那是要試一試他是否知道我們的來歷。

但井上長老也十分奸猾，道：「我有甚麼好問的？你們要甚麼？」

納爾遜先生沈聲道：「衛，別耽擱時間。」

我立即道：「井上閣下，為了你自己的安全，你必須回答我們兩個問題。」井上長老「嗯」地一聲，我道：「被你們綁了來，硬要他作飛行表演的方天在哪裏？」

井上長老呆了片刻，道：「他正在三樓的長老室中，受著十分優渥的待遇。」我立即又問道：「佐佐木季子呢？」

井上長老怒道：「不行，她不行。」

我呆了一呆道：「甚麼叫『她不行』？」

井上長老道：「她是我們選定的聖女，在即將召開的信徒大會上，她要赴海去和海底之神，傳達我們的信仰，照例不能見外人的！」

我聽了井上長老的話，心中實是憤怒之極！

這是二十世紀六十年代，但這干畜牲居然還以人命來渲染妖氣，以達到他們騙人之目的！

我想起佐佐木博士之死，這些人的愚行，已害了一個最傑出的醫學家，而且還要害不知道多少人，我實在忍不住，手揚處，「叭叭」兩聲，便在井上長老的面上，重重地摑了兩掌！

那兩掌我下手極重，井上長老一聲呻吟，大著舌頭道：「妄觸長老聖體的人，手臂定當折斷。」

我本來摑了他兩掌，氣倒也出了一些，一聽得他這樣的說法，我氣又往上衝，道：「反正是斷，我摑多兩掌再說！」

我話一說完，又是兩掌摑了過去！

那兩掌下手更重，我聽得他口中牙齒鬆動的聲音，我的手背上，也濺了熱血。我把手背上的血，抹在他的衣服上，又問道：「佐佐木季子在哪裏？」

井上長老屈服了，也不再說甚麼「聖體」不「聖體」了，他的語言已是含糊不清，道：「她在頂樓的聖女室中。」

我問道：「這兩個地方有守衛的人麼？」

井上長老道：「自然有的。」

我道：「好，你是月神會的長老，一定有辦法可以使我們順利進入這兩間房間的。」

井上長老道：「我沒有辦法。」

我冷冷地道：「你的臉上，我如果再摑上兩掌的話，你將會十分難看。」

井上長老呆了半晌，才道：「我可以將長老的信符交給你們。」

我問道：「有了長老的信符，我們就可以通行無阻了麼？」井上長老道：「只有長老，才能盤問持有長老信符的人。」

我道：「快拿來。」井上長老道：「掛在我頸間的就是了。」

我自他的頸間，抽出了一條金鍊，金鍊的一端，繫著一條極大的珠子，那珠子渾圓銀白，看來就像是一輪明月一樣。就在那珠子之旁，有兩塊小小的金牌，上面鐫著些字因為黑暗，也看不真切。

我一將這件東西取到手，便向納爾遜先生揚了揚首，納爾遜先生一掌擊在井上先生的下頷上，又將他擊得昏了過去。

納爾遜將井上長老放在地上，又取出了一條手帕，和一隻小瓶，將小瓶中的液體，倒了幾滴在手帕上，以手帕覆住了井上長老的口鼻。

那小瓶中的液體，散發著一陣令人頭昏目眩的氣味，連我也幾乎昏了過去。我們兩人，連忙打開了門，出了那儲物室。走廊中並沒有人，我將井上長老的信符，抓在手中，雖然有了他的信符便好得多，但若遇到了月神會中的長老，一樣可以向我們盤問。

我們小心向前走著，到了三樓一扇門前，有兩個胖子守著，我示意他們將門打開，他們卻一動不動。我揚著信符，喝道：「你們為何不將門打開？」

那個胖子的面上，都現出了一個狡獪的微笑來。

我不知發生甚麼事，但總知有些不對頭。

我立即提高了警覺，那兩個胖子道：「這門的鎖匙，只有長老才有，因為這裏是長老室。

井上長老請你們來，難道沒有將鑰匙交給你們麼？」

我聽了那胖子的話，不禁目瞪口呆！

那兩個胖子望著我們，更是笑得不懷好意。

我在剎那間，心中不知想了多少事，我口中立即道：「這個麼，井上長老或者是一時匆忙，所以忘記了。」我一面說，一面向納爾遜作了一個手勢。

我話未說完，身子一矮，一面向一個胖子的肚撞了過去。

而納爾遜也立即會意，他猛地揮出了一記左鉤拳，擊向另一個胖子的下頷！

我們各自的這一下突襲，出手奇快，都擊中了對方。但是那兩個胖子卻是非同小可的人物，被我撞中肚子的那胖子，只是身子向後退出了一步。

而中了納爾遜先生左鉤拳的那一個，卻連身子也未曾晃動一下，反倒咧咀向納爾遜笑了一笑！

本來，我們是打算一出手，便將這兩人擊倒，再設法去開門，但如今，這個計劃顯然是行不通了。和我對敵的那個胖子，只是望著我，卻並不還手，而另一胖子，卻已跳動他山一樣的身軀，向納爾遜先生猛地撲了過去。納爾遜先生一閃閃開，我疾聲道：「速戰速決！」我一面說，一面已將手伸入了袋中。

我一伸手入袋，立即握住了那柄連發手槍。

我並不是喜歡隨便殺人的人，這是我一直不攜帶現代武器的原因。

但是眼前的情形，卻逼得我必須用手槍了，因爲那兩個胖子的身手如此之高，納爾遜先生避開了那胖子的一撲，已是十分狼狽。

再加上這兩個胖子，既然身爲月神會長老的守衛，平日一定作惡多端，我們良心上也不必有甚麼負擔。我的手才一握上手槍，便聽得「砰」地一聲槍響。

那一響槍聲，自然是納爾遜先生在聽到了我的話之後發出來的。

我向那胖子看了一眼，只見那胖子手按在胸前，指縫間鮮血迸流，面上露出不可相信的神色來，身子居然仍兀立不動。

我一面向那胖子看去，另一方面，已經在衣袋之中，扳動了槍機。

我的那下槍聲，和納爾遜先生的那下，幾乎是同時發出來的。

我根本不必去察看我是否打中，因爲槍聲才起，我便聽到另一個胖子的倒地之聲！

我抽出槍來，向門鎖放了一槍，踢開了門，道：「納爾遜，你去救方天，我守在門口！」

三下槍響，在走廊之中，蕩漾不已，有三扇門打了開來，走廊的兩端，更有七八個人，飛奔而來。

在那樣的情形之下，想要憑井上長老的信符作護身符，已是沒有可能的事了。

我向天連放了五槍，已向前奔來的人，一齊退了開去，但立即也有槍聲，向我發來。我身子一縮，進了長老室，立即將門關上。

我才將門關上，立即身子向旁跳去，而我尚未落地，一陣槍聲過處，那扇門上，已出現了十七八個小孔，我回過頭來，只見納爾遜先生握住了方天的手臂，正站在窗口旁。

方天見了我，蒼白的面上，才現出一絲的笑容來，道：「我早知你會來的。」

我立即道：「你別高興太早了——納爾遜，窗外可有出路麼？」

在我講這句話的時候，外面的槍聲，更加密集了，我又向外面連發了三十多發槍彈。

那連發手槍的威力，使得走廊之上，響起了一陣怪叫聲。納爾遜先生在這時候，已經推開了窗子，探頭向外看去，道：「外面是海。」

我也退到了窗邊，道：「那是我們唯一的去路了！」

方天向外張望了一下，驚叫道：「從這裏下去？」我點頭道：「不錯，你可以做得到的。」方天一隻手按在窗框上，在簌簌發抖，時間已不容許我們再多作考慮了，我一聳身，便翻出了窗子。

也就在我翻出窗子的同時，只聽得鄰室有窗子打開的聲音，我連忙將身子緊貼著牆壁，以一隻手支撐著全身，向左右各發了幾槍！

在我左右的窗口，都有人中槍，向下落下去。

我向下一看，只見那兩個人，扎手扎腳，竟跌進了海中去！

在我的想像之中，如果從窗口直接跳下去的話，一定會跌在岩石上面腦漿迸裂的，但是那兩個人卻跌進了大海之中！

這給了我一個啓示，那就是說，如果我們也撲出窗子的話，也可以跌進大海之中！那樣，我們便可以不必攀牆到了地上，再奔到峭壁之旁而跳海了。

事實上，我們想要爬下去，幾乎是沒有可能的事情了，因爲整座古堡的窗子，幾乎都已打了開來，我們只有一試「空中飛人」了！

我連忙道：「你們看到了沒有？我們跳出去，放鬆肌肉，不要掙扎，那麼便可以像那兩個中槍的人，躍進了大海之中了！」

方天結結巴巴地道：「不……不……不行……」

但是，他一句話沒有講完，我早已托住了他的腰部，向窗子外猛地一送，叫道：「放鬆肌肉！」方天的身子向下落去，我只聽得許多窗子中發出了「飛人」的呼叫之聲。

我和納爾遜先生兩人，緊接著向外，躍了出去！

在我們的身旁，子彈呼嘯著掠過，幸而是在黑暗之中，要不然，我們下墜之勢雖快，一定快不過槍彈的！

這時候，我們所冒的險是雙重的，因爲我們極可能撞在岩石之上！

僥天之幸，我們三人，總算先後落到了海中，方天緊緊地握住了我的手，看他的情形，已經嚇得六神無主了。我吐出了口中的海水，道：「我們先游開這裏，再設法出水雷陣。」

納爾遜先生領頭向外游去，我帶著方天跟在後面，我們向前游出了約莫三十多碼，便發現了一個岩洞。納爾遜先生回頭向我望來，我道：「游進去再說！」

不到五分鐘，我們三人，都已經游進了那個岩洞，納爾遜先生按亮了他那隻防水的袖珍型電筒，在淡淡的光芒之下，只見那岩洞極是深邃，水是漆黑冰冷的，但岩洞卻十分高，有著可供我們棲身的岩石。

我估計，就算潮漲到最高的話，我們也不致於被海水淹沒的。

我們三人，拖著濕淋淋的身子，爬上了岩石，方天伏在地上喘氣，我和納爾遜兩人，相視苦笑，我們檢查著武器。

因爲我們知道，月神會中的人，是隨時隨地會來尋找我們的！

他們自然會發現這岩洞，而且也一定會進洞來檢查，如果我們的武器失靈，那我們就只好束手就擒了。

我吸了一口氣，道：「納爾遜先生，你說我們應該怎樣辦？」

納爾遜雙手一攤，道：「只有等待，我希望他們會駛一艘快艇進來，那麼，我們可以有機會奪到一艘快艇。」我苦笑道：「你忘了水雷陣了麼？」

方天抬起頭來，這個土星上的高級生物，膽子比我們小得多，他的面色，藍得如同靛青一樣，顫聲問道：「我們……逃不出了麼？」

我道：「你身上可還有甚麼秘密武器麼？」

方天道：「沒有了，我只有地球人所不知的科學知識。」我嘆了一口氣，道：「那是絕無濟於事的。我們只好等機會了。」

納爾遜先生道：「如果我們能躲到潮漲時，那或者可以有辦法了，水雷隨著潮水高漲而浮起，在海底上，一定會有空隙，可以供我們游過去。」

我點了點頭，卻又向方天望了一眼，因爲我懷疑方天是不是有能力潛泳這麼久。

正在這時，突然，自岩洞深處，傳來了一陣「軋軋軋」的聲音！

不要說是方天了，便是我和納爾遜兩人，突然聽到了這一陣聲音，也相顧失色！

我們只當，月神會的人，就算追尋而來，也一定是由外面進來的，卻想不到岩洞之內，也會有這樣的聲音，傳了過來。

我一拉方天，和納爾遜迅速地閃到石壁之前，盡可能將身子隱了過來。

只聽得那「軋軋軋」的聲音，斷斷續續地響了約莫十來分鐘，便停了下來。

我將聲音壓得最低，問道：「納爾遜，你聽這是甚麼聲音？」納爾遜先生的兩道濃眉，緊緊地皺在一齊，道：「奇怪，那像是風鎬的聲音，但發動風鎬，要強大的電力，爲何又聽不到發電機的聲音？」

我道：「電源一定是由地面上引下來的了。」

納爾遜先生道：「你再看仔細，這岩洞的入口處，可有電線麼？」

方天在這時候忽然插言道：「發電機是裝置在水下面的。」我和納爾遜先生兩人，一齊向他望去，他指著水面，道：「你們看，岩洞中的水，在微微地震蕩，這便是發電機在水下震蕩的結果，從水面波紋的擴展速度來看，我還可以推測出，那發電機是在離這裏約七十公尺的水面之下。」

我和納爾遜先生互望了一眼。這時候「軋軋軋」聲音又響了起來。

納爾遜先生道：「那一定是月神會想在岩洞之中，建造甚麼秘密的場所。」我搖了搖頭，道：「聽風鎬聲，只有一柄，那不可能是大工程。」

納爾遜道：「不管他是大工程小工程，裏面既然有人，我們過去看看。」

我點了點頭，我們三人，在岩洞之中，向前走去，走出了三十來步，我們已必須涉水了，水最深之處，幾達腰際！

第二十一部：「獲殼依毒間」——無形飛魔

但在轉了一個彎之後，我們又可以在岩石上行走，而在轉了第二個彎之後，我們便停了下來。

在我們前面，出現了燈光！

我們立即縮了回來，我和納爾遜先生，探頭向前面望去，一時之間，我們弄不清楚我們所看到的情景，是真是幻！

只見有兩盞約有一百支光的電燈泡，掛在石壁之上。

在燈光的照耀之下，我們看到了三個人。

那三個人都是年輕人，但是他們的頭髮和鬍鬚之長，就像是深山野人。其中一個，持著一柄風鎬，正在石壁上開洞。

在一塊岩石之上，淩亂地堆著如下的物事：三條草綠色的厚毛氈，許多罐頭食物，一隻大箱，幾隻水杯，和一隻正在燃燒著的酒精爐子，爐子上在燒咖啡。

照這些東西的情形來看，那三個人像是長時期以來，都住在這個岩洞之中的一樣，這也許是他們三人的面色看來如此蒼白的原因。

我和納爾遜兩人，都不禁呆了。

我們實在無法猜得出那三個年輕人是甚麼樣人。

如果說他們是月神會中的人，在這個岩洞中進行著甚麼工程，那麼，他們三個人又何必睡在這裏，生活在這裏呢？要在這樣陰暗潮濕冰冷的水上巖洞中過日子，是需要有著在地獄中生活的勇氣的！

但如果說他們不是月神會的人，那麼發電機、風鎬，以及那麼多的物品，是怎麼運進來的？他又在這裏作甚麼？

我和納爾遜兩人看了好一會，納爾遜低聲問我道：「你看他們在挖的那個洞，是做甚麼用的？」我早已看出，那像是用來放炸藥的，因此我便這樣回答了。

納爾遜先生是兵工學專家，他自然要比我明白，他點了點頭，道：「不錯，是用來埋炸藥的，但這個洞，已足可以藏下炸毀半個山頭的炸藥了，他們還在繼續挖掘，究竟他們要炸甚麼呢？」

我道：「那只有去問他們了。」

我那句話才一出口，便一步跨向前去，轉過了那個石角，手持我的手槍，大叫道：「哈囉，朋友們，舉起你們的手來！」

那三個人陡地呆住了，那個持著風鎬的人，甚至忘記關上風鎬，以致他的身子，隨著風鎬的震動而發著抖，我見已控制了局面，便向前走去，可是，我才走出一步，其中一人，身子突然一矮！

在他身子一矮之際，已有一柄七寸來長的匕首，向我疾飛了過來！

那時，我離開他們只不過幾步遠近。那柄匕首來得那麼突然，我想要避開，除非我肯跳入水中，否則已經來不及了，但是我又不願在三人面前示弱，幸而那柄匕首是奔向我面門射來的，我頭略一偏，一張口，猛地一咬，已經將那柄匕首，以牙齒咬住！

匕首的尖端，刺入我的口中，約有半寸，不要說旁觀的人駭然，老實說，連我自己，也出了一身冷汗！這柄匕首沒有能傷到我，反倒有好處，因為我知道這三人絕不是月神會中的人！

因為，他們如果是月神會中的人，一見到有人闖了進來，一定會大聲喝問是甚麼人，而絕不會驚惶失措到這一地步，立即放飛刀的！我一伸手，握住了那柄匕首，又道：「朋友們，不要誤會，我們是從月神會總部逃出來的，躲進這裏來的，你們是甚麼人？」

那三人互望了一眼，面上現出了大是不信的神色。納爾遜先生這時，向前跨出了幾步，以他並不十分純正的日語，大聲問道：「你們想在這裏做甚麼？你們想犯有史以來最大的謀殺案麼？你們可是犯罪狂？」

我們轉過了石角之後，已更可以肯定那三個人在岩石上打洞，是為了藏炸藥的了，因為我們已看到了約莫八十條烈性炸藥（TNT），遠程控制的爆炸器。

那種烈性炸藥的威力，是稍具軍事常識的人都知道的，而這三人竟準備了八十條之多，難怪納爾遜先生要這樣責問他們了。

那三人面色變得慘白，他們相互望了一眼，閉上眼睛，道：「完了，完了，我們盡了這樣大的努力，竟也不能消滅惡魔，這也許是天意了。」

我和納爾遜先生兩人，聽了那三人的話，心中又不禁一奇。聽他們的談吐，那三人似乎都是知識青年，但他們卻在這裏，從事如此可怖的勾當，這其中究竟有著甚麼隱秘呢？

納爾遜先生來到了那一大箱烈性炸藥之旁，看了一眼，「哼」地一聲，道：「去年美軍軍營失竊的大批炸藥，原來是給你們偷來了？」

那三人睜開眼來，道：「不錯，正是我們。」他們向水中指了指，道：「沈在水中的發電機，也是美軍的物資。」

納爾遜先生的聲音，變得十分嚴厲，道：「你們究竟想作甚麼？」

那三人中的一個道：「你們是甚麼人？我們憑甚麼要向你們說？」納爾遜先生道：「我是國際警察部隊的遠東總監！」

這是一個十分駭人的衝突，他這時講了出來，自然一定以爲可以將眼前這幾個年輕人鎮住的。怎知三人一聽，突然「哈哈」大笑起來。其中一個道：「國際警察部隊？可是負責剷除世界上所有犯罪行爲的麼？」

那年輕人的語音之中，充滿了嘲弄。

但是納爾遜卻正色道：「那是我們的責任！」

那年輕人又縱聲大笑起來，手向上指了一指，道：「就在你的頭頂上，有著世上一切罪惡的根源，你為甚麼不設法剷除？」

我和納爾遜先生兩人，一聽到他的這句話，便知道他所說的是甚麼意思了，同時，我們也有些明白這三個人是在做甚麼了！

他們所指的「罪惡的根源」，自然是指月神會的總部而言。

而我們已可以肯定，從這個巖洞上去，一定是月神會的總部，而這三人想在這裏埋上炸藥，製造一次爆炸，自然是想將月神會的總部，整個炸掉！

這是何等樣的壯舉！

我心中立即為那三人，喝起釆來。我大聲道：「好，你們繼續幹吧！」

納爾遜先生大聲道：「不行，這是犯罪的行為。」

我立即道：「以一次的犯罪行為，來制止千萬次的犯罪行為，為甚麼不行？」

納爾遜先生轉向我：「是誰給你們以犯罪制止犯罪的權利？」

我絕不甘心輸口，立即道：「先生，那麼又是誰賦於你這樣權利的呢？你是人，他們是人，你們都不願見到有犯罪的行為，所以你們都在做著，為甚麼你能，他們便不能？」

我這一番話，多少說得有些強詞奪理，但納爾遜一時之間卻也駁不倒我！

那三個年輕人想是想不到我們竟會爭了起來，而且我又完全站在他們一面。

他們三人，互望了一眼，其中一個，走前一步，向我深深地鞠了一躬，道：「我們感謝閣下的支援，但我們卻同意那位先生的見解，我們是在犯大罪，但我們早已決定，在爆炸發生時，我們不出巖洞，和惡魔同歸於盡，這大概可以洗刷我們本身的罪了。」

我和納爾遜兩人，聽得那年輕人如此說法，不禁聳然動容！

我連忙大聲道：「只有傻瓜才會這樣做。」那年輕人卻並不回答我，道：「我們所要求三位的是，絕不要將在這裏看到的一切，向外人提起一字，以妨礙我們的行動。」

我忙道：「你們做得很好，但你們絕不必和月神會總部，同歸於盡！」

那三人一齊搖頭，道：「我們三個，是志同道合的人，我們一家，全都死在月神會兇徒之手，我們籌劃了一年多，才想出這樣一個報仇的辦法來，而我們如今還活著，只不過是爲了報仇，等到報了仇之後，我們活著還爲了甚麼？」

這是可怕的想法，也許只有日本人受武士道精神的影響，究竟太深了一些！

我老實不客氣地對納爾遜先生道：「先生，這三位年輕人所從事的，是極其神聖的工作，你不是不知道月神會非但在日本，而且在遠東地區的犯罪行爲，但你們做了些甚麼？」

正因爲我和納爾遜已是生死相交的好朋友，所以我才能這樣毫不客氣地數說他。

納爾遜先生嘆了一口氣，道：「我覺得慚愧。」

那三人高興道：「那你們已決定為我們保守秘密了？」我點頭道：「自然，但我建議你們三人之中，應該有一個在巖洞口望風，而且，你們大可不必——」

那三個年輕人不等我講完，便道：「你的好意，我們知道了。」

我自然沒有法子再向下說去，我一拉方天，向納爾遜先生招了招手，道：「我們退出去吧。」

那三人中的一個道：「咦，你們不是要逃避月神會的追尋麼？」

我道：「是啊。」那人道：「可是你們退出去，卻是月神會的水域，沿著月神會的總部，成一個半月形，是佈有水雷的！」

我道：「我們知道，但還有甚麼辦法麼？」

那年輕人突然笑了起來，指了指堆在石上的東西，道：「這一些東西，你們以為我們是通過水雷陣而運進來的麼？」

我聽出他話中有因，心內不禁大喜，忙道：「莫非還有其他的出路麼？」那年輕人道：「不錯，那是我們化了幾個月的功夫發現的。」

我們三人一聽，心中的高興，自然是難以言喻，忙道：「怎麼走法？」

那年輕人道：「那條通道，全是水道，有的地方，人要伏在船上，才能通過去，你們向前去，便可以發現一隻小船，在停著小船的地方起，便有發光漆做下的記號，循著記號划船，你們便可以在水雷陣之外，到了大海。但離月神會的總部仍然很近，你們要小心！」

我忙道：「那小船——」

可是，那年輕人已知道了我的意思，道：「不必爲小船擔心了，我們至多還有兩天工作，便可以完成了，現在，我們已爲即將成功而興奮得甚麼也吃不下，不需要再補充食物，小船也沒有用了！」這三個年輕人，竟然存下了必死之心！

我和納爾遜兩人，不再說甚麼，一直不出聲的方天，這時突然踏前一步，道：「你們是我所見到最勇敢的三個地球人，在我回到土星之後，一定向我的同類，提起你們來！」

那三個人一怔，突然笑了起來，道：「先生，你是我們所見到的最幽默的土星人！」

他們在「土星人」三字之上，加重了語氣，顯然他們絕不信方天是土星人！

方天也不再說甚麼，我們三人，向前走去，只聽得身後，又傳來「軋軋」風鎬聲，他們又在開始工作了。納爾遜先生轉身望了幾眼，道：「衛，你說得對，剛才我是錯了。」

我嘆了口氣道：「我們竟未問這三人的名字，但是我相信他們不肯說的。」

納爾遜道：「這三人不但勇敢，而且要有絕大的毅力。」我補充道：「在美軍軍營中偷烈性炸藥，又豈是容易的事？他們還要有極高的智力才行！」

我們說著，已向前走出了二十來碼，果然看到，在一個綠幽幽的箭咀之旁，我們三個人上了小木船，已是十分擠了。

我們取起船上的槳，向前划去，一路之上，都有箭咀指路，在黑暗中曲曲折折，約莫划了一個來小時，有幾處地力，巖洞低得我們一定要俯伏在船底，才能通向前去！

一個多小時之後，我們已可以看到前面處有光線透了進來。

不多久，小船出了巖洞，已經到了海面之上。我們三人，都深深地吸了一口氣！

方天在吸了一口氣之後：「有一件事，或許我不該提起。」我道：「我心中也有著一件難題？」納爾遜接著道：「我知道你們所想的是甚麼，因爲我也在爲這件事而困擾著。」

我沈聲道：「佐佐木季子！」他們兩人也齊聲道：「佐佐木季子！」

我們三人互望了一眼，接下來的便是沈默。

我們都知道，佐佐木季子在月神會的總部之中。而三天之內，月神會的總部，便會遭到致命的爆炸。照那三個年輕人挖掘的那個大洞，和他們所準備的烈性炸藥看來，那爆炸不發生則已，一發生的話，月神會總部，可能連一塊完整的磚頭都找不到！

當然，這時，連納爾遜先生也已經默認了月神會總部那些人，是死有餘辜的，但是佐佐木季子，卻完全是無辜的！

她被月神會所困，自然絕無理由成爲月神會總部的陪祭。

但是我們三個人固然都知道這一點，卻又沒有出聲的原因，那是因爲我們心中，同時都想著：如何再救她出來呢？

方天自己本身，他還是剛被我們救出來的人，雖然他來自土星，智慧淩駕於任何地球人之上，但是這卻並不是「想」的事情，而是要去做的，方天自然不會有辦法。

而我和納爾遜兩人，所經歷的冒險生活雖然多，但回想起剛才，在月神會總部，將方天救出來的情形時，心中仍是十分害怕。

而且，若是再要闖進月神會的總部去救人，那不是有沒有勇氣的問題，而是根本無法做到的事！

我們三人之間的沈默持續著，方天雙手突然捂住了臉，道：「我慚愧，我……對搭救季子，竟一點辦法也沒有。」

納爾遜嘆了一口氣，摸著下頷應該剃去的短髭，我昂首向天，呆了片刻，道：「季子不知是不是能夠離開月神會的總部？」

納爾遜望著我，道：「你這話是甚麼意思？」

我自己也覺得，因爲我想得十分亂，所以講出話來，也使人難懂。

我補充道：「我的意思是，就算在月神會頭目的監視之下，只要使季子在這三天中，離開月神會總部，那麼她就不會在爆炸中身死了。」

納爾遜先生苦笑道：「我想不出有甚麼辦法來。」

我也想不出辦法，我們三人，已經離船上岸了，但是仍然沒有人講話，尤其是方天，更是垂頭喪氣。

我們在崎嶇不平的路上，慢慢地走著，陡然之間，方天昂起頭來。

他的面上，現出了極其駭然的神色，眼球幾乎瞪得要突出眼眶來，他的面色，也變成了青藍色。

他本來是望天空的，但是他的頭部，卻在向右移動，像是他正在緊盯著空中移動的一件物體一樣。我和納爾遜兩人，都爲他這種詭異的舉動，弄得莫名其妙，我們也一齊抬頭向上看去。

天色十分陰霾，天上除了深灰色的雲層之外，可以說絕無一物。

但是方天的頭部，卻在還繼續向右轉。右邊正是月神會的總部，那古堡建築所在的方向。

我忍不住重重地在方天的肩頭上拍了一下，道：「你看甚麼？」

方天面上的神色，仍是那樣駭然，道：「他去了——他去了！」

我大聲道：「甚麼人去了，誰？」

方天道：「他到月神會總部去了，他——『獲殼依毒間』！」

這不是我第一次聽到那五個字了。

那五個字究竟代表著甚麼，我一直在懷疑著，而當方天在這時候，繼他那種怪異的舉動，又講出這五個字來時，我的耐性，也到了頂點。我沈聲道：「方天，那五個字，究竟是甚麼意思？」

方天低下頭來，向納爾遜先生望了一眼。

我立即道：「方天，納爾遜先生已經知道你是來自另一個星球的人，這一點，絕不是我告訴他，而是他自己推論出來。」

在片刻之間，方天的面色變得十分難看，但是不到一分鐘，他便嘆了一口氣，道：「就算納爾遜先生不知道，我也準備向他說了。」

我知道，那是納爾遜和我一齊，冒著性命危險去救他，使他受了感動之故。納爾遜先生顯然也對方天怪異的舉動，有著極度的疑惑，他忙道：「你剛才看到了甚麼？是甚麼向月神會總部去了。」

方天想了一想，道：「那……不是甚麼……」他苦笑了一下：「我早和衛斯理說過，這件事，地球人是根本絕無概念，絕不能明白的，而且我也十分難以用地球上的任何語言，確切地形容出來。」

我苦笑道：「我們又不通土星上的語言，你就勉爲其難吧。」

方天又想了片刻，才道：「你們地球人，直到如今爲止，對於最普通的疾病，傷風，仍然沒有辦法對付。那是由於感染傷風的是一種細小到連顯微鏡也看不到的過濾性病毒——」

我不得不打斷方天的話頭，道：「和傷風過濾性病毒，有甚麼關係？」

方天抱歉地笑了一笑，道：「我必須從這裏說起，地球人染上了傷風，便會不舒服，大傷風甚至於還可以使人喪生，但是過濾性病毒雖小，還是有這樣的一件物體存在著的，然而，在土星的衛星上，所特有的，那被土星人稱之爲『獲殼依毒間』的東西，實際上絕沒有這樣一件物體的存在……」

我和納爾遜先生兩人，越聽越糊塗。

方天則繼續地道：「那類似一種腦電波倏忽而來，倏忽而去，但是它一侵入人的腦部，便代替了人的腦細胞的原來活動，那個人還活著，但已不再是那個人，而變成了侵入他體內的『獲殼依毒間』！」

我和納爾遜先生兩人，漸漸有點明白了。

我們兩人，同時感到汗毛直豎！

我嚥下了一口口水，道：「你的意思是，那只是一種思想？」

方天道：「可以那麼說，那只是一種飄忽來去的思想，但是卻能使人死亡，木村信工程師便是那樣，他其實早已死了，但是他卻還像常人一樣的生活著，直到『獲殼依毒間』離開了他，他才停止了呼吸。」

納爾遜先生輕輕地碰著我。

我明白納爾遜的意思，納爾遜是在問我，方天是不是一個瘋子。

我則沒有這樣的想法，因爲木村信的情形，我是親眼見到的。

方天嘆了一口氣道：「科學的發展，並不一定會給發展科學的高級生物帶來幸福，在土星上，就有這樣的例子了。」

我問道：「你的話是甚麼意思？」

方天道：「土星人本來絕不知道就在自己的衛星上，有著那麼可怕的東西的，因爲土星之外，有著一個充滿著類似電子的電離層，阻止了『獲殼依毒間』的來往，但是，當土星人發射了第一艘太空船到衛星，而太空船又回到了土星上，整個土星的人，歡騰若狂，慶祝成功之際，『獲殼依毒間』也到了土星上！」

「在短短的三年之中，『獲殼依毒間』使土星上的人口，減少了三分之一，科學家放棄了一切，研究著人們離奇死亡的原因，這才發現是那麼一回事！」

我吸了一口氣道：「結果，想出了防禦的辦法？」

方天道：「不錯，土星的七個國家，合力以強力帶有陽電子的電，衝擊衛星，使得衛星上的『獲殼依毒間』消失，但是正像地球人不能消滅病菌一樣，已經傳入了土星的，我們只可以預防。」

我想起了方天和我一齊到工廠去見木村時，給我戴的那個透明的頭罩，道：「那透明的頭罩，便是預防的東西麼？」

方天道：「是，那種頭罩，能不斷地放射陽電子，使『獲殼依毒間』不能侵入，就像地球人一出世便要種卡介苗一樣，土星人一出世，便要帶上這樣的頭罩，直到他死為止。」

（一九八六年按：卡介苗是預防肺結核病的，不知甚麼時候開始，已經不必再注射了。）

方天苦笑道：「這可能是我們的太空船帶來的。納爾遜先生，這是地球人真正的危機。」

納爾遜先生還不十分注意，道：「為甚麼？」

方天道：「像細菌一樣，『獲殼依毒間』是會分裂的，而且分裂得十分快，但必須在它侵入人腦之後，就算我們太空船帶來的，只是一個能侵入人腦的『獲殼依毒間』，但經過了這許多年，已經分裂成為多少，我也無法估計了。」

我失聲道：「這樣下去，地球人豈不是全要死光了麼？」

方天道：「或則沒有一個人死，但是所有的人，已不再是他自己，只是『獲殼依毒間』！」

我的心中，又泛起了一股寒意，納爾遜先生的面色，也為之一變。

方天又道：「或者事情沒有那麼嚴重。『獲殼依毒間』在侵入土星人的腦子之後，因為和土星人腦電波發生作用，所以當離開的時候，原來的一個，便分裂為兩個——」

我連忙道：「你的意思是，地球人的腦電波弱，那麼他便不能分裂為二，來來去去只是一個？」

方天道：「也有可能，如果是這樣的話，那麼地球上只不過多了一個來無影去無蹤的兇手而已。『獲殼依毒間』並不是經常調換它的『寄生體』的，那為禍還不致於太大。」

我以手加額，道：「但願如此！」

在聽了如此離奇而不可思議的敘述之後，我忽然發覺自己，變得神經質起來了。

納爾遜先生道：「方先生，那種東西在空中移動的時候，你看得到麼？」

方天搖頭道：「事實上，根本沒有東西，只是一種思想，我怎能看得到？我只不過是感覺得到而已。它是向月神會總部去了，我感覺得到，它便是離開了木村信的那個，如今，當然又是去找新的寄生體去了。」

我和納爾遜先生互望了一眼。我們的心中，有著相同的感覺。

那便是，方天雖然已盡他所能地在闡釋著「獲殼依毒間」是怎麼一回事，但是我和納爾遜這兩個地球人，確如他所說，是沒有法子接受這樣一件怪誕的事的。

方天顯然也看出了這一點，他攤了攤手，道：「我只能這樣解釋了。」

我道：「我們多少已有些明白了。」

我們一面說，一面仍在向前走，這時，已經上了公路了。

由於月神會總部，是建築在臨海的懸崖之上的，所以，我們到了平坦的公路上，回頭再向月神會總部所在的方向望去，反而可以看到，那座灰色的，古堡型的建築，正聳立在巖石上。

方天轉過頭去，望著遙遠的月神會，面部肌肉，僵硬得如同石頭一樣，我和納爾遜兩人，都不知道他在做甚麼。

方天的古怪玩意兒，實在太多了，問不勝問，我們本來，也不準備問他。可是，他維持著那種怪異的情形實在太久了，而我們三人的衣服還是濕的，就這樣呆在公路旁上，月神會中的人來來往往，一被發現，便是天大的麻煩，使得我們不能不問。

我推了推方天，道：「你又在做甚麼了？」

方天的面色，十分嚴肅，以致他的聲音，也在微微發顫，道：「我覺得，有人在欺騙我們。」我吃了一驚，道：「甚麼人？」

方天道：「那三個年輕人。」

納爾遜先生連忙地道：「他們欺騙了我們甚麼？」

方天又呆了片刻，突然跳了起來，大聲道：「不是三天之後，而是現在！現在！」他一面大叫，一面身子向前，疾奔了出去。

我和納爾遜先生，在一時之間，還不明白方天是在怪叫些甚麼！

但我們立即明白了。

第二十二部：火箭基地上的鬥爭

方天向前，奔出了只不過七八步，突然，首先是地面，猛烈的震動了起來，我和納爾遜先生，以及正在向前奔走的方天，都跌倒在地上。

接著，我們看到路面上，出現了一道一道的裂痕，再接著，我們便看到月神會總部所在的懸崖，動搖了起來，而月神會總部，那如同古堡也似的建築，卻像紙糊地一樣，迸散了開來！

這一切，都是在兩秒鐘之內的事情。

而在這兩秒鐘不到的時間之內，一切全像是無聲電影一樣，我們人伏在地上，像睡在搖籃中的嬰孩一樣，左搖右擺，但是卻甚麼聲音也沒有，那種境界，可稱奇異之極！

但一切只不過是兩秒鐘的時間，接著，聲音便來了，它是突然而來的，而我也只不過聽到了「轟隆隆」地一響而已。

那一響，使人聯想到了世界末日，再接著，便又是甚麼都聽不到了。那又自然是我們的耳膜受了那突如其來的巨響的震蕩，而變得暫時失聰了的緣故。

然而，我們雖聽不到聲音，卻可以感覺得到音波的撞擊。

我們的身子，幾乎是在地面上滾來滾去，而路面的裂縫，也越來越大，在那樣的情形之下，我們三人，爲了保護自己，都顧不得向前看去，千百煙柱之中，不要說月神會總部，連那一幅峭壁，都不見了。我們三人相繼跳了起來，方天還要繼續向前奔去，我和納爾遜兩人，向他追了上去，但方天只奔出了幾步，便停了下來！

他又抬頭向天，怪聲叫著。他是以土星上的語言在咒罵著，我們一點也聽不懂。

他並沒有罵了多久，便頹然在路面上，坐了下來。我和納爾遜到了他的身邊，他抬起頭來，面上全是淚痕，道：「不是那三個年輕人騙我們，而是『獲殼依毒間』找到了他們三人之中的一個，作爲寄生體。」

我不明白，道：「那就怎麼樣呢？」

方天道：「本來，他們是準備在三天之後再爆炸的，但其中一人的思想，已爲『獲殼依毒間』所替代，那怪物大約覺得現在就爆炸十分好玩，所以便將爆炸提前了，可憐季子……」

我嘆了一口氣，道：「方天，你不必難過了。」

方天嗚咽著，道：「我本來想將季子帶回土星上去的。」我道：「那你更不必了，地球人的生命，在你看來，是如此地短促，你帶她去作甚麼？」

方天長嘆了一聲，站了起來。納爾遜問道：「像剛才那樣厲害的爆炸，難道仍然不能將『獲殼依毒間』毀滅麼？」方天苦笑道：「剛才的爆炸，可以摧毀一切有形有質的物質，但是本來是無形無質的東西，你怎能摧毀它？『獲殼依毒間』，在土星語中，是無形飛魔的意思，它如今又走了，我感覺得到的。」

我不禁苦笑，道：「地球上有了這樣一個無形飛魔，就算因為地球上的人類，腦電波十分弱，使無形飛魔不能夠分裂，那也夠麻煩了。」

納爾遜先生則更是吃驚：「如果無形飛魔侵入了大國國防工作主持人的腦中，那麼，它若是高興起來，一按那些鈕掣……」

我接上去道：「大戰爆發，地球也完了！」

方天苦笑道：「我絕不是危言聳聽，這樣的事是絕對有可能發生的，朋友們，我現在懷疑，挑起第二次世界大戰的首惡希特勒，可能也是由於成了無形飛魔的寄生體，所以才有如此才幹，要不然，一個油漆匠何能造成世界劫難？」

方天的話越說越玄，我們的心也越來越寒。

納爾遜先生這時，顯然也不以為方天是在說瘋話了，他沈聲道：「方先生，你必須為地球人消弭了這個禍患之後，才能回土星去！」

方天立即道：「你們對我這樣好，這是我義不容辭的事情，但是，無形飛魔不是鬼怪，我也不是捉鬼的張天師，這事絕不是憑空可以辦得到的。」

這時候，已有大批的車子和人，由公路上、田野上擁了過來，納爾遜忙道：「我們快避開，尤其我牽涉在內，事情更麻煩了。」

我也覺得納爾遜先生的話有道理，因爲月神會的潛勢力是如此之大，總部雖然成了灰燼，它的潛勢力，仍不是一朝一夕所能消除的。

而我們如果被當作和大爆炸有關，那便十分討厭了。我們三人，趁人群還未曾擁到之際，便離開了公路。

不一會，我們已到了另一條小路上，在路邊的一個村落中，我們以不告而取的方式，取了三套乾衣服換上，並且還騎走了三輛自行車。

那小村落中的房子，玻璃全被震碎了，村落中也幾乎沒有人，人們一定都湧向爆炸發生之處去了，所以我們順利地出了村子，向東京進發。

我們騎著自行車，出了七八里，便來到了一個較大的鎮上，納爾遜先生用長途電話去召汽車，在汽車未曾來到之際，我們在當地警長的辦公室中休息。

到了這時候，納爾遜先生才又問道：「方先生，要在怎樣的情形之下，才能消滅無形飛魔這個大禍胎？」方天苦笑道：「說起來倒也十分簡單，地球人倒也可以做得到的，但是要實行起來，那卻難了。」

納爾遜先生和我兩人，都不出聲。

方天道：「要準備一間隨時可以放射強烈陽電子的房間，只要將無形飛魔引進這間房便行了。」

他頓了一頓，嘆了一口氣：「但是，無形飛魔是一組飄忽無定的思想，我雖然可以感覺到它的來往，卻沒有法子操縱它的去向，而且，也是當那組思想——那種腦電波離我近的時候，我才可以感覺得到，等到它去遠了，譬如說現在在何處，我就不知道了。」

納爾遜先生道：「那我們也不妨立即準備這樣的場所。」方天想了片刻，道：「我想，無形飛魔一定不會喜歡逗留在地球上，因爲在地球上，它只能是一個，而不能分裂——」

我立即明白了方天的意思，道：「你是說，它會跟你回土星去？」

方天默默點頭道：「我這樣想。」

納爾遜先生沈思了一會，我也不明白他在想些甚麼，他忽然改變了話題，道：「方先生，我們回到東京，將那具太陽系航行導向儀取出來，你就可以帶著它，回到你工作的國家去了。」

方天點頭道：「是的，我的假期也快滿了，兩位……我……我……還有一件事……要請你們幫忙的。」

我們望著方天，方天道：「某國的土星探險計劃，是注定要失敗的，因爲在火箭升空之後，我便用特殊的裝置，使得地球上的雷達追蹤儀，以爲火箭已經迷失了方向，不知所終，而事實上，我則穩穩地向土星進發，回到家鄉中去。」

納爾遜先生笑道：「反正這幾年來，你也幫了那國家的大忙，似乎也抵得過了，我們決不說穿就是。」

方天感激地望了我們一眼：「我可以將沿途所見，以及我到達土星上的情形，報告給你們知道。」我奇道：「你用甚麼方法？」

方天低聲道：「地球人只知道無線電波可以傳遞消息，卻不知道利用宇宙線的輕微震蕩，可以在更遠的地方通消息，只不過有一個缺點，那便是宇宙線的震蕩，是定向的，也就是說，我一直向土星飛去，利用宇宙線不斷向地球所發生的定向震蕩，直到到了土星，你們還可以聽到我的聲音，但你們卻沒有法子回答我。」

我忙道：「你有這樣的儀器麼？」

方天點頭道：「有，在某國火箭發射基地，我私人辦公室中，便有著這樣的裝置，我請你們和我一齊前去，在我起飛之後，你們便可以不斷聽到我的行蹤的消息了，只不過由於強大的電力得不到補充的關係，那具儀器的使用壽命，不會超過八天。」

我笑道：「八天？那也足夠了，八天你可以回到土星去了吧？」

方天道：「我計算過了，從出發到到達，是二百二十一小時零五十分，那是地球上的時間，是八天缺十分，也就是說，我到了土星之後，還有十分鐘的時間，向你們報導土星上的情形。」

我問道：「方天，那麼，在那許多年中，你沒有使用過這具儀器麼？」

方天嘆道：「當然是使用過的，要不然，它的壽命何止八天？然而，在我裝好之後，雖然有宇宙線的震蕩經過土星，傳到儀器的傳話裝置上，然而，卻是雜亂而無系統的。」

我自然不會明白那麼高深的事，納爾遜先生道：「莫不是土星上發生了戰爭吧？」

方天道：「不會的，土星人的觀念，和地球人不同，我們製造武器，但不是用來打仗，而只是用來炫耀自己國家的威力和科學的進步！」

我道：「要炫耀科學的進步，何必製造武器？」

方天攤了攤手，道：「別忘記，土星上究竟有七個國家，戰爭的可能，並不是完全沒有的！」

我和納爾遜先生不再說甚麼，連日來，我們都十分疲倦了，在車子還沒有來到之前，固然我們心事重重，也倚在沙發上，假寐了片刻。

然後，我們一齊登上了由東京派來的車子，回到東京去。

到了東京，我們直趨納爾遜先生放置那隻硬金屬箱子的地方。

在我們向地窖走去的時候，我們三人心中都在祈禱：別再生枝節了。到了地窖中，果然沒有枝節，二十名警察，圍在那隻硬金屬箱子之旁！

方天面上露出了笑容，我看出他恨不得立即將箱子搬到那家工廠中去，將之割了開來，但我和納爾遜兩人，卻肚餓了。

我們吩咐人們將我們的食物搬來，就以那隻硬金屬箱子作為桌子，狼吞虎嚥地吃著，吃完之後，納爾遜下命令準備車子，我和他兩人親自將那隻箱子搬上了車子。

納爾遜準備的是一輛由鋼甲裝備的車子，除非有大炮對準我們，否則我們的箱子，是不會失去的了。在東京市區中。有甚麼人能出動大炮呢？

我和方天、納爾遜三人，就坐在那隻硬金屬箱子之上，納爾遜以防萬一，手中還握著那柄新型的連發快槍。一路上如臨大敵，到了工廠。

工廠的安全工作人員，早已接到了通知，東京警局，也有高級警官派來，工廠內外，更是佈滿了密探。納爾遜先生對自己的佈置，感到十分滿意，他伸手在方天的肩頭上拍了拍，道：「方先生，那太陽系統航行導向儀一取了出來，我就帶著人，護送你到機場，立即回你的工作的國度去！」

方天點頭道：「不錯，只有回去之後，這具導向儀，才真的算是我的了。」

我看出他們兩人，似乎都特意避免談論無形飛魔的事情。

我自然也不在這個時候提起來掃了他們的興。

鋼甲車在工廠的中心部份，停了下來。那隻硬金屬箱子，又由我和納爾遜先生兩人，親自抬了來，進入了高溫切割車間。

當日，接受井上次雄的委託，將那「天外來物」以特殊合成法所煉成的硬金屬鑄成箱子的工作，是由木村主持的。

如今，木村信已經死了，將這隻箱子剖開的這項工作，便由這間工廠的副總工程師山根勤二來主持。山根工程師的年紀還很輕，他早已接到了通知，在車間中準備好了一切。

我和納爾遜兩人，將那隻硬金屬箱子，抬上了高溫切割車床，我們便退了開來，戴上了配有深藍色玻璃眼睛石棉頭罩。

高溫切割術是現代工業上最新的成就，利用高溫的火燄，可以像燒紅了的刀切牛油一樣，切開任何的金屬物體，但如果不戴上深藍色玻璃的眼鏡，那麼，當眼睛接觸那種灼亮的光芒時，眼球的組織，立時便會受到破壞。

我們看到，在山根勤二下了一系列命令之後，一根扁平的長管，漸漸地向那隻硬金屬箱子，移了過來。

山根勤二揮手，我只聽得「嗤」地一聲響，自那根管子之中，便噴出了火燄來。

我雖然戴著深藍色的眼鏡，但是那陣火燄的光芒，仍然使得我幾乎睜不開眼來。火燄燒在硬金屬箱子上，更迸耀起了一陣耀目的火花，我敢說任何煙花，都不如那陣高熱的，灼亮的光芒來得好看。乍一看來，像是太陽突然裂了開來，化爲萬千流星一樣！

那根管子緩緩地移動著，高熱的火燄舌在硬金屬箱子上慢慢地舐過，我看到，在火燄舌經過的地方，箱子上出現了一絲裂縫。

約莫過了半個小時，山根勤二大叫一聲，由那根扁平管子噴出來的高溫火燄舌，立即熄滅，在最初的半分鐘內，我們甚麼也看不到，眼前只是一片漆黑。

那自然是因為剛才我們向那灼亮的火燄，注視得太久了的關係。

我立即脫下了石棉頭罩，我相信我是所有人中最早恢復視力的人。

因為其餘的人雖然也脫下了頭罩，但是，當我可以看到他們的時候，他們卻還都茫然地站著。

我向車床走去，硬金屬箱子雖然已被剖了開來，但是還散發著令人不能逼近的高熱。

這時，其餘人的視力也恢復了，山根勤二又下令發動冷風機，使硬金屬箱子的高熱慢慢地消失。他伸手在箱子上碰了一碰之後，轉過頭來，對納爾遜先生道：「先生，我的任務完成了，箱子之內，是極厚的石棉層，那是很容易剝除的。」

納爾遜先生道：「等一會還要請閣下再將這箱子銲起來。」

山根勤二點了點頭，便帶著人退出了車間。車間中，只剩下我、納爾遜、方天以及兩個國際警察部隊的高級人員五個人。我和納爾遜，來到了車床之前。

那硬金屬箱子，已經被齊中剖成了兩半，我和納爾遜輕而易舉，便將之分了開來。

箱子之內，是厚厚的石棉層，方天也走了過來，和我們一齊拆除著石棉層。

方天的手在微微地顫抖著，那自然是由於他心情的激動，因為，只要有了這具太陽系航行引導向儀，也便能回到他自己的星球——土星上面去了！

石棉層迅速地被拆除，最後，出現了一個由尼龍纖維包裹著物事。

方天吸了一口氣，納爾遜方生則鬆了一口氣，道：「我們成功了！」

只有我，注意到方天的面色，陡然之間，又看得近乎發藍了，我意識到事情又有變化，連忙拍了拍納爾遜的肩頭，示意他去看方天。

納爾遜一抬起頭來，看到了方天面上異樣的神色，他面色也爲之一變，笑容頓時斂去，失聲道：「噢，上帝，不要！」

我立即道：「方天，甚麼不對？」

方天的聲音在發顫，道：「比……這個大。」

方天指著那被尼龍纖維包裹著的物事，道：「在我記憶中，那具導向儀，似乎要大些。」

我忙道：「那一定是你記錯了。」

納爾遜道：「這何必爭論，我們立即就可以拆開來了！」他取出了身邊的小刀，將尼龍纖維，迅速地割斷。被包裹在尼龍纖維中的東西露出來了。

也就在那時，車間之中，一片寂靜。

那兩個國際警察部隊的高級官員，因爲根本不知道事情的來龍去脈，所以面上只是現出了十分詫異，帶些滑稽的神色。

他們心中一定在想：那樣大張旗鼓，就是爲了取出這一塊大石頭麼？

大石頭。一點不錯，在尼龍纖維被拆除之後，顯露出來的，絕不是甚麼「天外來物」、地球人還不能製造的太陽系導航儀，而只是他媽的一塊大石頭，一塊隨處可見的花崗石！

我不知道我自己面上的神情怎麼樣，只看到方天的面色發藍，像是被判了死刑一樣。而納爾遜先生的面上神情，更是複雜，那就像一個饒咀的孩子，將一隻蘋果，擦得又紅又亮，舐了舐咀唇，一口咬下去，卻發現那隻蘋果原來是臘製的之際的神情一樣。

我們三人，足足呆了十分鐘之久，我自己將事情從頭至尾想了一遍，絕想不出有甚麼地方出了亂子。

這樣的硬金屬箱子，自然不可能有第二個，而這一個，就是如今被切開了的那一個！

但是，硬金屬箱子中，卻是一塊大石頭！

我最先出聲，我大聲地笑了起來！

而在我大聲笑了起來之際，方天卻哭了起來！

納爾遜先生大聲叫道：「住聲！」

我的笑聲，本來是無可奈何的情形之下迸發出來的，納爾遜一喝，我立即住聲，但方天的哭，卻是由於真正的傷心，一時之間，他如何收得住聲？

納爾遜先生大聲道：「方先生，這塊石頭，對你來說，是致命的大打擊，但是你應該相信，對我來說，這打擊更大！」

我自然知道納爾遜的意思，因爲納爾遜在經過了如許曲折驚險的過程之後，卻只不過得到了一塊石頭，那實是無法容忍的慘敗！

不但納爾遜有這樣的感覺，我也有著同樣的感覺，因此我立即道：「方天，對我來說，打擊也是同樣地重！」方天停住了哭聲道：「我們怎麼辦？」

納爾遜先生咬緊牙概道：「你問得好，在失敗之後，只要多問問我們該怎麼辦，總會有辦法的！」

他以石棉將那塊大石，掩蓋了起來，揚首對一個警官道：「快去請山根工程師！」

那警官立即走出了車間，不一會，山根勤二便走了進來。

納爾遜先生道：「山根先生，我們要問你幾個問題，希望你能切實回答。」

山根勤二年輕的面上，現出了十分驚訝的神色來，道：「發生了甚麼事？」

納爾遜先生道：「當這隻硬金屬箱子銲接起來的時候，你是不是在場？」山根勤二點頭道：「在，只有我和木村工程師兩人在場。」

納爾遜又問道：「你可曾看到裝在箱子中的，是甚麼東西？」

山根勤二道：「看到的——不，我不能說看到，因爲我看到的，只是一種以尼龍纖維包裹著的圓形物體。」山根勤二的態度，十分誠懇，使人有理由相信他所說的話。

納爾遜又道：「那麼，以尼龍纖維包裹那物體的，是甚麼人？」

山根勤二道：「自然是木村總工程師。」

我和納爾遜先生互望了一眼，方天在這時候，突然叫道：「我明白了！」納爾遜道：「你明白了甚麼？」方天的身子搖搖欲墜，道：「我完了，我完了，我只能一輩子留在地球上了！」

山根勤二和兩位高級警官，以十分奇怪的目光，望著方天，他們顯然將方天當作是神經錯亂的人了。

而我和納爾遜兩人，卻可以覺出，事態十分之嚴重。

因爲方天對他自己的身份，一直是諱莫如深的，而這時，他竟然當著山根勤二等三人，叫出了這樣的話來，那可知事情的嚴重性了！

納爾遜先生忙道：「山根先生，請你將這隻金屬箱子，再銲接起來！」

山根勤二答應著，納爾遜又轉身低聲吩咐那兩個警官，道：「箱子銲接好之後，你們負責，將之送到某國大使館去，說是衛斯理先生送來的。」

兩個警官立正聆聽，接受了納爾遜先生的這道命令。只要這隻箱子一送到某國大使館，我和某國大使館間的糾纏，自然也不存在了。

納爾遜一吩咐完畢，握住了方天的手，向外便走，我站在他們的後面，我們一出車間，工廠的負責人便迎了上來，笑吟吟地問道：「事情進行，可還順利麼？」

他顯然不知道事情一點也不順利，納爾遜先生含糊答應了一聲，道：「請你給我們一間靜一些的房間，並且請接線生，接通井上次雄的電話，那是緊急事件，不論他在何處，都要將他找到。」

工廠的負責人道：「木村總工程師的辦公室空著，你們可以利用，電話一接通，便通知你們。」

納爾遜先生道：「好，我們自己去好了，閣下不必為我們而麻煩了。」

木村總工程師的辦公室，我和方天兩人，都曾去過的，用不著人帶領，我們已經推開了那間辦公室的門，納爾遜先生一進門，便道：「方天，你想作他甚麼？可是木村信他——」

方天不等納爾遜講完，便尖聲道：「不，不是木村信，而是——」

我也已經弄明白些了，立即接上口去，道：「是『獲殼依毒間』—無形飛魔？」

方天頹然地坐了下來，道：「我早就應該想到這一點的了，我早就應該想到這一點的了！」

我道：「你的意思，是在井上次雄將那導航儀交給木村信的時候，無形飛魔早已侵入了木村信的腦子，木村信這個人，也只是軀殼，他實際上已不存在了麼？」

方天道：「當然是這樣。」

我回想著我和木村信見面時的情形，木村信向我敘述著長岡博士的故事，竭力要證明井上家族流傳的「天外來物」乃是來自其他的星球。

而且，我還想起，木村信在提起那「天外來物」之際，曾經有幾次，神色十分不自然！木村信那種不自然的情形，我到現在還記得十分清楚，而且當時，我也曾在心中懷疑過。

如今，事情自然是十分清楚了，那便是：木村信早已知道，在那隻硬金屬箱子中的，並不是甚麼「天外來物」，而只是一塊石頭——由他親手放進去的石頭！

不但我明白了這一點，納爾遜先生和方天，也都明白了這一點。

納爾遜的想法如何，我不知道，方天和我的想法，頗有不同之處。

方天認爲無形飛魔早已佔據了木村信的腦子，是以，藏起那具導航儀的事，事實上是無形飛魔幹的，因爲木村信早已「死了」。

而我卻認爲，在我第一次和木村信見面之際，木村信還是木村信自己，在那時，無形飛魔還未曾侵入木村信的身體。

將那具導航儀裝箱，是在我與木村信會面之前，所以我認爲，將導航儀藏了起來，而換上石頭的，正是木村信本人。

這是我和木村信第一次見面時所得的印象。木村信不但是一個傑出的工程師，而且還是一個科學家，也接受了井上次雄的委託，將導航儀裝入箱中，但當他知道那導航儀將被長埋地下之際，他便將一塊石頭代替，而自己私自留下了那具導航儀！

木村信只當那隻硬金屬箱一運到井上家族的墳地之後，便會被立即埋在地下的，那麼，他所作的勾當，自然也永無人知了！

他做夢也想不到，那隻硬金屬箱子的經歷，會如此曲折，在機場便被某國大使館的特務盜走，後來又落入了我的手中，但立即被七君子黨搶了去，接著，又轉到了月神會手中，而最後，又被我們奪了回來，剖開之後，終於發現箱中是一塊石頭！

我將我自己的見解，向方天和納爾遜兩人，詳細地說了一遍。

納爾遜也和井上次雄通了電話，井上次雄證明木村信在接受委託之際，神經十分正常。

納爾遜先生於是下令，搜查木村信可能隱藏那具導航儀的一切地方。同時，又仔細檢查他一切的私人文件，希望起回那具太陽系航行導航儀，使方天能夠回到土星上去。

檢查他私人文件的工作，進行了三天，我和方天、納爾遜三人，也直接參加了這項工作。

在這三天之中，我們檢查了和木村生前活動有關的所有紙片，包括他的洗衣單、電費單、電視收據等等在內。

但是三天之後，我們卻只能肯定，木村信的確是將那具導航儀藏起來了，但也只此一點而已。

我是在他的日記中，當硬金屬箱子銲接的那一天，木村信的日記，只是一句話：「今天，我作了一件不應該做的事；但對於全人類來說，卻又是一件應該做的事。」

木村信所謂「不應該做的事」，當然是指將大石替代導航儀裝入箱中一事了。但是，將導航儀放到了甚麼地方，以及他對導航儀作了一些甚麼研究，卻一點線索也沒有留下。

接著，我們又調查了一切和木村信接近的人，也是絕無頭緒。

到了第七天，木村信家中，辦公室中，以及他可能到達的每一處地方，都作了極其周密的雷達波探索搜查，但是那具導航儀像是在空氣之中消失了一樣。

我和納爾遜先生兩人，在最後兩天，明知沒有希望的調查工作中，沮喪到了極點，但是方天卻時時呆住了一聲不出。

照方天的性格來說，他應該比我們更是沮喪才是的，但是如今，他卻比我們還鎮定，這不能不是一件怪事。到了第七天，所有的方法，都已使盡，已仍然不得要領之後，我向方天問道：「你心中可是有著甚麼找尋的方法麼？」

方天點了點頭，道：「有，那是最簡單的方法。」

我和納爾遜兩人，幾乎都要罵出聲來！

在這七天中，我們頭暈轉向，動員了多少人力物力來找尋，方天自己也參加了這項工作，但是也卻藏起了一個簡單的方法不說！

我連忙問道：「甚麼方法？」

方天道：「問木村信。」

納爾遜先生向我使了一個眼色。我明白納爾遜的意思，他是在向我說：方天因爲受刺激太深，所以已經神經錯亂了。我沈住了氣，道：「木村信已經死了！」

雖然我竭力遏制著自己，但是我的聲音之中，仍是充滿了怒意。

方天嘆了一口氣，道：「不錯，木村信死了，但是由於他曾被無形飛魔侵入腦部之故，所以他的全部記憶，全部思想，也必然被包括在那組來去飄忽的腦電波之中了！」

我和納爾遜先生互望了一眼，我們臉上的怒意開始消失了。納爾遜道：「你是說，如果我們能夠逼問無形飛魔的話，那麼，它因爲有著木村信生前的記憶，所以便能將那具導航儀的所在講出來麼？」

方天頷首道：「是。」

我連忙道：「用甚麼方法，可以使無形飛魔受逼問呢？」方天苦笑了一下，道：「有兩個方法，一個是將之直接引入充滿了陽性電子的密室中，那麼，我的腦電波，便可以感到他的『說話』，便可以通過寄生體的口而表達出來了。」

我和納爾遜先生兩人，面面相覷。

這實在是太難了，方天雖然可以覺出這組倏來倏去的腦電波的來往，但也只有在接近的情形之下，方可以覺察出來。

而在地球表面，上空，多少億立方公里的空間中，無形飛魔可以自由來去，又如何能以知道它究竟在甚麼地方？不要說將之引進陽電子室了，便是發現它的蹤跡，也是難上加難的事！

至於它的寄生體，地球上的人口，近四十億之多，方天難道能一個一個去看麼？就算它的寄生體永不變換，也是沒有可能的事！

方天的做法很簡單，他要將自己作「餌」，引無形飛魔來侵襲他。方天肯定無形飛魔和他一樣，也想回到土星去。所以他推斷無形飛魔會去接近那枚探索土星的火箭：地球上唯一可以到達土星的工具。納爾遜立時明白了他的意思，道：「我們回太空基地去！」

方天點著頭。看來這是唯一的辦法了。

在經過連日來的歷險之後，在飛機上，我倒反而得到了最佳的休息。方天是基地上的重要人物，一下機，就有人迎接，當車子飛駛，接近基地，我已可以看到高聳在基地上的火箭時，方天驀地震動了一下，道：「就在附近！就在附近！」

我們當然明白他說的是甚麼「就在附近」！不由自主，都緊張起來。一進入基地，就有人向方天來報告說有兩個日本政要來參觀。方天神秘地說無形飛魔一定已侵入了其中的一個。

我和納爾遜先生兩人準備假扮引導員，以接近那兩個日本政要，然而當我們知道，那兩個政要的所謂「參觀」，實際上只是坐汽車來基地中繞行一匝之後，我們便取消了原意。

在基地中坐車繞行一匝，自然可以看到許多豎在火箭架上等待發射的火箭，但這種情形是任何新聞片中都可以見到的。

由此可知，這個基地中的一切，甚至對另外一個國家的政要，都是極端秘密的，我竟能夠在基地中獲得行動自由，不能不說是一種殊榮。

我們預先獲得了汽車繞行的路線，車子將十分接近土星探索計劃基地部份，那枚準備探索土星的火箭。已豎在架上，是所有火箭中最大的一枚。

只有我、納爾遜和方天三人才知道，方天要坐在那枚火箭頂端部份，飛回土星去。我們就候在那枚火箭之旁，而方天一到就下令準備的那間充滿了陽電子的房間，也就在附近。

那火箭是隨時都可以飛上太空的，方天之所以遲遲不行，便是在等那具導航儀，而無形飛魔要回到土星去，當然也要利用那枚火箭，如果它的寄生體是那兩個日本政要之一的話，到時，他便可能以某種藉口而接近那枚火箭，我們自然不輕易放過它的。

時間很快地過去，到了十時十六分，一輛灰黑的轎車，由左首的方向，迅速地駛來，那正是接待這兩個日本政要的車輛。

我們都緊張起來，可是方天的面上，卻現出了極其沮喪的神色。

我從車窗中望進去，可以看到車中坐著兩個日本人，和一個陪伴參觀的太空基地的官員。

我連忙問道：「哪一個是？」

方天搖頭道：「兩個都不是！」

我一聽得方天這樣的說法，不禁猛地一呆，我們將全部希望，都寄託在那兩個日本政要身上，希望無形飛魔，選擇其中一人作爲寄生體，那麼我們就有希望得回那具導航儀了。可是如今，方天卻說那兩個日本政要之中，沒有一個是無形飛魔的寄生體！

這使我們的一切預料都失算了！

就在我發呆之間，汽車早已轉了彎，向前駛去了，我失聲道：「方天，無形飛魔寄生體，你是一定可以感覺得出來的麼？」

方天道：「當然可以，除非是——」

他一講到這裏，面色突然變得青藍，但只是一眨眼的功夫。我忙道：「除非甚麼？」

方天卻又若無其事地道：「沒有甚麼，我一定可以覺察得到的，這兩個日本政要之中，並沒有無形飛魔的寄生體在內。」

納爾遜嘆了一口氣，道：「我們又得從頭做起了。」

方天應道：「是啊，從頭做起，唉，我們先去喝一杯咖啡可好？」

我只覺得方天的態度，十分奇特，但是我又說不出所以然來。照理來說，無形飛魔如今不知道在何處，那是會令他沮喪之極的事情，但是他卻輕鬆得要去喝咖啡去了。

而如果他是有所發現，才那樣輕鬆的話，那麼，他又爲甚麼不說出來呢！

我還未曾回答，納爾遜先生已經道：「你們兩個人去吧，我覺得有些不舒服，需要休息一下。」

我向納爾遜望去，果然覺得他的面色，十分沮喪。我連忙安慰他，道：「我們總有可能找回那具導航儀，消滅無形飛魔的。」

納爾遜先生道：「當然是，衛，我和你在一起那麼久，你有這樣的信心，我難道沒有麼？」

我拍了拍他的肩頭，他笑了起來，我覺得納爾遜和我的交情之深，確是任何人所難以比擬的，他知我深切，我也知他甚深，我們兩人合作得再好也沒有了。

我一向不喜歡自己和警方聯繫在一起，但這時，在我們互相拍肩而笑之際，我卻有了參加國際警察部隊工作的念頭。那自然是因爲和納爾遜在一起，使人覺得愉快之故。

我們向停在一旁，方天的汽車走去，方天先將納爾遜先生送到了賓館休息，然後又和我兩人，走了出來。一出賓館，他的呼吸突然變得急促，急沖沖地向汽車走去，我走在他的後面，道：「方天，你急甚麼？」

方天並不出聲，只是抓住了我的手。

我覺出他的手是冰冷的，冷得異樣，我心知事情有異，但是我卻無法知道忽然之際，究竟發生了甚麼事。我被方天拉著，來到了汽車之旁。

納爾遜先生在窗口向我揮手：「你不必要趕回來，我準備好好地睡一覺！」

我向他揮了揮手，他才縮回頭去。

方天的手發著抖，按在駕駛盤上，車子在他神經質的劇烈的動作之下，猛地跳了一跳，向前面疾衝了出去，我嚇了一大跳：「方天，你可是喝醉了酒麼？」

方天一聲不出，只是駕車向前疾駛，不一會，便又來到了那枚土星火箭之旁的他的辦公室旁，他下了車，拉著我進了他的辦公室。

進了他的辦公室，他按動了幾個鈕掣，才鬆了一口氣，我疾聲問道：「方天，你究竟在搗甚麼鬼？」方天道：「我自己的設計，強烈的高頻率電波，將在這間房子中所發出的一切聲音破壞，使得房間之外的任何人，不能用任何方法將聲音還原。」

我坐了下來，道：「我們不是喝咖啡麼？爲甚麼要這樣秘密？」

方天苦笑了一下，道：「喝咖啡？衛斯理，你說我有那麼好心情麼？」

我不知道土星人在受了極度刺激之後，會不會神經錯亂，但是看方天的情形，卻又的確如此，我搖了搖頭，道：「方天，我們並不是完全絕望了，你該知道這一點的！」

方天的雙手，撐在桌上，身子向我俯來，道：「衛斯理，剛才你問我，有沒有可能我覺察不到無形飛魔的寄生體，我沒有回答你，事實上，那種可能是存在著的。」

他才講了這幾句話，已經變換了七八個姿勢，而且，時時搓著手，更頻頻地望著窗外。

我不明白他這樣焦急是甚麼意思，只得問道：「在甚麼樣的情形之下，你便不能覺察呢？」

方天道：「當無形飛魔的寄生體，離得我極近，而且，那是我所絕對不會懷疑的一個人時，我才會不能夠覺察——，但是，給你那一問提醒了我，我終於覺察到了。」

我不禁笑了起來，道：「方天，你不會以爲我已被無形飛魔侵入了吧！」

方天的聲音在發抖，道：「不是你，是納爾遜。」

我一聽得方天這樣的說法，不禁直跳了起來，毫不考慮，一拳揮出，「砰」地一拳，擊在方天的下巴之上，方天被我這一拳，打得仰天跌倒！

我可以肯定方天的神經，因爲受刺激過甚，而有些不正常了！他竟說納爾遜先生已成了無形飛魔的寄生體！

這玩笑不是太卑劣一些了麼？難道剛才和我互拍肩頭，如今正在休息的納爾遜，是一個早已死了的人，而只不過由於一個不是屬於他的思想在指揮著他的行動，而當那個思想離開他時，他也會死去？

這簡直是太荒唐了！

我絕不後悔剛才對方天的一擊，而且準備在他爬起身來時，再給他一拳。

方天或是看我還握著拳頭，或是他跌得太重，所以竟爬不起來，在地上，他顫聲道：「衛斯理，你必須信我，必須信我！」

我大搖其頭，道：「方天，再會了，我和納爾遜兩人，爲你所作的努力，到此爲止，不論你回得了回不了土星，我們兩個人，也絕不會替你洩露秘密的！」

方天的面孔，青得像是染上一層藍墨水一樣。

我意猶未足，重又狠狠地道：「方天，別忘了你實在是一個卑劣的小人，爲了掩護你自己的身份，你曾害死了許多人，如今你竟然想害納爾遜，我們實在犯不著再爲你這個卑劣的藍血土星人出力了。」

我一面說，一面向房門走去，握住了門把，回過頭來。

第二十三部：摯友之死

方天猛地躍去，以出乎我意料之外的速度，握住了我的手，道：「衛斯理，等等，等一等！」

我冷笑道：「我等著幹甚麼？等你再發荒謬的怪言麼？我相信即使在土星人中，你也是個十分卑劣的傢伙，或者你們土星人中，根本就沒有好人，你記得麼？你曾經謀殺過我，你再不讓我走，我也卑劣一下，要公佈你的身份了！」

方天喘著氣，道：「你只管罵，但我只要你聽我講三句話，三句，只是三句。」

我冷笑一聲，道：「好，說。」

方天道：「納爾遜以爲我們喝咖啡去了，是不是？」

我道：「是——一句了。」

方天道：「我們來到這裏，他是不知道的。」

我道：「廢話，他怎知你會改變主意，到這裏來對我胡說八道？兩句了。」

方天的胸口急速地起伏著，道：「所以，我料定他會接近火箭，——唉，他來了！」

我身子猛地一躍，來到了窗前，向前看去。

我果然看到了納爾遜！

納爾遜的精神看來十分好，絕沒有需要休息的樣子，他和我見過的一個高級安全人員在一起，向那枚土星火箭走去，他的手中，提著一個漲得發圓，大得異樣的公事包。

我呆了一呆，方天已經顫聲道：「你看到沒有，他去了……他去了！」

我一個轉身，雙手按在方天的肩上，用力將他的身子搖了幾下，道：「方天，你要知道，納爾遜是國際警察部隊的高級官員，是我最好的朋友，他在那保安官的陪同下去檢查那枚火箭，是十分普通的事，我不許你再胡言亂語！」

方天的面色成了靛青色，他連忙道：「衛斯理，你看看清楚，他手中所提的是甚麼？」

方天的這一問，我不禁答不上來。

我自從認識納爾遜以來，從也未曾見到他提過甚麼公事包，而且這隻公事包，漲得幾乎成了球形，看來還十分惹眼。

但是，我仍然不相信方天的話，我一瞪眼，道：「那只不過是一隻公事包罷了！」

方天卻幾乎是尖聲地叫了出來，道：「不錯，他手中所提的是一隻公事包，然而我敢以性命打賭，公事包中一定是那具導航儀！」

我右手握拳，又已揚了起來。

但是，當我的拳頭，將要擊中方天的下頷之際，我又回頭向窗外看了一眼，納爾遜先生和那個高級保安人員還在走著，他手中的那隻公事包中，的確是放得下那具導航儀的，而且，根據外形和大小來看，也十分吻合。

我看了一眼，顧不得再打方天。

要揭開這個疑團，實在是十分簡單的事情，我只消趕上去，看看那公事包中是甚麼東西就行了，何必在這裏多費疑猜？

我一個轉身，便向門外走去。

但是方天卻急叫道：「你……你到哪裏去！」

我狠狠地回答他，道：「我去看看，那公事包中，是不是放著你所說的那具導航儀？」方天急道：「那怎麼行？」

我反問道：「爲甚麼不行呢！」

方天道：「你一去，它一知事情敗露，便又走了。」

我一時之間，想不起來，問道：「誰走了？」

方天嘆了一口氣，道：「『獲殼依毒間』——無形飛魔！你一向前去，它定離開納爾遜的身子。衛斯理，你要想想，這裏乃是世界上兩大強國之一的太空探索和飛彈的基地，如果『獲殼依毒間』進入了一個首腦人物的腦子之中……」

方天講到這裏，我也不禁面上變色！

的確，如果「獲殼依毒間」進入了一個可以控制按鈕的高級人員腦中的話，那麼，只要有一枚紅色的按鈕被按動，有一枚長程飛彈向另一個敵對的大國國土飛去，第三次世界大戰立即引發，而世界末日，也就來臨了！

我覺得我的手心在出汗，呆了一呆，道：「那麼，照你的意思，該怎麼辦？」

我問出了這一句話之後，才想起我這樣一問，無異是承認了方天所說的話，但是我卻又根本不信無形飛魔確已侵入納爾遜的腦子，而我最好的朋友，這時雖在走著，卻已經死了，這是我絕不能相信的事！

方天道：「如今，『獲殼依毒間』還不知我們已經發現了它的寄生體，我們可以設法將他引進充滿陽電子的房間中去。」

我立即道：「這是絕行不通的，你設置那間充滿陽電子的房間之際，納爾遜也知道的，照你的說法，無形飛魔早已侵入了他的腦中，你怎能再引他進那間房間去？」

方天喘了幾口道：「在那枚火箭之上，我設計了一個太空飛行艙，那具導航儀，必須裝置在那個太空艙中，納爾遜此際，一定是到那個太空艙去的，而我在那太空艙中，也作了佈置——」

他講到這裏，我已經怒吼道：「你事前竟不和我商量這一點麼？」

方天道：「我那樣準備，只不過是以防萬一，並不準備使用的，怎知如今情形起了變化，我非要用到它不可了。我在那太空艙中，佈下了不少高壓的不良導體電線，只要一通電，便能產生大量的陽電子，使得『獲殼依毒間』的電波組成，遭到徹底的破壞，從此便不復存在這世界上！」我默不出聲，方天又道：「通電的遠程控制，就在這裏！」他伸手一指，指向他辦公桌上的一個綠色鈕掣。

我忙道：「那麼，納爾遜先生不是也要死了麼？」

方天道：「衛斯理，他早已死了！」

我猛地一擊桌道：「胡說，他是甚麼時候死的？」

方天的語言鎮定，顯然他對他的想法有信心，道：「我是想我們在東京的時候，當我們正忙於檢查木村信的遺物之際，無形飛魔侵入了納爾遜的體內，將他當作了寄生體！」

我拚命地搖著頭，想要對這件事生出一個清楚的概念來，這個概念是十分難以成立的，試想想，要我相信和我一起飛到這個基地來，到了基地之後的幾天中又寸步不離的納爾遜，實則上早是一個死人！

方天見我不出聲，他轉過身去，在牆角的一具電視機上，按動了幾個鈕掣，電視的螢光屏上，出現了那枚火箭的近鏡，納爾遜和那高級保安官正在鋼製的架上，向上攀著。看情形，納爾遜先生確是想進入那火箭的內部。

方天又按動了一個鈕掣，電視的畫面變換著，最後，出現了一個很小的空間，那地方有一個座位，恰好可以坐下一個人，而其餘的地方，則全是各種各樣的儀錶。

不久，就看到納爾遜走了進來，打開他那隻又大又圓的皮包，雙手捧著一件東西出來。

那東西，我曾在照片上詳細地研究過，但是卻始終未曾見過實物。這時，我仍未見到實物，但是在清晰的電視螢幕上，我卻可以千真萬確地肯定，這正是井上家族的祖傳珍物「天外來物」，也是土星人智慧的結晶，太陽系航行導向儀！

我的呼吸急促了起來，方天道：「你看到了沒有，你看到了沒有？」

我的聲音微微發抖，道：「這……或許是他找到了導向儀，要你有一個意外的驚喜之故。」

我雖然這樣道，但是我的話，連我自己聽來，也是軟弱而毫無說服力的！

方天道：「你看他的動作。」

我雙眼定在電視畫面上，幾乎連一眨也不曾眨過，我看到納爾遜以極其熟練的手法，在那具導航儀的後部，旋開了一塊板，伸手從那個圓洞之中，抽出十七八股線頭來。

那些線頭，在我看來，根本不知是甚麼用處的，但納爾遜卻一根一根地駁接起來。

方天吸了一口氣，道：「整個地球，只有我一個人，能駁接那些線頭，除了我之外，便是『獲殼依毒間』。」

我感到一陣昏眩，連坐都幾乎不穩！

我一生之中，經過不少打擊，但是卻沒有打擊是那樣厲害的！

我的最好朋友，我的冒險生活的最好合作者，竟……竟……已不再是他自己，竟成了來自土星，莫名其妙的一個強烈腦電波的寄生體！

我緊緊地握著雙拳，身子不斷地發著抖。

方天叫道：「按！快按那鈕掣，如今是最好的時機！快！」

我雙手發著抖，那綠色的鈕掣就在我的面前，但是我卻沒有力量去按它。

因爲我知道一按下去，會有甚麼結果。

我只要一按下去，太空艙中，便立即產生出大量的陽電子，納爾遜立即要死了！

雖然根據方天的說法，納爾遜是早就死了，被消滅的只不過是「獲殼依毒間」，但我是地球人，我不是土星人，我實是沒有辦法接受這一點！

方天見我不動，欠過身，一伸手，便向那綠色的鈕掣按去。

在方天的手還沒有碰到那隻綠色按鈕之際，我陡地一揮手，將他的手打了開去！

方天的面色發藍，道：「衛斯理，你做甚麼？」

我也不明白我是在作甚麼，我已經相信了方天的話了，但是我不但自己不去按那隻綠色的鈕掣，而且不給方天去按！

因爲我知道，這一下按下去，納爾遜一定有死無生！

雖然方天已經不止一次地告訴過我，納爾遜已經死了，但是，在電視的螢光屏上，我卻還清楚地看到納爾遜正在忙碌地工作著！

方天叫了一聲，又要去按那綠色的按鈕，但是他第二次伸手，又給我擋了開去。

方天的面色變得更藍，他突然大叫了一聲，揮拳向我擊了過來！

我絕未想到方天會向我揮拳擊來的！

而且，這時我的思想，正陷於極度的混亂之中，呆若木雞地站著，只知那隻綠色的按鈕，不讓方天向下按去。

所以，當方天一拳擊向我的胸口之際，我竟來不及躲避，而方天的那拳，力道也真不弱，打得我一個踉蹌，向後退去。

就在我向後退出的那一瞬間，方天疾伸手，又向那綠色的按鈕之上，按了下去，我大聲叫道：「別動！」我一面叫，一面猛地向前撲去！

然而，按動那隻綠色的按鈕，對方天來說，只不過是舉手之勞而已！

我向前撲去的勢子雖快，但是當我將方天的身子撞中，撞得他仰天跌之際，他早已將那隻按鈕，用力按了下去！

我僵住在桌前，方天則掙扎著爬了起來，指著電視機怪叫。

他叫的是我所聽不懂的土星話，我盡量使自己定下神來，向電視畫面望去。

只見納爾遜突然停止了工作，面上出現了一種我從來也未曾見過的驚惶神色。而太空艙的門，這時也已緊緊地閉上了！

在那一剎間，我知道，我最怕發生的事，終於發生了！本來，我雖然已知納爾遜成了「無形飛魔」的寄生體，但是我的潛意識，卻還在希望著奇跡的出現，希望方天只不過是在胡說！但這時候，我這最後一點的希望也覆滅了！

事實竟如此的殘酷！

我看到納爾遜站了起來，而且驚惶的神色，越來越甚，方天按動了電視上的一個掣後，我聽到了納爾遜所發出的喘息之聲。

方天對著一具傳話器，講了幾句話，突然，在電視的傳音設備上，傳出了納爾遜的聲音。但是，納爾遜所說的，卻絕不是地球上的語言，而是土星話！

「獲殼依毒間通過寄生體的發聲系統而說話」——方天的話實現了！

我不去理會他們之間在說些甚麼，我只覺得自己的雙腿發軟！

我失去了最好的朋友，而且是在這樣的情形下失去的！

儘管我自信比普通人要堅強得多，但是我仍然難以忍受這樣的打擊，我幾乎是跌倒在椅上，視線仍未曾離開電視機。

電視銀幕之上的納爾遜，這時恰如被禁錮在一隻籠子之中的野獸一樣，在那狹小的太空艙中，左衝右突。同時，從電視傳聲系統中傳出來的，已是地球上的語言，那是我聽得十分熟悉的納爾遜的聲音，叫道：「衛斯理，快制止方天的瘋狂行動，這是甚麼？這算是甚麼？這簡直是謀殺！」

我整個人跳了起來，大聲道：「快，快停止電源！」方天忙道：「不能，這時的他，已經不再是——」我明白方天的意思，可是看到納爾遜的情形，我忍不住喘氣。就在這時，一個高級安全官，衝了進來，高叫了有意外。

我連忙問道：「甚麼意外？」

那高級安全官道：「他堅持要突然進入那秘密設置的太空艙之中——」

他才講到這裏，便突然住口，望著我的身後。

我回頭看去，只見方天也已經奔到我的身後，他面色發青，道：「關於那太空艙的事，我自然會向太空發展委員會解釋的！」

那高級安全官知道方天在這個基地上的地位十分高，方天雖然受調查，但是到目前為止，卻還沒有發現他有過任何破壞的活動，他有的只是卓越的貢獻。

所以，那高級安全官一聽得方天那樣說法，連忙道：「可是納爾遜先生進去了之後不久，太空艙的門，突然自動關閉，我聽得他高叫『這簡直是謀殺』！」

這時，不但醫療人員已衝到那枚巨大的火箭的附近，連技術人員也來了。

我、方天和那個高級安全官也一起向那枚火箭奔去，奔到了火箭腳下，電流已經斷去，我們無法乘升降機上去，只得在鋼架之上，向上攀上去。

跟在我們後面的，還有四個醫療人員，他攀爬了八十多級鋼梯之後，我們便已經置身在那枚火箭之中了。在火箭中，人像是小動物一樣，因爲火箭實在太龐大了，許許多多的儀器，全部經過最精密的包裹，因之一進火箭，便有一道如同傳遞帶也似的東西。我們在那條帶上小心地走著，到了那塊鋼板上，面前是一扇微微打開的門，那就是太空艙的門！

我越過了那高級安全官，打開了門。

我看到了納爾遜！

和我在電視中看到的情形一樣，納爾遜正躺在那張椅子上，在他的面前的地上，就是那具太陽系飛行導航儀。

那導航儀中的電線，已經有七八股，和太空艙上的電線，接在一起了，但還有七八股，未曾接上。

太空艙十分狹小，只能容下一個人，納爾遜先生既然已先在了，連我也只能擠進半個身子去，其餘人更不能進來了。

那幾個醫療人員在我身後叫道：「快讓開，讓我們先推去。」

我伸手抓住了納爾遜先生的手腕，他的脈息已經停止了，而且手腕也已冰涼。

他死了，真正地死了。

我縮出了身子來，道：「用不著你們了，他已經死了！」

那高級安全官吃了一驚，道：「死了？這是謀殺！」方天沈聲道：「閣下不要亂下判斷，要經過檢查，才能有斷論！」

那高級安全官不再出聲，退了開去，出了火箭，方天拉了拉我，道：「走吧，沒有你的事了！」

我沈聲道：「有我的事，我最好的朋友死了，我怎能沒有事？」

方天低聲道：「你不要忘記，他是死在地球人絕對無法防止的『獲殼依毒間』之手，而且，我們已代他報了仇！」

我搖了搖頭，道：「不，你盡你的法子去善後吧，我還要陪著他的屍體！」

我一面說，一面又鑽了進去，將納爾遜的屍體，拉了出來。

在拉出納爾遜的屍體之際，我的眼淚像泉水一樣地湧了出來，落在納爾遜有些凌亂，有些花白的頭髮上。

我失去了一個如此的朋友！

將納爾遜拖了出來之後，醫生連忙上來檢查，醫生的面上，現出了十分奇怪的神色，命令著救護人員，將納爾遜放在擔架上抬走。

我一直跟在後面，走了一程，醫生忽然回過頭來問我：「這是才發生的事麼？」

我默默地點了點頭。

醫生的面上，又現出了奇怪的神色。

我問道：「醫生，一個人如果處身在充滿著陽電子的房間之中，他會怎樣？」

醫生低著頭，一面走，一面道：「電離子有陰陽兩性，陰離子使人情緒高漲，精神爽快，陽離子使人極度急燥，若是陽離子過度，人便在近乎癲狂的情形之下死亡。」他講完了之後，轉頭問我：「你為甚麼要問及這一點？」

我沒有正面回答醫生的話，而是進一步地問道：「解剖可以發現死因，情緒極度急燥，近乎癲狂而死也可以發現麼？」

醫生點了點頭，道：「最新的解剖術，已經可以檢查死者死前一剎那的精神狀態，所以如果是那樣死的話，是可以發現的。」

我吸了一口氣，道：「我是納爾遜的最好朋友，我要求將他的屍體解剖。」

醫生還未曾出聲，我身後傳來了一個十分沈重的聲音，道：「這不幸的變故，我們已通知他的家屬了，等他的家屬來到之後，才可以決定是否將他的屍體進行解剖——」

我連忙轉過頭來，只見講話的是一個六十歲左右的便服男子。

在這個基地上，幾乎人人都是穿著制服的，連我們身為賓客，前來參觀的人，只要在太空基地中居住，在居住時期，便要穿指定的獨特的衣服。所以，乍一見到一個便服的人，便立即使人聯想到：這是一個地位十分高的人。

而那人的神情體態，也正好說明了這一點。

他的面容，相當瘦削，但因之也使他看來，顯得十分威嚴，而他炯炯有光的眼睛，正望著我。

當我轉過頭去的時候，他頓了一頓，續道：「衛斯理先生，你爲甚麼要求解剖他的屍體呢？」

我略想了一想，道：「閣下是——」

那高級安全官員踏前一步，代那人報出了來頭，道：「齊飛爾將軍。」

我呆了一呆，如今我以「齊飛爾」代替這位高級將領的真實姓名，是因爲這位將軍的姓名，是全世界都知道的，他是這個國家軍事部門的極高負責人，同時也是這個太空基地的行政首長。

我到了這個基地之後，這還是第一次和他見面。

對於他詞鋒如此犀利的問題，我一時之間，感到無法回答！

我在未曾開言間，齊飛爾將軍已經道：「我們會調查的！」

我苦笑了一下，道：「納爾遜先生是我最好的朋友，他的死亡，給我帶來了無比的悲痛，難道連我也被調查之列麼？」

齊飛爾將軍的面色，十分嚴肅，道：「我們要調查一切，所以，衛斯理先生，你暫時也不能離開這裏。」我望著擔架上，靜靜地閉著雙眼的納爾遜，道：「我不會離開的，因爲我也想知道他的真正死因。」

齊飛爾將軍沒有再說甚麼，帶著副官，上了一輛車子，疾馳而去。

那高級安全官是知道我特有國際警察部隊特種證件的，他在齊飛爾將軍走了之後，到了我的身旁，道：「納爾遜死了還不到半小時，但總統已命令齊飛爾將軍徹底調查這件事了。」

我對這個國家的行政效率之高，也不禁十分佩服，但這時，我卻絕對沒有甚麼心情去瞭解何以工作進行得那樣迅速，因爲我最好的朋友死了！

我跟著醫護人員，直來到了醫院中，納爾遜被放在解剖室中，我在門外不住地來回踱步。

我不知道自己踱了多久，也不知道我在踱步之際，究竟在想些甚麼。

直到我耳際，聽到了一個十分堅定，但卻也十分悲痛的聲音，我才陡地驚起。

而當我抬起頭來時，我發覺燈火通明，已經是黑夜了，那就是說，我在解剖室的門外，來回踱步，已過了幾小時之久了！

我心中暗嘆了一口氣，剎時之間，我覺得自己像是老了許多！

那聲音在我心中暗嘆之際，再度響起，講的還是那句話，道：「這位是衛斯理先生麼？」

我轉過頭去，一時之間，我幾乎疑心自己的眼睛花了，因爲我看到納爾遜先生，就站在我的面前！但是我立即發覺，站在我面前的，不是納爾遜，而是一個酷肖納爾遜的年輕人。

他和我差不多年紀，一頭金黃色的頭髮，深碧的眼睛，面色沈著，但是在他的臉上，仍可以找到極度的智慧和勇敢的象徵。

本來，我的心情是悲痛到不能言喻的，但是我一見到這個年輕人，心情卻開朗了許多。

在那一瞬間，我突然感到傷心、難過，全是多餘的。

因爲納爾遜不論是死於甚麼原因，死於甚麼時候，他總是會死去的，他本身的生命是一定會有結束之日的。

但是生命本身，卻永無盡止。

納爾遜死了，但我在這個年輕人身上，看到了納爾遜所有的一切優點，而且可能比納爾遜本身所有的優點更多！

生命不因個人的死亡而斷去，相反地，它不但延續著，而且不斷地演變，在進步！

我望著年輕人，可以毫無疑問地肯定他是納爾遜的兒子，我道：「不錯，我是衛斯理，你是爲了你父親的死而來的麼？」

那年輕人道：「是的，我剛趕到。」

我道：「納爾遜先生——」

他揮了揮手：「你叫我小納好了。衛先生，聽說你要求解剖我父親的遺體？」我道：「是的，因為他是我最好的朋友，他的死給我以一生中最沈重的打擊，所以我要弄清楚他真正的死因。」

小納傲然道：「你失去了好朋友，我失去了好父親，我也要弄清他的死因。」

這時，已有幾個穿著工作服的醫生，走了過來，一個護士，推著一輛放滿了各種解剖用具，進了解剖室，我和小納兩人，等在室外。

剛才，時間在莫名其妙中，溜過了幾個小時，但是這時，時間卻又過得出奇地慢。

小納並不是多言的人，他也沒有向我發出甚麼問題來，足足過了一個小時，進行解剖的醫生，才一個一個地走出了解剖室。

當他們除下了口罩之際，他們每一個人的面上神色，都十分詫異，我和小納異口同聲問：「結果怎麼樣？」

那幾個醫生都苦笑了一下，其中一個道：「我們還決不定在報告書中應該怎樣寫，因為我們根本找不出他的死因。」

小納呆了一呆，道：「那怎麼會？」

那醫生道：「而且，我們發現他有些組織，已經停止活動許久了，而那些組織如果停止活動的話，人是不能活過半小時的，但是他卻活著，到今天才死，這實是科學上的奇蹟！」

我聽了那醫生的話後，緊張的神經，鬆弛了下來。

我坐在白色的長椅上，自然，我並沒有向醫生說起納爾遜早已死了的這一事實。因為這要費我太多的唇舌，而且還絕難解釋得清。

我緊張的神經，得以鬆弛的原因是因為我知道方天的料斷並沒有錯，土星衛星上的那種能侵入生物腦部組織的奇異電波群——獲殼依毒間，的確侵入了納爾遜先生的腦部。

而納爾遜先生在那一瞬間起，便已經「死」了。

在太空艙中倒下來，被消滅的，並不是納爾遜先生，而是獲殼依毒間！

我坐了許久，才聽得小納道：「多謝各位的努力。」

那幾個醫生，顯然因為未曾找出納爾遜的死因，而陷於極大的困惑之中，因之他們連小納的話都未曾聽到，而一面交談，一面向前走去。

小納一聲不出，在我的身邊坐了下來。

過了一會，他突然道：「衛斯理先生，你可以將我父親的死因講給我聽麼？」

我未曾料到小納會採取這樣單刀直入的方式來問我，這證明我所料不錯，小納的判斷能力之高，只在他父親納爾遜之上，而不在納爾遜之下。

我當然沒有理由對小納隱瞞納爾遜先生的死因，但是這時我卻又難以說出口來。

在我靜寂未曾出聲之際，小納又逼問：「你是知道的，是不是？你知道他的死因，但因為還有懷疑，所以你便要解剖他的屍體來證實，但如今，你已經證實了，是不是？」

我抬起頭來，道：「是。」

小納道：「你是我父親最好的朋友，你將他的死因告訴我吧。」

我嘆了一口氣，站起身來，在他的肩頭上拍了一拍，道：「小納，這件事，恐怕你十分難以明白。」

小納道：「我準備去瞭解最難明白的事。」

我腦中再將這件事的經過始末組織著，但是我還未曾開口之際，一陣急驟的腳步聲，已在醫院的走廊中傳了過來。

我抬頭看去，只見五六個人，匆匆地走了過去，當前一個，是穿著軍服的高大漢子，面色紅潤，精力充沛，他幾乎是衝到了我的身前的，立即伸出他的大手，將我的手握住，自我介紹道：「史蒂少校，軍中的律師，方天博士的代表。」

我聽了不禁吃了一驚，方天為甚麼要律師作代表，他出了甚麼事？

史蒂少校不等我問，又道：「方天博士已被拘留，他被控謀殺，謀殺納爾遜先生！」

我連忙道：「這是絕不可能的事！」

史蒂少校將手按在我的肩頭之上：「但是它已發生了——方天是你的好朋友是不是？」

我點了點頭，道：「可以這樣說。」

史蒂少校的面上神情，變得十分嚴肅：「我的當事人方天對我說，能救他的，只有你一個人，所以，你為了方天著想，不應該對其他人多說甚麼，方天要你證明他是無辜的！」

我苦笑了一下，並不言語。

第二十四部：回歸悲劇

史蒂少校已不由分說地將我拖了出去。

由於這時，我的腦中已混亂到了極點，竟給他身不由主地拉出了醫院，上了他的車子。到了車中，史蒂少校駕車向前直駛，在車中，他對我道：「一切證據都證明方天是謀殺納爾遜的兇手，衛君，你有甚麼方法可以令他脫罪？」

我仍然苦笑著。

史蒂少校道：「他們發現了方天的辦公室中，有電流可以直通太空艙，而在辦公室中，又有著可以直接觀察太空艙中所發生一切的電視設備，更找到了電流通傳之後，能產生大量陽電子的裝置，而在接通電鈕的按掣上，有著方天的清晰的指紋，指紋專家宣稱，那個指紋、留下的時間，和納爾遜在太空艙中遭受意外的時間，恰好相同！」

我嘆了一口氣：「史蒂少校，既然方天是有死無生的了，你為甚麼還要為他辯護？」

史蒂少校炯炯的目光，直視著我，道：「那是因為你的緣故。」

我愕然：「因為我？」

史蒂少校道：「是的，因為你。我是方天的律師，所以是在方天被遭受特別監押之後，唯一能和他見面的外人。他見到我後，只說一句話：只有衛斯理能救我！他的神經，顯然已陷入極其激動的情形之中，除了這一句話外，他並沒有再說第二句。」

我嘆了一口氣，道：「於是你相信了他的話？」

史蒂少校道：「是的，我相信了他，我更相信你有辦法可以證明他無罪。」

我默然不出聲。

方天是無罪的。有罪的，令納爾遜先生死亡的，只是「獲殼依毒間」。

但是，要在地球人面前，證明方天沒有罪，這要費多少唇舌？

而且，方天是不是願意暴露他的真正身份呢？

我想了片刻：「我能在事先和方天見面麼？」

史蒂少校搖了搖頭：「不能，方天被嚴密監視，不能見任何人，除了我以外。特別軍事法庭已經組成，齊飛爾將軍是主審官，開庭的日子，是在明日上午。衛君，如果你有辦法的話，要快些拿出來了。」

我轉過頭去，望著史蒂少校：「我要請你去問一問方天，他是否允許我講出有關他的一切，如果他不允許的話，那我也想不出甚麼其他的法子，可以證明他是無罪。」

史蒂少校顯然是十分精明的人，他已經聽出我的話中，包含著某種特殊的意義，他沈聲道：「可以，我盡快給你答覆。」

車子在賓館門口停了下來，我回到了自己的房中，以冷水淋著頭。

不一會，史蒂少校的電話就來了，他在電話中說：「方天的回答是：『如果沒有別的辦法的話，那是可以的。』」

我略為鬆了一口氣，方天顯然是覺出，到了如今這樣的地步，如果他再保持著秘密的話，那麼他一定會被送上電椅了！

與其被送上電椅，當然還不如暴露他並不是地球人好得多了。

他這樣決定是聰明的，也給我省下了不少麻煩。

那一晚上，我是在迷迷糊糊，半醒不睡，精神恍惚的情形之下渡過的。

第二天，我剛起床，史蒂少校已經來接我了，我迅速地穿好衣服，便和他一齊來到了基地的辦公大樓之前，這所辦公大樓，可以說是世界上守衛最嚴密的建築物了，因為在其中，儲存著一國的太空發展以及秘密武器的全部資料！

而今天，建築物之外的守衛，更是嚴密，我和史蒂少校兩人，幾乎是在守衛排成的人群之中，穿過去的。

到了臨時特別軍事法庭之外，氣氛更是嚴肅到了極點。而且也十分亂，但是卻靜得一點聲音也沒有。

我和史蒂少校進了那本來是會議室的房間，那房間已被佈置成一個法庭，幾排椅子上，坐著不少人，有一大半是穿著制服的，他們的軍階，全是少將以上的將官，還有一部份便裝人員，一看他們的情形，便可知他們是高級官員。

齊飛爾將軍還沒有到，正中的位置空著。主控官席位上，是那個高級安全官，被告席位則還空著，方天還沒有來。

史蒂少校請我坐在他的身邊，不一會，我的身邊多了一個人，那是小納爾遜。

他一坐下來，便對我以極低的聲音道：「衛，如果你相信方天不是兇手，我也相信。」

我聽到了這樣的話，不由得緊緊握住了這個年輕人的手。

他的這兩句話，在局外人聽來，可能十分平淡，但是我卻可以聽出，在他的這兩句話中，包含著極度的信任在內，方天被控謀殺他父親的兇手，證據如此確鑿，小納自然是知道的了。

而小納在知道了所有的情況之後，仍然對我寄以這樣的信任，這可以說明我在他心目中的地位。我握住了他的手，一句話不說，但小納顯已明白了我的意思，面上帶著十分激動的神情望著我。

就在這時候，人們都站了起來，齊飛爾將軍坐了下來，而不一會，方天也在憲兵的帶押之下，走了進來，他的面色，青得可怕，直到他的目光和我的目光相接觸，他口角也略牽動了一下，露出了一個苦笑來。

我向他作了一個手式，示意他鎮定一些，不要太過份緊張。

但方天的面色，卻仍是十分沮喪。

我望著他，我的腦中，忽然像是「響」起了他的聲音。當然，我的耳際絕未曾聽到任何聲音，但是我卻感到方天在說話，而且是在對我說，那當然是他特別強烈的腦電波在影響我的腦電波的緣故。

我「聽」得他在說：「衛斯理，我完了，就算我能逃一死，我還能夠回土星去麼？」

我望著他，不禁苦笑！

為了方天能回土星上去，我和納爾遜兩人，歷盡了多少艱險，費盡了多少心血！到頭來，納爾遜先生還離開了人世，而方天卻還被控為謀殺納爾遜的兇手！

的確，他的身份一被暴露，他在地球上恐懼了近兩百年的事實，就可能發生了，那便是：他將被地球上的人，視作研究的對象，視作奇貨可居，他再也沒有機會回到土星去了。

我的腦中不斷地「響」著方天的聲音。我完了，我完了，我完了……

我在這樣的情形下，是沒有法子和方天通話的，我只是心中迅速地轉念著，等到主控官宣讀主控文，讀到方天在預定發射到土星去的火箭之中，秘密設置了一個太空艙的時候，我輕輕一碰身旁的小納，和他兩人，悄悄地退了出來。

在走廊上，我們遇到了數十隻監視我們的眼睛，小納以十分懷疑的眼光望著我。

我低聲道：「你可要聽我講述令尊的詳細死因麼？」小納十分訝異，道：「你為甚麼不在庭上說?方天在等著你為他作證!」

我搖了搖頭,道:「我不能暴露方天的身份,因為這將對他有極大的不利,我要你幫我忙,將方天救出來,將他送上那枚火箭,他只要有十分鐘的時間,便可以回到他的故鄉了。」

他瞪著眼看著我,他顯然不明白我究竟是在說些甚麼。

我沈著聲音,低聲道:「方天是一個土星人!」

他猛地震了一震:「但如果他是兇手的話,我絕不會助他。」

我搖頭道:「他不是兇手,他非但不是兇手,而且,他還替令尊報了仇,為我們地球人,除去了一個極大的禍胎!」

我以盡可能的最簡單的描述,將土星衛星上的那種可怕的「無形飛魔」——獲殼依毒間的一切,向小納講了一遍。

他在聽了之後,大約足足有五分鐘之久,一點聲音也不發出來。

我是可以明白他的心情的,他這時一定正處於極度迷惑,恍若夢幻的境地之中,因為他在過去十幾分鐘之內,所聽到的一切,全是他一生之中,從來也沒有聽到過,從來也未曾想到過的!

這等於叫以足走路成了習慣的人,忽然改用手走路一樣!

我自己也曾有過這樣的經歷,所以我並不去打擾他,我只是希望他能夠在較短的時間之內，明白我所說的一切。

約莫過了七八分鐘，他才長長地舒了一口氣，抬頭向窗外看去。

由窗外看去，可以看到基地之中所聳立著的許多火箭。那枚土星火箭最高，最搶眼。

從辦公室大樓到那枚土星火箭，約莫有一公里的路程，但是，要使方天通過……

我想到這裏，心中也不禁苦笑。

就在這時，小納已經開口，道：「衛，你有甚麼法子，可以使方天順利到達那枚火箭，使他能夠起飛？」我聽得他這樣說法，知道他已經完全相信我的話了，我道：「你呢，你有主意麼？」

他搖了搖頭，道：「我沒有，而且，方天的案子是用不著多審的，立即可以定案，他也會在極其嚴密的戒備之下，送出基地，到達最近的有死刑設備之處，去執行死刑！」

我急促地來回踱著步，在我們附近，有著不少便衣和武裝的守衛，他們的眼睛未曾離開過我們兩人，但因為我們都以十分低的聲音在交談，所以可以肯定這些人都未曾聽到我們談話的內容。

我心中急促地轉著念：如何才能使方天到達那枚火箭呢？

如果不能的話，方天一定會死在守衛人員的亂槍之下，甚至我和小納，也可能遇害！

要使方天不死，那還容易，只要我將剛才向小納說的話，在庭上說出，方天不死的可能性就十分大，但要使方天能回到土星，那就非冒險不可了。

我來回地踱著步，小納則以手托著下頷，一聲不出地站著。

過了片刻，小納來到了我的身邊，道：「要使方博士上那火箭，倒還容易——」

我聽到這裏，連忙問道：「你有甚麼法子？」

小納笑而不答：「問題是在於，方博士進了火箭之後，他是不是能立即起飛？」

我道：「方天曾對我說過，一切都準備就緒了，只是差在沒有那具導航儀。我相信這便是表示，如果他進入火箭的話，那麼火箭立即便可以起飛的。」

小納道：「這個問題解決了，剩下來的第二個問題，那便是：將方天送進了火箭之後，我們怎麼辦？」

我望著他苦笑，道：「如果我想到了解決這個的辦法的話，我早已衝進臨時法庭去了。」

小納低頭不語，過了片刻，道：「最好的辦法，當然是我們跟著他，一齊飛向太空！」

我大搖其頭，道：「我不願去，你知道麼，我們如果到土星上去的話，可能只活上兩三年，便要死了，這是兩個星球之間時間觀念不同之故。」

小納道：「當然我只不過是如此說說而已，事實上那太空艙，可能也根本容不下三個人。」

我乾咳了幾聲，道：「如今最好的辦法，是我們不要硬來，最好，我們完全不露面，而在暗中幫助方天，使他能到達那枚火箭！」

小納仰起頭來，道：「根據慣例，當主控官讀完控訴書之後，是有休息的。」

我苦笑道：「那又有甚麼用處？我們根本沒有法子和方天聯絡，而且方天是一個十分膽小的人，他可能根本沒有勇氣逃跑！」

我講完之後，攤了攤手，表示我對這件事，可以說一點辦法也沒有了。

小納將聲音放得更低，道：「衛，我倒不認為是絕望了。」

我想起他剛才曾說，要將方天弄上那枚火箭，並不是甚麼困難的事，可見得他心中一定有著極大的把握，他的年紀雖然比我輕，但是虎父無犬子，我是沒有理由輕視他的話的。

我連忙轉過頭，向他望去。

小納低聲道：「當我接到我父親死訊之際，也正是我多年來的一項研究的成功之日。」

我呆呆地望著他，不知道他這樣說法是甚麼意思。

小納道：「我本來是學農業科學的，我發現，最好的防治蝗蟲的方法，莫過於瀰天大霧，大霧使蝗蟲辨別方向的能力消失，只能向高飛，而高空的空氣流動，卻又是對蝗蟲大大不利的，於是，蝗蟲便受傷跌落地上，不能為害了。」

我耐著性子聽他講完，才道：「那又怎樣呢？」

小納四面一望，道：「我在實驗室和遼闊的海面之上，工作了三年，發明了一種觸媒劑，我將之稱為『霧丸』，只要一通電，便能夠使空氣中的水蒸氣，凝為霧珠，即使在室內，效果也比任何煙幕彈來得好！我隨身帶著這種觸媒劑。」

我感到事情漸漸有了希望，小納道：「通電的手續十分簡單，只要將『霧丸』接觸普通電流就行了，這一點由我主辦，我們可以在辦公大樓門前，準備一輛快速的汽車，由你去和方天聯絡。」

和方天聯絡，這是一個極大的難題。

當然，方天是可以和他的律師史蒂少校交談的，但如果我要通過史蒂少校，去向方天說明這一點的話，勢必將所有的一切經過，全都和史蒂少校說明白了，這又是我們所不願做的事。

正當我在想不出甚麼辦法的時候，忽然我腦中，像是感到方天在叫我。

當然，我耳際仍是聽不到任何聲音的。

我心中不禁陡地一動：方天的腦電波十分強烈，遠在地球人之上，所以，我才能感到他在想些甚麼。而他也能以他的思想去影響別人，令得別人自殺，也就是說，他不必開口，就可以將他的思想傳到我的腦中。

那麼，我不必開口，他是不是有辦法知道我的思想呢？

我低聲道：「好！你準備一切，我進庭去，設法和方天聯絡。」

小納點了點頭，我進了臨時法庭，方天腦中對我的呼喚，我更加清晰地感覺得到了。望著他，不斷地在腦中翻來覆去地唸道：「放心，鎮定，我已經有妥善的辦法了！」

在我接連默念了十來遍之後，我覺出方天的反應來了，我感到他在急切地問：甚麼辦法！甚麼辦法？

我心中不禁大喜，因為這表示方天的確能將我的腦電波，還原為語言！

我將每一句話重覆幾遍，在心中默念：「等一會——會有突如其來的大霧——你在霧起之際——便立即向庭外闖去——我會設法替你開路——在大門外——有車子等著，你直駛火箭——滾回老家去吧——」

那最後的一句話，我倒並不是在這樣的情形下，還有心緒來「幽默」一番，我是真正地要方天滾回土星去，因為他在地球上，給人的麻煩實在是太大了。

在我心中默念的時候，方天一動也不動。

等我默念完畢，又默念：「如果你已知道了我的思想，那麼便請你點三下頭。」

方天的頭，果然點了三下。

這時候，主控官慷慨激昂的聲音，已經到達了最高潮。

他正在敘述，納爾遜死後，如何在方天的辦公室中，發現通電之後在太空艙中便會產生大量陽電子的事實，齊飛爾將軍則全神貫注地聽著。

我心中在暗暗著急，因為小納所說的濃霧還未曾來到！我當然不致於以為他在胡說，但是在如今這樣的情形下，卻不能不令人焦急。方天也在頻頻四面張望，當然他的心中，一定比我更急。

又過了十分鐘左右，主控官的控詞，已將到尾聲了，我也焦急到了坐立不安的程度，就在這時候，我聽到門外有人在低聲地叫道：「霧！好大的霧！」

同時，我看到，在門縫中，窗縫中，絲絲縷縷，濃白色的大霧，正在迅速地蔓延進來，還不到兩分鐘，法庭中所有的人的足部，都已被掩沒在濃霧之中了！

我和方天互望了一眼，方天緊張得面色發青，雙手緊緊地握著拳頭。那突然而來，濃得如此出奇的濃霧，使得主控官也停止了宣讀控訴書，法庭之中，人人都低頭向下看著。濃霧像是泛濫洪水一樣，迅速向上漲來，在不到半分鐘的時間內，每一個人都只剩下了一半——下半身已沒入濃霧之中了！

根據濃霧上漲的速度來看，再有半分鐘，方天就可以採取行動了！

我站了起來，在每一個人都現著驚惶的神色中，我來到了門口。

這時，眼前所見的，已是世界上任何地方所看不到的奇景了，在房間中，人人都站著，但是每一個人，都只能見到對方的頭部，等於是許多沒有軀幹的頭顱在浮動一樣。

我身子矮了一矮，使我全身都沒入濃霧之中。

我從來也未曾見過那樣濃的霧，當身子全都沒入霧中之後，我只能看到白色的一片，除了白色之外，甚麼也看不見。

我記住了門口的方向，輕輕地來到了門口，推開了門。此際，即使我直起了身子，也已全身在濃霧之中了，我等在門口，突然之間，我覺出有人在我身旁掠過，也就在這時，我又忽然聽到了齊飛爾將軍極其嚴肅的命令，叫道：「加強守衛！」

我身子一橫，阻住了門口，雙手向前，猛地推出。

在濃霧之中，我也不可能看到眼前的情形，但是憑我的判斷，我認為剛才掠出的是方天，而如今我則是推開兩個守衛的。

果然，我的手推出，便有兩個人大聲喝道：「甚麼人阻住去路？」

我當然不出聲，只是一躬身，向後退了出去。

走廊和大堂之中，也瀰漫著濃霧，除了能聽到嘈雜的人聲之外，甚麼都看不到。我對這個辦公大樓的地形並不熟，一到了走廊之中，便有進退為難之勢。

我循著聲音衝了過去，撞到了七八個人之多，終於到了門口。

這時，濃霧不但瀰漫了整座辦公大樓，而且，以辦公大樓為中心，正在四面散開來，當我闖到大門口時，我仍是甚麼也看不見，只聽到一陣車子發動聲。

我只盼剛才那一陣引擎聲，正是方天上了車子之後，所發出來的。

如果是那樣的話，那麼方天是毫無疑問地可以到達那枚火箭之上了！

我繼續向外奔去，奔出兩三丈了，眼前突然清朗。

我轉過身，向身後看去，整座大樓，全為濃霧所裹，而從濃霧之中，不斷有人闖了出來。所有的人，似乎都被這一場突如其來的濃霧嚇得呆了，根本沒有人注意方天這時候在甚麼地方。每一個人，在闖出了濃霧之後，都回頭向自己闖出來的地方看去，連我也不能例外。

這時，整座辦公大樓，都已經為濃霧遮沒了，而乳白色的濃霧，還在迅速地向外擴展，人們面上失色，相互以驚惶的神色望著，不住地詢問：甚麼事，究竟發生了甚麼事？

是我明白這場濃霧是由何而來的，所以我自然比所有的人冷靜得多。這時候，我才知道人類的智慧，實在還是十分低下的，對於突如其來的事情，人類沒有立即應付的能力，而只是驚惶，驚惶！

要知道這時，從辦公大樓的濃霧中闖出來的，全是第一流的科學家，軍人和高級安全人員，他們尚且如此，若是這一場濃霧，發生在有許多普通人的地方，那後果真是不堪設想了，世上為甚麼會有那麼多暴亂和盲目的行動，也就不難理解，那全是人類自以為是「萬物之靈」，但實際上卻還是十分衝動和愚笨的動物！我正在呆呆地看著所有人驚惶的神情間，突然有人在我的肩頭上拍了一拍，我轉過身來，站在我身後的，正是小納。

他向我眨了眨眼：「如何？」

我低聲道：「他已經走了。」

小納聳了聳肩，道：「我的新發明如何？」

我皺了皺雙眉，道：「好是好了，可是濃霧越來越向外擴展，何時才能消除？」

他呆了一呆，道：「這一點我倒沒有想到——」請到這裏，他突然停住，面上也變了神色，我連忙問道：「怎樣了？甚麼不對？」

他一字一頓地道：「我闖禍了！」

我嚇了一跳，道：「闖禍？」

他拉著我，迅速地奔開去，到了離開辦公室大樓已相當遠的地方，才停了下來，道：「我所發明的『霧丸』，能造成大霧的原因，便是通電之後，利用電力，將觸電媒劑散發開來，使空氣中的水蒸氣，凝結成為微小的水珠，從而成為大霧。」

我道：「是啊，你已經成功了，這是一項十分偉大的發明。」

小納苦笑了一下：「不，失敗了，因為照目前的情形來看，大霧形成之後，在空氣之中，生出了連鎖的反應，大霧竟繼續蔓延……」

我吃了一驚：「難道永遠無止境麼？」

小納道：「那我也不知道，但可以肯定的是，如果沒有強大而乾燥的烈風吹襲的話，這一場大霧，可能長久蔓延和持續下去！」

就在這幾句話之間，在辦公大樓的幾幢建築物，也都已經沒入了霧中！

整個基地之上，亂成一團，指揮塔上的紅燈，不斷地閃耀著，示意一切工作都停頓了下來，因為發生了「突然的、變化不明的緊急變故」。

我看到齊飛爾將軍在忙亂地指揮著，幾乎所有的車輛都出動了，防衛性的雷達網，加速轉動，因為基地的最高當局，不知道這場大霧是不是敵人方面的秘密武器所造成的！

整個基地中的工作人員，人人都忙成一團，只有我和小納兩人，因為根本不是隸屬這個基地的，所以才沒有事情做。

小納的面色蒼白，呆了一會，突然道：「衛，我要去見齊飛爾將軍說明白，這一場濃霧，只不過是我的惡作劇而已。」

我一把拉住他：「別去，我佩服你的責任感，但是卻不必要。」

他苦笑道：「我怕齊飛爾將軍，會認為那是敵對國家的陰謀，而下令報復！」

我搖頭道：「事情還不致於那樣嚴重，你若是一向他說明，方天還能走得脫麼？你也脫不了干係！」他嘆了一口氣：「我絕想不到我研究的東西，竟會有這樣致命的缺點。」

我安慰他：「你可以繼續研究——」

我一句話才講到一半，突然，一陣刺耳的「嗚嗚」聲傳入了耳中，那是發最緊急的信號，我和小納兩人，都不禁一呆。只聽得在警號聲不絕中，各處的廣播器中，都傳出了惶急的聲音：「緊急命令！在M十七號火箭旁的人員，立即退避，現在發現該枚火箭的燃料，正在自動焚燒，火箭可能發生強烈的爆炸。緊急命令，緊急命令！」

在乍一聽到警號的時候，我和小納兩人，都不禁吃了一驚。

但是在聽到了那一個緊急命令之後，我們都不禁放下心來。

「M十七」火箭，就是那枚預定來向土星發射火箭的代號，如今的情形，當然是方天已經到達那枚火箭，而且已發動火箭的證明了！

我們，不約而同，向那枚火箭奔去，因為只有我們兩個人才知道，這枚火箭是絕不會爆炸的，它將一飛沖天，直達土星！

這時候，用「世界末日」四字，來形容整個基地的情形，並不為過。我相信第三次世界大戰，即使爆發，緊急混亂的情形，怕還不如現在之甚！

濃霧仍在擴展著，而且正如小納所說，空氣中的水蒸氣，產生了連鎖反應，擴展的速度，成倍數地增進，已有一小半基地，陷入了濃霧中。

同時，緊急信號仍不斷地響著，附近M十七號火箭的人，迅速地奔過，而在M十七火箭的基地，灼熱的火花，已開始噴射，巨大的鋼架，開始倒下。

這本來是基地中常見的情形，但是以往，每一枚火箭發射，都是經過周密的安排的，但這一次，卻是突如其來的！

我和小納兩人，向著和眾人完全相反的方向奔著，來到了方天的辦公室中。

我們將門窗都關上，並且開著了空氣驅濕機，以防止在室內結集濃霧。我們發現有一具儀器上的紅燈，正在不斷地閃耀，而且還發出持續的「嘟嘟」聲。

我記得方天曾向我說起過，這具儀器，便是可以收聽到遠自土星上所發出的語言的長程宇宙通訊儀。方天並還說過，這具宇宙通訊儀的儲備電力，只夠八日八夜用，在他到達土星之際，還恰好有十分鐘的時間，可以向我報告土星上的情形。

我走近這具儀器，按動了其中的一個掣，我立即聽到方天的聲音，道：「衛斯理，我希望你能聽到我的聲音，我就快回土星了，我們永遠地分別了！」

他重覆地講著那幾句話，我沒有法子回答他，因為那具通訊儀是只有接收的部份的。

我和小納，一齊站在窗口，向外面看去，這時，像泛濫的洪水一樣的濃霧，已經蔓延到了M十七火箭的基部。

在濃霧中，從火箭基部噴出來的火光，更是壯觀之極，突然之間，一聲震耳欲聾的巨響過處，M十七火箭沖天而去！

在M十七尾部冒出來的濃煙和火燄，與濃霧糾成一團，我們抬頭向上看去，發覺M十七衝天而去的速度，在任何火箭之上！

同時，那具通訊儀上，傳來了方天興奮之極的聲音，道：「我昇空了，我昇空了，我可以回到家鄉去了，衛斯理，你一定聽到我的聲音了，是不是？是不是？」

我這時自然看不到方天，因為那枚長大的M十七火箭，也已迅速地飛出了視線之外。

但是我相信方天的面色，一定因為興奮而呈現著極度的藍色，這個藍血的土星人！

在基地中，濃霧繼續蔓延，但是在驚惶之後，已漸漸地安定下來。

我們打開了通向總指揮處的傳話器，只聽得齊飛爾將軍正在發佈命令：「M十七火箭自動飛向太空，原因不明，基地上的濃霧，已證明沒有毒質，只是由天氣的突然變異而產生，所有人員不可外出，留守在原來的辦公室或宿舍中，食物的供應，將由專車負責，直到濃霧消散為止，負責防務的人員，應加倍小心，以防敵人趁機來襲……」

我和小納，在沙發中坐了下來，其時，濃霧從門縫中、窗縫中，一絲絲地鑽了進來，雖然驅濕機在工作著，但是房間中，也蒙上了一層薄霧。

我向小納一笑：「我們就留在這裏等吧，反正食物會由人送來的。」

小納攤了攤手：「如果我父親還在生，我闖了這樣的大禍，他一定會狠狠地責罵我的。」

我想了一想：「不會的，為了要使方天回到土星，我想他也不會責怪你的！」

小納聽了我的話之後，默不出聲，他面上的神情如何，我也沒有法子知道，因為濃霧已經完全侵入，我已看不到他的人了！

我也沈默著不出聲，只有那具通訊儀中，不斷傳來方天興奮的聲音，我將聲音調節到最低，以免被其他人注意。

方天在敘述著太空黑沈沈的情景，忽然之間，他高呼道：「我經過地球衛星了。」那是他已經經過月亮了，方天的聲音，也停了下來，顯然在經過了月亮之後，太空中是出奇的靜，出奇的黑，他根本沒有甚麼好說的了。

送食物的人，按時送來食物，我和小納兩人，在方天的辦公室中，也未曾向外走動過。在總指揮處的命令中，我們知道，基地方面，不斷地設法想驅散濃霧，但是卻辦不到，濃霧已經蔓延出數百里以外了。

如今，唯一的希望，便是寄託在一股即將來到的強大的、乾燥的季候風上，希望這場季候風可以將濃霧驅散。

那時，已經是四天過了。

在這四天中，方天的話並不多，他只是提到，他在太空之中，遇到了兩艘顯然是發自地球的太空船，但這兩艘太空船，都已失去了控制，顯是船中的太空人已經死去，成為太空中的游蕩兒了，他沒有說出這兩艘太空船是哪一個國家發射的。

到了第五天，他說在太空中找到了他同伴的屍體。他的同伴，就是同他一齊在地球迫降時受傷，將那具導航儀給了井上四郎之後便飛回太空等死，被人認為是自月亮上來的那個土星人。

第六、第七天，方天所說的話更少。

而季候風正在向基地的方向吹來，有報告說，在季候風的前鋒，和濃霧接觸的時候，濃霧立即散去。預期在二十四小時之內，季候風便可以吹到了基地了。

那也就是說，在方天到達土星的時候，我們也可以在濃霧之中解救了出來了。

我認為一切事情，到此已告終結，我已經在盤算，事情完了之後，我一定要安靜的休息，而且絕不離家，這次的事情，就是因為離家到北海道去滑雪而鬧出來的！

在我們這樣想法的時候，小納也鬆了一口氣，道：「好了，事情終結了！」

誰都以為事情就這樣完了，可是出乎意料之外，卻還拖上了一個尾巴。雖然那事情的變化，和我、和小納、和所有的地球人看來沒有關係，但是和藍血人方天有著極大的關係，所以我仍要記述出來。

在第八天，方天的聲音，又不斷地從宇宙通訊儀中，傳了出來。

他因為快到土星了，所以說的話，不免有點雜亂無章，尤其是在他到達了土星之後，由於意料之外的事情，使他過度地驚愕，更有些語無倫次，我全部照實地記在下面，請讀者注意。

以下引號中的話，全是方天說的，引號中的「我」，也是方天自己。

第八天的下午，正在靜寂中，方天的聲音，突然叫了起來，道：「我看到了那可愛的光環了，它是淺紫色的，宇宙之間，再也沒有一種顏色，比環繞著我們星球的光環更美麗的了，我向它接近，我向它接近，我的太空船穿過了它——」

「咳，它的電荷為甚麼比我所熟知的超過了數十倍呢？這……這……這……」

（這時，在和方天的語言同時，又有一陣震蕩聲傳出，大約是他的太空船受了震蕩的緣故。）

「那一定是土星人有了新的發現啊，我看到土星了，這是我的星球，衛斯理，我開始降落了，我回到家鄉了！時間和我計算的，相差了四分鐘，也就是說，我只可以有六分鐘的時間向你敘述土星上的情形，過了六分鐘，通訊儀的儲備電力便用完了，而地球人是沒有法子補充的，我們也就永遠音訊斷絕了，除非再有土星人到地球上來……」

（方天的聲音，顯得愉快之極。）

「我的太空船下降了，啊，我熟悉的山川河流，啊，費伊埃悉斯——那是土星上最高山峰的名稱：勤根勒凱奧——那是土星上的大湖，是我們最美麗的山，最美麗的湖！」

「我離開我久違的土地越來越近了，我看到大的建築物，我要降落在我自己國家首都的大廣場中，我正成功地向那裏飛去，奇怪得很，我離開地面已十分接近了，為甚麼沒有飛行船迎接上來呢？為甚麼沒有人和我作任何聯絡呢？」

（方天的聲音，這時已變得十分遲疑。）

「我著陸了，十分理想，甚至一點震蕩也沒有，衛斯理，從現在起，我出了太空船，可以有六分鐘的時間，向你報告土星上的情形——」

（我和小納兩人，都站在通訊儀之旁，用心地傾聽著。可是，方天突然尖叫起來！）

「啊！這是甚麼？是人群來歡迎我了，衛斯理，在通向廣場的所有街道上，都有人向我的太空船湧過來，我是被歡迎的——啊！不！不！不！這是甚麼，這是甚麼？」

「這是甚麼，他們是甚麼？他們是甚麼？衛斯理，他們是甚麼？」

（我和小納，相顧愕然！）

「他們是甚麼？他們不是人……是我從來也未曾見過的怪物，他們圍住了我的太空船，我……認不出他們是甚麼來，他們像……是章魚……他們的手，長得像籐條一樣，他們的眼中……泛著死氣，啊，土星已被這群怪物佔領了……」

「不！不！這群怪物是不可能佔領土星的，他們越來越多，他們全是白癡，只知道一個對一個傻笑，我的天，我的天，他們是人，是土星人，是我的同類，是土星人！」

「我認出來了，那個爬在我們國家締造者的金屬像上的，是首都市長，他是一個莊嚴的學者，但這時他不如一隻猴子，我回來作甚麼？我回來作甚麼？衛斯理，你說得對，土星人全是鄙劣的小人……」

（方天不斷地喘著氣。）「在我離開土星的時候，便已經知道，七個國家，幾乎在同時，都發明了一種厲害的武器，土星上是沒有戰爭的，但是對毀滅性武器的研究，卻又不遺餘力，那種武器，能破壞人的腦部組織，使人變為白癡，而且使人的生理形態，迅速地發生變化……」

（方天的聲音，越來越沈重。）

「但是因為這種毀滅性武器，即使是試製的話，如果試驗的次數多了，也會引起如同使用同樣惡果，所以七個國家之間，訂下了協定，大家都不准製造，可是……現在……現在……」

（方天在嗚咽著。）

「現在顯然是誰也沒有遵守那個協定，每個國家都在暗中試製，土星的空氣變了，土星人變了，變得了還不如猿猴的白癡，變成了怪物，衛斯理，我怎麼辦？我回來幹甚麼？我回來幹甚麼？」

（方天在聲嘶力竭地呼叫著。）

「這不是我的家鄉，這不是……我的家鄉在哪裏，我的家鄉，我可愛的家鄉——」

方天的話顯然還沒有講完。但是通訊儀上的紅燈，倏地熄滅，他的聲音再也聽不到了。

我退後一步，坐倒在沙發上。

我不知道方天的結果如何，他或許是又駛著太空船，直飛向無邊無際的太空，再去尋找他失去了的家鄉，或者他步出太空船，在已變了質的空氣影響下，他也變成那樣的怪物，或者，他會在那群白癡的攻擊中，連人帶太空船，一齊毀滅，或者……

我沒有法子推測下去，因為土星離地球實在太遠了，可不是麼？

強烈的季候風依時吹到，驅散了濃霧。

沒有人知道這場濃霧的由來，我和小納，也離開了基地，他要回歐洲去，我則回家來。

每逢晴朗的夜晚，我總要仰首向漆黑的天上，看上半晌。

我無法在十萬顆星星中找出土星來，我只是在想：方天究竟怎樣了？

有著高度文明的土星人，自己毀滅了自己，地球人會不會步土星人的後塵呢？

我這樣呆呆地站著，每每直到天明！

（完）

倪匡珍藏限量紀念版 4

衛斯理傳奇之藍血人

作者：倪匡
發行人：陳曉林
出版所：風雲時代出版股份有限公司
地址：10576台北市民生東路五段178號7樓之3
電話：(02) 2756-0949　　傳真：(02) 2765-3799
執行主編：朱墨菲
美術設計：許惠芳
行銷企劃：林安莉
業務總監：張瑋鳳
出版日期：2023年10月倪匡珍藏限量紀念版二刷
版權授權：倪匡
ISBN ：978-626-7153-75-8
風雲書網：http://www.eastbooks.com.tw
官方部落格：http://eastbooks.pixnet.net/blog
Facebook：http://www.facebook.com/h7560949
E-mail：h7560949@ms15.hinet.net
劃撥帳號：12043291
戶名：風雲時代出版股份有限公司

風雲發行所：33373桃園市龜山區公西村2鄰復興街304巷96號
電話：(03) 318-1378
傳真：(03) 318-1378
法律顧問：永然法律事務所 李永然律師
　　　　　北辰著作權事務所 蕭雄淋律師

行政院新聞局局版台業字第3595號 營利事業統一編號22759935

國家圖書館出版品預行編目資料

衛斯理傳奇之藍血人 ／ 倪匡著. -- 三版. --
臺北市：風雲時代出版股份有限公司，2022.11
面；公分　倪匡珍藏限量紀念版

ISBN 978-626-7153-75-8（平裝）

857.83　　111018518